Juegos reunidos

Marcos Ordóñez
Juegos reunidos

Libros del Asteroide

Primera edición, 2016

Queda rigurosamente prohibida, sin la autorización
escrita de los titulares del *copyright*, bajo
las sanciones establecidas en las leyes, la reproducción
total o parcial de esta obra por cualquier medio
o procedimiento, incluidos la reprografía
y el tratamiento informático, y la distribución
de ejemplares mediante alquiler o préstamo públicos.

© Marcos Ordóñez, 2016
© de esta edición, Libros del Asteroide S.L.U.

Ilustraciones: © Toni Benages

Publicado por Libros del Asteroide S.L.U.
Avió Plus Ultra, 23
08017 Barcelona
España
www.librosdelasteroide.com

ISBN: 978-84-16213-65-8
Depósito legal: B. 29.486-2015
Impreso por Reinbook S.L.
Impreso en España - Printed in Spain
Diseño de colección: Enric Jardí
Diseño de cubierta: Duró

Este libro ha sido impreso con un papel ahuesado,
neutro y satinado de ochenta gramos, procedente de bosques
correctamente gestionados y con celulosa 100 % libre de cloro,
y ha sido compaginado con la tipografía Sabon en cuerpo 11.

Pepita Forever

Índice

Astor	13
La edad de oro	29
Nuestra canción	33
Una función incompleta	103
Resurrección	107
Panorama desde el puente	109
Runaway	119
Al anochecer	135
Tres actrices	139
Alcoholes	153
Alguien no puede más	185
El chico que leía la revista *Fans*	189
Los misterios de Parque Chas	193
Después de la noticia de su muerte	205
Solo para amantes de gatos	215
Un viejo amigo	231
Esqueleto	239
La bandera de Sharon Tate	241
En su mejor momento como mujer y como actriz	247
Redemption song	283
Querido François	287

Salmo	291
Cerca de Gaztambide	293
Quiero	303

Uno no acaba de saber «de qué va» un libro hasta que ha terminado de juntar las piezas.

Extiendo ahora las cartas sobre la mesa, y me doy cuenta de que esta constelación de relatos breves y novelas cortas, de paseos y recuerdos entre la ficción y la crónica, dibuja, a su manera, una nueva entrega (otras voces, otras épocas, otras formas) de la autobiografía que comenzó con *Un jardín abandonado por los pájaros*, porque a fin de cuentas resulta que me parezco bastante a ese tipo que asoma por muchas de las esquinas, bajo diversas luces, con abrigos o camisas hawaianas, bigotes falsos o pelucas, mostrándose y escondiéndose, como en el juego infantil del Cucú-tras.

Barrios perdidos y reencontrados, noches que parecían eternas, fantasmas resplandecientes, carcajadas que vuelven a resonar.

Unas memorias en forma de álbum de cromos, almanaque o libro de horas. O un doble disco. O un cuarto de juegos: la puerta está abierta.

Astor

Ayer empezaste a escribir *Astor* y parece que no hay manera, no pillas el tono, las piezas no encajan. Vuelves a pensar lo de siempre, que has perdido el toque o como quieras llamarle. Esto es frecuente, tan frecuente que da risa. Hay que saber esperar, está visto. O lo contrario, psicología inversa, decirse: nada, mejor dejarlo estar, no monta, se lo doy al demonio por caridad, como repetía mi abuela cada vez que había perdido algo, y como el demonio no quiere nada por caridad te lo devuelve. Y es entonces cuando algo se rebela (o se revela), como el hurón encerrado en un laberinto que busca la salida, y empieza a dar con el hocico en todas las esquinas hasta que escucha el clic que abre la puerta de la jaula.

Al principio se parece mucho a pintar un cuadro. El problema no es el lienzo en blanco sino la disposición de los elementos. Si no intuyes las líneas de fuerza, si no hueles la tensión y la flexibilidad del trazo, no tienes nada, tienes naturaleza muerta.

Vuelves a ir demasiado rápido. No hay que subir la montaña de golpe. Recuerda que las mejores ideas surgen en la reescritura, cuando comienzan a abrirse ventanas en los fondos, cuando las líneas encuentran sus desvíos, cuando la propia tensión pide esponjamiento.

Pero al principio no hay tensión, solo hay resistencia, la que se produce cuando intentas encajarlo todo como un crío impaciente. Prueba con lápiz, el pincel todavía no hace falta. Coloca el bulto de las figuras sobre la tela. Ya te irán dictando el lugar que ocupan y la forma en que se relacionan.

A la hora de empezar intentas atrapar el tono y buscas un acorde que te suene verídico, una nota con el color de la canción que te gustaría escuchar. Eso tampoco suele ser instantáneo sino que se produce más bien por impregnación, de modo que mejor rastrear aquellas palabras que te hicieron compañía, aquellas voces que caminaron a tu lado.

Estoy hablando de otros libros, aunque desde luego no son los únicos detonantes.

En *Not Fade Away*, de David Chase, el chico y la chica van al estreno de *Blow Up*, de Antonioni. Él no entiende nada, se aburre a morir, dice qué película más rara, ni siquiera tiene música, y ella contesta: el viento en los árboles, esa es su música. Y a todos se nos escapa la risita y creemos que la chica es una *hippie* colgada y pretenciosa, pero luego vemos el plano de los olmos agitándose majestuosamente en Maryon Park y pensamos, espera un momento, lo que ha dicho no es ninguna tontería. Ha sabido escuchar algo infrecuente y además ha tenido el valor de decirlo con naturalidad.

Aunque tampoco conviene pasarse, tampoco conviene elevar la nariz y estar olisqueando todo el rato la música de las esferas porque hay otras músicas terrestres, en la película está la tormenta eléctrica de los Yardbirds buscando escaparse de una caja cerrada, chocando contra un techo bajo, y está el clic paranoico de la cámara de David Hemmings agujereando el silencio, como una gota helada que no deja de caer, y está el toc toc final de la pelota de tenis que no existe, y has de saber extraer ese sonido de la ridiculez pomposa de esa última escena, porque *Blow Up* es una lata de consideración pero Antonioni siempre tuvo muy buen ojo (y muy buen oído) para los detalles significativos, que es a la postre lo que más y mejor se recuerda de sus películas, o sea que conviene orientar las antenas, y atrapar y limpiar para quedarte con lo que te interesa, y luego hay que ponerse ya manos a la obra y mancharse los dedos de carbón, así que ha llegado el momento de atreverte a hacer ese esbozo torpísimo, y luego te alejas un poco para ver el efecto, como te alejarás más tarde para que se seque la primera capa, y la segunda, y la tercera. Venga, vamos de vuelta. Coge el lápiz rojo.

Tengo el viaje en autobús, y los barrios de la ladera, y la inesperada reaparición, tantos años después, de las dos zonas de Astor. Empezaría por Astor, por su génesis y sus características, pero intuyo que eso ha de ir al final, así que de momento lo aparto, y la mano se me va al lateral izquierdo del lienzo todavía desierto, blanquísimo, para trazar una pequeña línea roja que remonta Gran de Gràcia y se detiene en Lesseps.

Es una tarde de verano, abierta de par en par. Hemos acabado el trabajo y estamos hartos de pasear siempre por los mismos sitios, así que subimos a ese autobús. Poca gente. Turistas, sobre todo, parejas vestidas con colores alegres, y algunas mujeres solas, envueltas pese al calor en telas oscuras, mujeres fatigadas, mujeres silenciosas que vuelven de la compra abrazando sus capazos de paja, o han ido a resolver un trámite en el centro, papeles, certificados, largas colas, y ahora contemplan una ciudad que les sigue pareciendo extraña y hostil, y yo pensaba que cada vez habría más miradas como aquellas. La mirada de los turistas era mirada de turistas, y cada parpadeo parecía sonar como el chasquido de una cámara. Esto es un cliché (fotográfico), porque todos somos así en un país extranjero, salvo quienes no tienen dinero para cámaras ni vacaciones.

Hacía bastante tiempo que no tomábamos el 24, y nuestra decisión tenía algo de alegre viaje sorpresa por la ignorancia de su tramo final, como quedó demostrado cuando, a mitad de Travessera de Dalt, hicimos bajar apresuradamente a una pareja de dóciles muchachas argentinas (o uruguayas, no sé muy bien, no nos dio tiempo a pillarles el acento) que querían ir al Parque Güell. En nuestra defensa diré que estábamos convencidos de que lo mejor para ellas era cruzar la hostil avenida y subir la cuesta de Larrard, y así se lo dijimos, casi empujándolas, aquí, aquí, esta es la parada, y dudaron un poco pero bajaron de un salto y allí se quedaron, mirándonos con ojos de cachorro en autopista, y mirándolas Pepita y yo con creciente vergüenza y culpa porque ninguno de los otros turistas se movió ni dijo nada: a diferencia de nosotros y de las cachorritas, sabían que el autobús, tras bajar por Escorial y Camèlies y dejar atrás los restos de la plaza Sanllehy, remontaba la serpenteante carretera del Carmelo y paraba justo en la parte trasera del Güell.

Pero no fue allí donde bajamos nosotros ni las mujeres

fatigadas, porque la línea seguía, en descenso, hasta la ladera del vecino parque del Guinardó, donde el Carmelo se junta con la zona de Can Baró en un ensanchamiento muy apropiadamente llamado Gran Vista.

El trayecto acaba en Doctor Bové-Penyal. En la ciudad están los barrios altos, ordenados, silenciosos y carísimos, y más arriba, como el despedazado anfiteatro del poeta, los barrios de montaña, con bloques atroces y construcciones bajas, desiguales, de muy distintas épocas y pelajes. Hay casas de finales del siglo XIX o principios del XX, que serían entonces refugios estivales, con rejas de hierro forjado y balaustres y nombres como Villa Dionisia o Villa Luz, pared por pared con edificios de cemento barato, levantados a toda prisa en los días de la segunda oleada migratoria, a comienzos de los sesenta.

A medida que se avanza por las calles de Labèrnia y Mühlberg proliferan viviendas todavía más humildes, encaladas o rebozadas de arenisca, con macetas pintadas de precioso azul chillón, y a veces mosaicos de trocitos de cerámica y platos inútiles. En invierno las paredes deben rezumar bajo la luz gris una tristeza húmeda y persistente, pero esa tarde, la cal, salpicada de geranios rojos, parecía resplandecer, y el aire caliente brindaba perfumes de hinojo y pinaza. De los bares, con hombres en camiseta fumando y bebiendo en la puerta, salía música andaluza o, como un humo de churrería, la fanfarria de metales y teclados eléctricos que tantas veces vimos enredarse en la techumbre de los autos de choque.

Es una Barcelona que rara vez aparece en las películas, casi siempre concebidas con la mirada del turista o para la mirada del turista. Y casi es mejor que no aparezca, porque la gran tentación al situar una historia en un barrio como este es incurrir en el aguafuerte pasional, con mucha vociferación y muchos instintos a flor de piel. En una película, los hombres del bar que acabamos de dejar atrás estarían condenados a jalear y dar palmas a cualquier hora del día, según la pauta de esas escenas africanas en las que los exploradores llegan al poblado y los nativos andan enfrascados en una danza ritual, como si no tuvieran otra cosa que hacer.

Yo mismo me he frenado porque estaba a punto de utilizar la palabra *vitalidad*, y desde luego flota en el ambiente pero tiene una pringosa connotación paternalista. Aquí *vitalidad* es palabra de rico, igual que *auténtico*. Habría que limpiar esas palabras, gastadas por el uso, para que volvieran a brillar como piedras de río, o buscar términos contradictorios, nacidos de la observación y el tiempo. Con nuestro prójimo no valen las primeras impresiones. No vivo aquí ni conozco sus vidas, así que no seré yo quien cometa esa indelicadeza.

Lo difícil es contar historias sobre gente como cualquiera de nosotros, gente que canta o ríe o grita o llora o se aburre cuando por ahí le da, gente para la que no sirven los adjetivos definitorios ni las denominaciones de origen, porque nadie es común cuando se le mira detenidamente.

Esta mañana, a primera hora, estaba escuchando las suites para violonchelo de Bach, y he pensado que si tuviera que filmar aquí una película echaría mano de su música para acompañar las imágenes, a contrapié, como el Pasolini de *Mamma Roma* o *Accattone*, que no buscaba «el alegre ruido popular» ni pretendía ennoblecer a sus personajes, sino simplemente observarlos y registrar su devenir. Pasolini entendía que la vitalidad no es una cualidad inmutable del ánimo, sino que hay una vitalidad luminosa y una vitalidad oscura, y que ambas suelen brotar bajo presión, por hartazgo de miseria e impulso de supervivencia.

Quizás las suites de Bach le darían a la historia una peligrosa gravedad litúrgica, pero contrapesarían las tentaciones de pintoresquismo, como esos aparatos de ventilación que reducen la humedad excesiva del aire.

De esta zona no solo volvió a llamarme la atención la absoluta mescolanza de edificios, sino también la disparidad de alturas. Pasa lo mismo en Vallcarca, un barrio que conozco mejor, pero aquí, desde el barandal del despedazado anfiteatro, se advierte con mayor contundencia. Hay algo onírico y un poco vertiginoso en esa disposición, que parece seguir vagas pautas de pintura constructivista, o cubista a secas: un amasijo de planos y perspectivas, donde un bloque emerge de pronto en lo alto de una cuesta como la pétrea y gigantesca caja de zapatos de una civilización perdida, y el mar está repentinamente muy alto o muy bajo, y las casas brotan en la ladera igual que dados arrojados al desgaire.

Teníamos también la sensación, unida al calor creciente y adensado, de estar de pronto en otra ciudad, en otro país. Veinte minutos de viaje en autobús y ya nos parecía estar pisando el barrio de Silwan en Jerusalén o la costa de Caparica, y recordamos cómo entonces, tan cerca de Lisboa, creímos perdernos en un Mozambique imaginario, libre y sonriente, que parecía pintado por un niño.

Al dejar atrás la Plaça de la Mitja Lluna había una fuente en el recodo de una bajada, y una mujer gruesa y vieja, con un gran moño plateado y un vestido negro salpicado de innumerables topos blancos, estaba llenando un garrafón de plástico. Tenía los tobillos horriblemente hinchados y su cuerpo vencido sobre el caño, y parecía hablar sola, pero hasta que no pasamos por su lado no percibimos el susurro que fluía como el hilo de agua, y era una canción de los años veinte que mi abuela solía cantar:

> *La fadrina va a la font*
> *a buscar un cantiret d'aigua*
> *Si em donessis un clavell*
> *jo te'n tornaria quatre...»* *

¡Qué prodigio aquel salmo tan fresco remontando el tiempo como un pez río arriba, aquella voz tan joven en un cuerpo tan viejo!

Al final de la calle se abría el parque del Guinardó en sentido literal y súbito, porque no había vallas sino un caminito blanco que avanzaba paralelo al bosque y se perdía en él, como en las antiguas ciudades, cuando las afueras comenzaban abruptamente en un descampado sin farolas o un infranqueable anillo de zarzales.

No entramos: comenzaba a bajar la luz y nos dio un poco de miedo.

¿Se había acabado el paseo, solo quedaba girar grupas y volver a la parada de autobús? Eso pensábamos hacer.

---

* «La muchacha va a la fuente / por un cántaro de agua / si me dieras un clavel / te devolvería cuatro...»

Y entonces sucedió, para mí, lo más portentoso de aquella excursión, porque es ciertamente extraordinario desear algo y obtenerlo casi al instante, y eso fue la puerta abierta al recuerdo de Astor, y pasó de un modo tan sencillo que solo así puede contarse.

Subíamos, ya de retirada, y yo pensé en un paseo de Horta, un paseo que hacía muchísimo tiempo que no visitaba, y sentí unas ganas enormes de estar allí, de caminar de nuevo por Font d'en Fargas a aquella hora, en aquella tarde de domingo que ya comenzaba a ser noche.

Por llevar aquí toda mi vida tiendo a creer que conozco Barcelona, pero más allá del Ensanche me armo unos líos tremendos, y mi orientación es la de un niño de siete años. Tengo un mapa mental establecido en la infancia que poco se corresponde con la realidad, y sigo pensando en los barrios como reinos lejanos e independientes, a la manera de los que aparecen en los créditos de *Juego de tronos*, como si varias leguas a caballo separasen el condado del Carmelo de las tierras altas de Horta, y por eso me quedé atónito cuando, en vez de doblar hacia la izquierda, que era donde nos esperaba la parada de autobús, comienzo y final de línea, Pepita propuso girar hacia la derecha, hacia el este, porque el recodo le parecía más atrayente, y al final de la cuesta, como en un acto de magia, aparecimos en la cúspide del mismísimo paseo de Font d'en Fargas que, ahora puedo decirlo, enlaza las tierras altas con el condado.

Sentí una alegría tan intensa que se me disparó el corazón.

El conato de pánico, fresco como una rosa abierta, nacía del deseo recién cumplido, aunque fuera o pareciera mínimo, porque eso es infrecuente y porque tras un deseo realizado se abre a veces una barranca de vacío. Pero había algo más.

Era, pienso ahora, como si nuestra excursión siguiera la mecánica de los sueños. Había comenzado con la yuxtaposición de planos, con el cubismo repentino de la ladera del Carmelo, y luego vino la voz de aquella mujer cantando desde un tiempo inmemorial, como una guardiana de la puerta, y la puerta se había abierto con otro procedimiento onírico: el corte abrupto, hijo del deseo, que te instala sin pasajes intermedios en un nuevo territorio. Casi otro mundo, porque el contraste con el barrio anterior era notable. Y también su poderosa sensación de irrealidad, como esos anocheceres que se confunden con la llegada del día.

El paseo de Font d'en Fargas es una calle arbolada, sin apenas tiendas. Podría evocar un barrio residencial en las afueras de París. Neuilly es el primero que me viene a la cabeza. Pere Fargas i Sagristà y su esposa, Montserrat de Casanovas Fernández de Landa, tenían tierras en la zona, y a principios del siglo pasado decidieron que el paseo sería el eje de una utópica ciudad jardín, siguiendo los preceptos de sir Ebenezer Howard. Según su libro *Ciudades Jardín del mañana*, aparecido en 1902, «una ciudad jardín es una zona urbana diseñada para una existencia saludable y de trabajo: tendrá un tamaño que haga posible una vida social plena, pero su crecimiento será controlado y habrá un límite de población. Estará rodeada por un cinturón vegetal y el suelo será de propiedad pública o deberá ser poseído en forma asociada por la comunidad, con el fin de evitar la especulación de terrenos».

Así se acordó en 1912 con el ayuntamiento barcelonés, pero la guerra civil acabó con aquella utopía. Los propietarios abandonaron muchas de las mansiones, ahora flanqueadas por edificios lujosos de nueva planta (probablemente construidos en los ochenta, porque en mi época no estaban), con piscinas solo intuidas por un chapoteo tras los setos de boj.

Caminábamos en un silencio casi absoluto, atravesado por el canto de los pájaros del anochecer (mirlos, me pareció), pero el acompasamiento era perfecto, como si la alternancia de silencio y pájaros siguiera una partitura. Yo había caminado por esa calle treinta y tantos años atrás. Una tarde de finales de septiembre de 1977. En una vida anterior, por así decirlo.

Dos o tres días antes de aquella tarde lejanísima había encontrado un perro en el paseo de Maragall, cerca de donde vivíamos. Un perro lobo negro, muy grande, que estuvo poco tiempo en casa. No sé si apareció su dueño o si se lo dimos a alguien, muy a mi pesar. No es piso para un perro como este, dijo mi novia de entonces, y tenía razón.

La tarde de mi recuerdo salí a pasear con él y descubrí la zona alta del barrio. Llevábamos allí varios meses y nunca había puesto los pies en aquel lugar. El perro, sin correa, caminaba delante. Ahora jamás llevaría un perro sin correa. Cruzamos Maragall y entramos, al azar, en Font d'en Fargas. Había farolas de globo blanco, que ya no están. Y un viejo casino, que le daba a aquella esquina un aire de pueblo de playa en otoño. Y el Princess Margaret School, el colegio inglés más antiguo de la ciudad, con su aura de prestigio y su jardín vallado.

Estaría bien, le dije a Pepita, que me encontrara ahora a alguien de aquella época, alguien a quien yo pudiera reconocer, pero en seguida caí en la cuenta de que eso era difícil, porque durante aquellos años apenas me relacioné con nadie del barrio. Así era yo de cabestro y de asocial. Del trabajo a casa y de casa al trabajo. Y en los desvíos había mucho silencio o mucho grito, ambos intolerables, y mucho mal vino. No lograba recordar ni a un solo vecino, ni a un quiosquero o una panadera. Recordaba la voz de una mujer, no sé si de un piso inferior o superior, y solo su voz en el patio de luces porque nunca llegué a verle la cara, que por las tardes le gritaba a su hijo: «¡Te voy a cortar las manos!».

Por lo mucho que yo había cambiado, pensé luego que sería todavía más improbable que alguien me parase de pronto para decirme: «Me acuerdo de usted. Hace muchos años solía pasear con un perro negro, al anochecer, por esta calle».

Habría sido un círculo perfecto: me vino a la cabeza, como un fogonazo, que lo que yo más deseaba aquella lejanísima tarde, casi noche ya, era, justamente, ser el hombre futuro que paseaba con un perro lobo al anochecer, de vuelta a casa. ¿Buscaba el lujo de las viejas mansiones, inalcanzables desde mis apreturas de entonces, cuando apenas podía llegar a fin de mes, cuando para llamar por teléfono tenía que bajar a una cabina con las monedas justas?

No diría que no, pero creo que lo que más me atraía de la calle era aquel silencio protector y aquella calma, hermosos jirones del sueño utópico de la Ciudad Jardín. Por supuesto que nada sabía yo de la colonia perdida, ni falta que hacía. Me bastaban las farolas envueltas por el follaje, y aquel viento que por un instante hizo bailar la sombra de las ramas en una fachada. Era el aire de un cuadro que me gustaba muchísimo: *El imperio de las luces*, de Magritte. Era el anhelo de otra vida posible, porque la que había empezado, en la parte baja y fea de aquel barrio apartado, no estaba saliendo como había deseado, ni para mí, ni para la gente a la que, con gran torpeza, quería o intentaba querer.

No conseguía verme con claridad en aquella calle, quizás por los muchos años transcurridos, quizás por la oscuridad de la hora y la débil luz de sus farolas redondas. Sin embargo, recordaba con nitidez la filigrana sutilísima de la sombra danzando en la pared de aquella casa.

Es un fantasma el que cruza. Veo al perro ante mí o a mi lado, abriendo la marcha. Veo las puntas de unos zapatos de cuero marrón, marrón claro, que mi amigo Javier Castro me había enviado desde Canarias, donde hacía el servicio militar, en un paquete insólito, generosísimo, puros y más puros, y cartones de tabaco rubio, y en el centro aquellos indestructibles zapatos de cuero, capaces de vadear todos los charcos de la existencia. Como el paquete que se le enviaría a un preso, como una promesa de exuberante vida futura. Cuando lo recibí me emocionó hasta las lágrimas que mi amigo hubiera pensado en mí desde tan lejos, y que recordase incluso mi número de zapatos: la vida te sorprende a veces con regalos así.

Tras una ventana alta, recién encendida, alguien tocaba el piano con notas espaciadas, como si buscara la melodía. Tocaba algo que parecía Mompou o Satie. Ahí acaba el recuerdo. Treinta y ocho años son muchos años.

Pero entonces, a punto de volver, aquel recuerdo tiró de otro.

Y recordé lo de Astor.

La primera vez que escuché a Gato Pérez fue por la radio, diría que en la primavera del 78. Cantaba *La rumba de Barcelona*, esa canción que en su centro tiene una enumeración de sus barrios, como una alegre letanía. Y en el centro del centro estaba, a mis oídos, un barrio ignorado:

«Vall d'Hebron, Astor, Sagrera.»

Eso escuché, eso di por bueno. Circunstancias eximentes: su voz era oscura y la radio era un pequeño transistor. Di por bueno que había un barrio en Barcelona llamado Astor, un barrio que yo ignoraba por completo. Había muchos barrios y calles que jamás había pisado, y de nombres igualmente extraños: Camp de l'Arpa, Creu Coberta, Torre Baró.

Años después, cuando nos conocimos, le dije a Gato:

«Oye, hay algo que me tiene intrigado. ¿Dónde está Astor?»

«¿Piazzolla?»

«No, hombre, el barrio.»

«¿Qué barrio?»

«Astor, el barrio de tu canción. La rumba de los barrios.»

Le cité el triplete. Se echó a reír.

«Estás sordo», me dijo. «¿Cómo puedes haber entendido eso? No decía Astor, decía Les Corts. Vall d'Hebron, Les Corts, Sagrera.»

Enigma resuelto, pero Astor ya estaba activado.

Soñaba con Astor y reconocía su territorio nada más pisarlo. ¿Cómo no iba a reconocerlo, si era yo quien lo había creado? Por la inclinación de la luz, por aquellas pequeñas zapaterías con ya muy pocos zapatos, por las fachadas con lluvia y mugre de siglos, por el olor a nardos de cera y el hollín triturado que parecía flotar en el aire, sabía que estaba de nuevo en Astor, un lugar en el que lo único lujoso era el nombre, como si alguna vez hubiera tenido un esplendor que ni los más viejos recordaban.

Porque había muchos, muchos viejos, sentados en aquellos cafés desvelados, mirando el fondo de los vasos como si se les hubiera caído algo dentro, y tranvías nocturnos, y un tren que cruzaba Astor por su calle central, a la altura de los primeros pisos, un tren de metal viejo, temblequeante, recubierto de óxido, con asientos de madera.

Las casas que visitaba me resultaban familiares, pero siempre había en ellas algo dislocado, los techos inverosímilmente altos y los espacios enormes, las telarañas como guirnaldas oscuras, los rincones inacabados, por pintar o repintar. Siempre estaba a punto de mudarme a una de aquellas casas. No había sido mi elección, pero no quedaba más remedio.

Y todas las casas en las que había vivido contenían su pequeño Astor: una habitación ignorada que había olvidado por completo. Una habitación donde la luz de patio interior tenía que atravesar un vidrio esmerilado, una habitación con olor a ropa de hospital recién planchada. Una vez entré en esa habitación, a oscuras, y supe que estaba allí de nuevo por el olor, y en la oscuridad se escuchó un clic y brilló la lucecita roja de una plancha olvidada, encendida y olvidada, ardiente y olvidada. De no ser por la luz roja, cualquiera se habría quemado la mano o algo peor.

Poco a poco quedó establecido que había dos zonas en Astor: la parte alta, clara, serena, limpia, inalcanzable, donde anhelaba vivir, y la parte baja, donde por mi mala cabeza estaba obligado a quedarme.

La parte baja de Astor era el territorio del error, del qué hago yo aquí, de la ruta que no debí tomar. El barrio de lo irresuelto, de lo pendiente, de lo incierto. Comprendí que la parte baja de Astor era un duplicado (o un concentrado extremo) de lo que durante un tiempo viví cada día, como en aquel viejo chiste:

«Luis y Pablo se parecen muchísimo.»

«Sí, sobre todo Pablo.»

No quisiera ser injusto: digamos que era un duplicado de todo lo vivido inciertamente desde la infancia. Aquel fue el Astor que volvió durante demasiadas noches. Las afueras de la parte alta me las gané poco a poco, con mucha ayuda y mucho esfuerzo.

Así que sonreí y dije:

«Sí, me acuerdo de usted, viejo amigo. Hace muchos años solía pasear con un perro negro, al anochecer, por esta calle.»

Y entramos en casa.

La edad de oro

¿Hubo una edad de oro,
o es simplemente un sueño que vuelve,
una luz cálida como miel sobre un muro,
a media mañana, y el bar con las sillas en la plaza?
Llevo días, semanas
soñando con la edad de oro.
Dicen «la edad de oro» y con eso
parecen referirse siempre a algo del pasado;
algo, sentencian, irrecuperable,
y es cierto que suele coincidir con el esplendor
de la adolescencia o los primeros pasos
en el mundo adulto, de modo que
¿podrías ser un poco menos lírico y un poco más preciso?
De acuerdo: «Nuestra». Nuestra adolescencia
(que rima con incandescencia) o primera juventud,
y el plural es importante, ese «nosotros» por primera vez
flotando en el aire, que era un aire de guitarra
por la ventana abierta, por la ciudad abierta.

Pero esa sensación de que la ciudad estaba llena
de lugares por descubrir y que era nuestra ¿no es algo
que cada generación entrega a la siguiente,
como un talismán al principio brillante y en seguida
[cansado?
Escucha: era una manera de dejarse llevar por la vida,
era un tráfago excitante por las noches,
era cada barrio (salvo los más feroces
y alejados) una pequeña ciudad con imaginario rumor
[de fuentes,
y la Rambla una calle mayor de provincia
pero sin vestidos oscuros,
a la que se iba para encontrar y ser encontrado.
Ella recuerda aquellos días,
cuando pasaba media vida en la Rambla,
antes o después del trabajo, cuando se podía vivir
con un sueldo de media jornada, salir a la calle sin rumbo
o deslizarse hasta un cine de primera sesión,
en los ojos el asfalto como plata,
y entrar en la sombra fresca como vino,
y yo recuerdo así ciertas noches del verano del 77,
y sin embargo tardamos casi dos años
en encontrarnos: ¿cómo pudo ser eso posible?

Por supuesto que no era el paraíso:
a quién se le ocurre tamaña tontería.
Es tontería y baba la nostalgia, porque ahora
resplandece, por encima del tiempo,
el sentimiento de una plenitud sin aceleración,
que también recuerdo haber sentido
otras noches de verano.

Old Compton Street y la plaza de Santa Ana
bullían de gente
pero nadie ni nada parecía apresurarse,
todos estaban en su lugar y en su hora,
que era medianoche detenida
sin necesidad de ir corriendo al siguiente bar o la siguiente
[cita,
y eso mismo sobrevino luego,
años más tarde, en el East Village,
todas aquellas tiendas abiertas,
tiendas de libros y cómics y garitos de adivinas,
la mano dibujada en fluorescente abriendo paso,
y nos dijimos: «Así pudo haber sido, en un universo paralelo,
la Barcelona de los setenta sin franquismo».
¿Entonces el paraíso puede ser portátil,
y brotar en toda esquina, más allá
del tiempo abierto de cualquier vacación?
Todavía más: el paraíso será, cercado siempre por las
[eternas asechanzas,
definitiva tarea del presente.

Aunque, volviendo al tiempo de los setenta,
reconozcamos
que lo más poético de todo, lo más preciso,
más que la luz dorada y el aire de guitarra,
es la aparición final de la pizarra flotante,
negra como un escudo de obsidiana,
refulgente como las Tablas de la Ley
y la mano que con tiza blanca
escribe majestuosa:
«Huevos con patatas, diez pesetas».

Nuestra canción

I

Alguien, no recuerdo quién porque yo era un crío, me dijo que mi primo Mario era «peculiar», quizás el más peculiar de toda la familia. Fue la primera vez que escuché esa palabra. Utilizo el pasado porque de todo eso hace mucho tiempo. «Peculiar» es un adjetivo ambiguo, al que se suele recurrir de manera un tanto eufemística. En mi pueblo no, en mi pueblo equivale a raro de cojones pero dicho de manera fina.

Mi pueblo es Mondoñedo.

En otros lugares el adjetivo quizás esconda (o evidencie) pereza definitoria, y el hecho cierto de que hay que fatigar las meninges para dibujar con cinco o seis pinceladas más a la persona en cuestión. Así que a la hora de hablar de Mario estaban los que decían que era peculiar, y los que se dejaban de finezas y utilizaban otros calificativos más contundentes.

Fue peculiar, me dijeron, desde pequeño, aunque a mí siempre me pareció mayor, muy mayor. Por las gafas de montura negra, por la altura, y porque nos llevábamos tres años. De críos eso es una enormidad, un abismo o un pedestal. Luego, el abismo y el pedestal crecieron, porque cuando nos volvimos a ver resultó que en Mondoñedo yo había hecho pocas cosas (salvo leer, leer mucho), y él en Barcelona bastantes, como si hubiera vivido un par de vidas, un par o tres, pero ya llegaremos a eso.

Intentaré ir por orden, si la memoria me acompaña. En esta primera tentativa jugaré a imitar los pasos cortos y temerosos de un chaval que se mueve con prudencia en territorio desconocido, porque así era yo entonces. Luego ya iré cambiando de estilo, o intentaré copiar un poco el suyo.

Nos conocimos en Cabrils, un pueblecito de la costa catalana, donde mis padres me enviaron a pasar el verano. ¿Por qué únicamente aquel verano y ningún otro? Lo ignoro, y mis padres ya no están para preguntarles. Ni los padres de Mario. ¿Me hacían falta baños de sol y de mar, estaba yo raquítico? Tal vez sí, a juzgar por las fotos: daba pena verme.

Verano del 69. Yo tenía diez años y Mario trece.

Se me han borrado muchas cosas de aquel verano, pero creo recordar las fundamentales. Fundamental no fue, por ejemplo, la llegada del hombre a la luna. Me pillaría durmiendo (dormía mucho entonces) o no le vería la importancia a la cosa. Mario tampoco se la vio, menos que nadie. Cuando el tío Julián trajo la noticia, excitado como un pregonero, Mario levantó la cabeza del libro, le miró, asintió, y continuó leyendo. No eran esos los asuntos que le interesaban. El libro se llamaba *El misterioso caso de Styles*. En la portada se veía un manojo de llaves y una taza rota.

Viajé solo, eso también permanece: mi primera gran aventura.

Pienso que si recuerdo pocas cosas es porque Mario debió de ocupar por completo mi, digamos, área visual y vital. Yo no le quitaba ojo desde el primer día. Había más primos y primas, un enjambre muy ruidoso, pero él se apartaba. De entrada (cuando escuché lo de «peculiar») me pareció que Mario era un nombre de considerable empaque, un nombre de novela. En Mondoñedo no conocía a nadie que se llamara así. En cambio Teodoros había unos cuantos. Lo primero que hizo Mario fue apocoparme el nombre y dejármelo en Teo, aunque a menudo también me llamaba Hastings. No entendía yo lo de Hastings, hasta que leí, tiempo después, una de aquellas novelas. Hastings era el escudero del detective Poirot. Un poco lerdo, el tal Hastings. Había que explicárselo todo dos veces.

Aquel verano Mario andaba muy ocupado. Leía muchísimo, mucho más que yo, un libro tras otro, como no había visto leer a nadie, como si el tiempo fuera a acabársele. *Tenía* que leer un libro tras otro, a gran velocidad. Uno cada día o cada dos días, precisó. Eso dependía, en buena medida, de lo complicado de los argumentos, porque al acabar la lectura *tenía* que anotar sus impresiones, que incluían un resumen de la trama, en un cuaderno grande, de tapas rojas. A veces incluía algún dibujo, en el que intentaba (con poca fortuna) reproducir la portada o esbozar el rostro de algún personaje. Pero había una razón superior para su prisa.

Una tarde, Mario había acompañado a su madre (mi

estupenda tía Amelia) a la mercería del pueblo, y advirtió, en un lateral, entre carretes de hilo, cañas de pescar y cremas bronceadoras, un expositor giratorio lleno de libros: la obra completa (o bastante completa) de la señora Agatha Christie, diosa tutelar de aquellos veranos. Aclaro que en aquella época se vendían libros en lugares hoy pintorescos.

Hojeó el primero y le pareció instantáneamente atractivo. Mi tía se lo compró y a las dos horas lo había devorado.

Al terminar, Mario contempló la cubierta. Parecía intocada, sin dobleces. Tuvo una idea. A la mañana siguiente volvió a la mercería, solo, y les dijo que al llegar a casa había descubierto que ya tenía el libro, y si podían cambiárselo por otro, y así lo hicieron. Ahí, para cualquiera, habría acabado el asunto. No para mi primo: la tarde siguiente repitió el envite. Y la otra. Y la otra. Le gustaba tentar la suerte, la consistencia de los límites. Prueba de su éxito, me mostró con orgullo el cuaderno de tapas rojas: llevaba ya veinte novelas leídas, anotadas y cambiadas.

«¿Y no se dan cuenta —pregunté cándidamente— de que les estás contando un cuento?»

«¿Un *cuento*? No, Hastings. Está clarísimo por ambas partes. Desde el segundo día. El primer día era *verosímil*, el segundo ya no. Si el segundo día aceptaron el cuento, como tú le llamas, es porque se estableció una especie de pacto entre caballeros. Y porque conocen a mi madre, claro.»

Así hablaba (y pensaba) mi primo.

En esa época remarcaba mucho las palabras que consideraba capitales para la comunicación con los seres humanos, como si se autotradujera. Luego, por suerte (para todos y para él), eso se le quitó.

«... ellos saben, sobre todo, que yo *necesito* leer esas novelas. ¡Son maravillosas! Te las dejaría si no tuviera que devolverlas tan rápido, pero puedes leer mis resúmenes. ¡Yo no podía leer solo una! Si hubieran tenido solo una, o dos... pero no, las tenían *todas*. ¡Y esas portadas! Mira esta: qué magia, qué misterio. No, no la toques con tu manaza. Saben que yo *no tengo* dinero para comprarlas. Saben también que las leo con gran cuidado y las devuelvo intactas —pausa para reflexionar—, *casi* intactas. Son muy buena gente. Muy buena gente. A cambio, yo les hago publicidad.»

«¿Cómo?», me atreví a preguntar.

Abrió mucho los ojos y extendió las manos, impacientado.

«Bueno, *siempre* hablo bien de esa mercería.»

Quince años más tarde, Patricia (que no conocía esta historia pero le conocía bien) me preguntó:

«¿Y qué hizo cuando se le acabaron las novelas?»

Aquella cabezota que no descansaba nunca, le dije, comenzó a cavilar para llenar el hueco inminente, porque, como ambos sabíamos, no podía vivir tranquilo sin una obsesión. O dos, siempre dos mejor que una.

Primera: las gafas bicolores, regalo de los helados Camy, y emblema (a sus ojos) de la naciente modernidad. Tituló con aquello. Si hubiera sido un perro habría salivado. Hasta entonces, Mario se sentía muy a gusto con sus gafas de montura negra por lo bien que le quedaban a Michael Caine (al que entonces conocíamos familiarmente como «el espía de las gafas») en una película cuyo raro nombre he olvidado.

Imposible olvidar las neogafas. No sé si acertaré con la descripción. Redondas, de plástico blanco, estilo Hockney. O Pilerela, la amazona que anunciaba Pilé 43. Dos circunferencias como dos posavasos. Y de plástico grueso, azul y rojo, los simulacros de lentes, con sendas ranuritas horizontales a la altura de las pupilas. No, qué iba a ver con aquello. Menos que un santo de yeso veía. Parecían pensadas para no percatarte de las miradas ajenas y del ridículo que hacías.

Digo eso ahora, pero entonces ni palabra, porque si a Mario le gustaban, para mí aquellas gafas iban a misa. A misa *folk*, que eran las misas modernas que en verano echaban los sábados a las ocho de la tarde, con curitas jóvenes guitarreando *Puente sobre aguas turbulentas*. Si yo no hubiera tenido tres años menos, si no le hubiera reverenciado como le reverenciaba, le habría dicho lo que cualquiera: que corría peligro de testarazo inminente, y que (bajando la voz) eran unas gafas de nenaza, ideales para la prima Victoria, tan coqueta y siempre tan a la última. O, pienso ahora, para Elton John en tripi.

Pero él las vio en aquel anuncio y me las hizo ver como el complemento ideal para el joven agente secreto.

No era sencillo conseguirlas, aunque lo pareciera. Había que juntar las letras de la palabra Camy, grabadas (diríase que a fuego) en los palitos de los helados, tarea que solo ofrecía dos opciones: la ruinosa y la torticolera. La ruinosa (para la familia) era, obviamente, hincharse a polos y/o almendrados. Mario me arrastró a la opción torticolera para que le escuderease, y durante medio mes anduvimos cabizbajos como los que se fueron a la porra, rastreando palitos por bares, quioscos y chiringos. Ces, aes y emes había a patadas: la trampa era la desesperante y taimada escasez de íes griegas. Llegamos (¡plan osado!) a estudiar la posibilidad de falsificarla con un palito de la casa Avidesa y un rotulador marrón, pero desechamos el albur tras varios intentos poco convincentes.

Un día inolvidable, cuando ya estábamos a punto de rendirnos, Mario entró en mi habitación con una sonrisa de triunfo, metió la mano en el bolsillo (con un suspense que no engañaba a nadie) y alzó un palito con la letra Y algo desdibujada pero válida, como si de la tizona Excalibur se tratara.

Tras una semana de tensión muy superior a la del aterrizaje en la luna (¡vas a comparar!), llegó por correo el rompetéchico presente. Aclaro, para quienes no gozaron de los tebeos de la factoría Bruguera, que Rompetechos, creado por el inmortal Ibáñez, era la respuesta española a Mister Magoo. Si mis lectores son jóvenes tampoco sabrán quién era Mister Magoo, claro. Dos cegatos, que por su miopía extrema provocaban toda suerte de situaciones cómicas. Hoy sería imposible que personajes como ellos fueran chistosos. Ni que existieran, vaya: habría airadas protestas de la Legión de Disminuidos Visuales. Lo comprendo, lo comprendo. Comprendo también (y me temo) que esta historia va a requerir no pocas aclaraciones, lo cual es un deprimente signo de mi avanzada edad: de repente todo se ha vuelto pasado, y mi playa, como diría un bolerista, se llena de numerosos restos de naufragio con nombres borrosos y de escasa resonancia.

En su segunda obsesión no le acompañé. Bueno, le acompañé poco. Mientras todos, agotados por la playa y el calor de la tarde, dormíamos siestas kilométricas (especialmente yo, malacostumbrado al clima bonancible de mi Galicia natal: creo que ya lo he dicho), Mario descubrió el paraíso.

El paraíso era el bar de un hotel en las afueras del pueblo, con una «sala de lectura y televisión» que nadie frecuentaba y contenía: a) un televisor tamaño *kingsize*; b) una panoplia de revistas encabezada por *Life en Español*, *Tele-Radio* y *Gaceta Ilustrada*, y c), cosa más insólita todavía, una colección completa de las novelas ganadoras del Nadal, con sus maravillosas portadas blanquinegras. Mario debía de ser de los escasísimos críos de la península que sabían quién era don Julián Marías (devoraba sus ponderadas críticas de cine en *Gaceta Ilustrada*), Hemingway (algo había leído de él en *Life en español*, no sé ahora si *Muerte en la tarde*) y el nombre del más reciente ganador del Nadal, que aquel verano era, dijo de corrido, José María Sanjuán con *Réquiem por todos nosotros*.

Descubrió también (gentileza de *Tele-Radio*) que a primera hora de la tarde (¿lunes?, ¿martes?) echaban una serie «enloquecedora», el no va más del agentesecretismo, llamada *Los Vengadores*. Me invitó a acompañarle en el descubrimiento pero, ay, no volvió a repetir la invitación porque quedé pardillesco por partida doble.

Como Mario aprobaba con media de sobresaliente, tenía soldada veraniega. No le daba para comprar libro tras libro ni para hincharse a polos, datos que ya sabemos, pero sí para pagar su estancia en el paraíso ingiriendo una bebida muy sofisticada, de la que yo nunca había oído hablar, llamada *agua tónica*. Me ofreció un sorbo de aquel presunto néctar.

Tónica sería, no digo que no, pero su amargura me provocó una violentísima náusea coronada por un patético ataque de tos. Pocos minutos más tarde, para mi eterna vergüenza, la conjunción de hora y canícula me dejó frito («y con ronquidos, Hastings») a los diez minutos del enloquecedor episodio.

Ahora vuelvo atrás para cernir mi más vívido recuerdo de aquel verano.

Cuatro de la tarde. Mario sale de casa rumbo al paraíso. En una foto imaginaria, yo soy el que sigue a Mario: parece que no otro es mi destino. Le sigo a prudente distancia. Él no lo sabe y creo que nunca lo supo. Lleva un niqui a rayas, en cuyo bolsillo delantero ha prendido una chapita con la letra M (otra moda recién llegada al noreste peninsular, puerta abierta a las vanguardias). Ha apandado al sesteante tío abuelo Nicolás su bastón de paseo, de caña fina y mango nudoso, semejante al paraguas de John Steed, el héroe de *Los Vengadores*. Ahora pienso que Emma Peel, la inmaculada heroína, se parecía bastante a ti, Patricia. El bastón, de elegancia indudable, también cumple una función práctica: evitar que Mario se empotre en las paredes de su recorrido porque, naturalmente, lleva las temibles gafas rojiazules. Ahí lo tienen. Bastón de caña y gafas cieguipop.

¿Nadie preparó, a su paso, una provisión de brea y plumas?

Nadie. Todos duermen (menos yo), mientras Mario, visualmente mermado pero de mentón altivo, avanza bajo el palio de la luz abrasadora, que borra calles y recuerdos innecesarios. Lo de la brea y las plumas, oscura y espesa condensación de la sorna, puedo pensarlo ahora, no entonces, nunca entonces. *He ain't heavy, he was my cousin*, como hubieran cantado los Hollies, uno de los muchos grupos que me descubrió.

Música de los Hollies, pues, para acompañar su heroico paseo. Trastabilla en los escalones de la plaza, alza la contera como si fuera la blanca vara de un vendedor de iguales, está a punto de caer, quiero correr a ayudarle pero consigue enderezar la figura. Le veo con los ojos de la memoria, y el tiempo traza un ocho danzón (alfa y omega mordiéndose el rabo) en el suelo incendiado.

Le veo como un niño conmovedor, ridículo y soberbio con aquel desmesurado atavío, con aquel cabezón extraterrestre, definitivamente marciano, solo en el corazón del mundo, ajeno a todo, tropezando y levantándose, y de repente me lo figuro (atentos: rareza) con la edad que yo tenía entonces, como si yo, a ver si me explico, hubiera tenido el valor de vestirme con sus ropas, como si el personaje, mitad él mitad yo, formara parte de un sueño perdido.

II

Volvimos a encontrarnos ocho años más tarde, en el resplandeciente y tumultuoso verano del 77, aquel verano que parecía no ir a acabarse nunca. Mario vestía una camisa hawaiana que alcanzó la transparencia de tanto lavarla, y un traje blanco comprado con el dinero de unos reportajes sobre la Barcelona *underground* (era la primera vez que yo oía esa palabra) para una revista de Madrid. Llevaba bambas blancas como Lennon en la portada de *Abbey Road*, y completaba el parecido (aunque Lennon ya comenzaba a pertenecer al pasado, por mucho que él y Yoko intentaran estar siempre en la cresta de la ola) con una melena hasta los hombros, gafas redondas de montura dorada, y bigote y barba crecida. Parecía flotar en una verde nube de Acqua di Selva: el frasco también era verde, como un licor denso y extraño, de alto grado, y se empapaba en esa colonia cada mañana, antes de bajar al mundo, y luego cada vez que salía.

La sonrisa, por cierto, seguía siendo la misma.

Aquel verano fumaba puros, Statos de Luxe, esos y no otros, que compraba en un estanco de la calle Condal. Yo creo que le dio por fumar puros porque vio a Vázquez Montalbán, que era uno de sus muchos dioses, saliendo de aquel estanco con dos cajas de esa marca. Con el traje blanco y los puros, lo que conseguía, mayormente, era que le tomaran por un inglés excéntrico o un *hippie* de lujo, y le parasen cada diez metros por las Ramblas para pedirle un duro. Lo de los Statos duró lo que las colaboraciones en aquella revista madrileña. Entonces brotaban y se eclipsaban revistas a cada momento, como hongos levemente alucinógenos: títulos chocantes, portadas de mucho color y mucho desnudo de impacto, cuatro días de efervescencia, y paf, caían una tras otra en desigual combate.

No hay que fiarse nunca de las fotos antiguas.

El traje era de algodón y segunda mano, comprado en la sastrería Quintana, que vestía a las gentes del teatro, y le venía un poco grande; la camisa hawaiana procedía del mercado de Glorias, probablemente vendida por un marino de la VI Flota; la colonia era un regalo materno. De nuevo he de señalar, para los jóvenes de hoy, que todo era muy barato entonces, la comida era barata, las cervezas eran baratas, los pisos (sobre todo compartidos entre ocho) eran baratísimos, hasta los puros eran baratos, o al menos así lo recuerdo.

Cuando tenía algo de dinero, Mario me invitaba a comer descomunales platos de arroz a la cubana en el Romesco de la calle San Pablo, que tampoco era caro, tiradísimo era, el otro día encontré uno de sus tiques con un manchurrón de fríjol y tuve que leer dos veces los precios porque me parecieron de taberna medieval. Me llevaba al Romesco los sábados y a cenar pizzas en el Rivolta de la calle Hospital, que abrió aquel verano, y cuando venían mal dadas se encogía de hombros y mantenía una dieta casi exclusiva de bocadillos de frankfurt, en la calle Tallers o en la plaza San Jaime, donde los servían planchados y crujientes como en ningún otro sitio, o de huevos fritos con patatas, en el Económico de la plaza San Agustín el Viejo, o en el Max y Mont, a pocos metros, era increíble la de huevos con patatas que podía llegar a comer día tras día (decía que comía ovíparamente), o acababa recurriendo a la munificencia de otro al que le tocaba sacudirse la polaina.

No teníamos nada, yo desde luego; la mayor parte de las cosas se compartían, no había móviles, casi nunca necesitábamos llamar a nadie ni que nos llamasen, no existían las mil maravillas tecnológicas que hoy nos esclavizan. Como había tan poco de todo, cualquier cosa que pasara nos daba felicidad o nos sumía en la desdicha de modo muy intenso, y ambas emociones duraban mucho tiempo, a diferencia de hoy, en que alegrías y penas se suceden y se mezclan sin tiempo a sedimentarse y dejar huella, y al día siguiente nadie se acuerda de nada, y ese bolsón de cosas sin nombre ni recuerdo echadas a la espalda te acaba chascando el alma.

Ahora me viene a la cabeza lo que puede parecer un recuerdo sin importancia, pero que define muy bien el aire de ese tiempo.

Una tarde en un cine alejado, en Horta.

Fue a poco de llegar a Barcelona. Pasaban, en tercer o cuarto reestreno, *L'important c'est d'aimer*, una película tremenda de la que había oído hablar mucho y que me moría de ganas de ver. A media película se escacharró el proyector y salió alguien a decir que aquello iba para largo, que tardarían al menos una hora en arreglarlo, y realmente duró eso, una hora o quizás más, y lo sorprendente es que casi nadie se fue, alguno salió a fumar pero volvió al poco rato. Los demás nos quedamos en las butacas, charlando, esperando, encantados de la vida. Nuestra vida era un vaivén entre el frenesí y la placidez, entre la devoración y la indolencia. Nuestro ying y nuestro yang y nuestro chimpún y nuestro champán. Corríamos hacia las cosas como perros con la cola incendiada y luego no nos sacaban de allí ni con agua hirviendo porque se nos cruzaba algo igualmente estupendo. Ahora ponte tú a hablar con un desconocido (y ya no digamos desconocida) a la salida de un cine o de butaca a butaca. Se te quedan mirando como si fueras un vendedor de biblias o el estrangulador de Boston, llaman al acomodador o a la poli, salen a escape, te pegan dos hostias.

Sin conocernos nos reconocíamos, por la edad y la pelambre y porque formábamos una constelación, un club repentino, el club de los que aquella tarde habíamos ido hasta Horta para ver *L'important c'est d'aimer* y habíamos decidido quedarnos allí, sin ninguna prisa, bajo aquel cielo de luces encendidas, hablando, de lo que fuera, da igual, la banda sonora de aquella tarde era el dulcísimo runrún de las conversaciones, sin llamadas ni tuits ni perder el culo. La constelación, impensable hoy, de los que flotábamos en aquella laguna, con los ojos entrecerrados por el sol de la inesperada felicidad, en aquella brecha que de repente se le había abierto a la tarde, o era la pura esencia de la tarde misma.

Yo había ido a Barcelona para estudiar Periodismo en la Autónoma.

Vivía en el piso de la tía Amelia, en la plaza Letamendi. El tío Julián había muerto unos años antes, y ella se sentía sola en aquel casón, así que me acogió encantadísima, y yo también lo estuve de vivir allí. La plaza era, a mis ojos, muy sevillana o muy angelina o muy vietnamita, según la noche anterior y según las películas: me gustaba despertarme y ver desde mi habitación las copas de aquellas palmeras tan altas y delgadas, que parecían balancearse por la brisa y sacarle brillo al cielo, ya de por sí nítido y rutilante.

Mario se había «independizado», como se decía entonces, al igual que la mayoría de mis primos y primas, dispersos en intentos de comunas o pisos de estudiantes, en Gracia, en el Borne, en La Floresta. Él vivía con un grupo de amigos (más amigos que amigas: las chicas solían ser aves de paso, historias de una noche o unas semanas) en un destartalado ático del paseo de Colón, ardiente en verano y gélido en invierno, aunque lo de la independencia era muy relativa, porque el señorito caía por plaza Letamendi cada domingo para exigir su ración de canalones y para que su abnegada madre le lavara y planchara la ropita.

La verdad es que yo, aunque adoraba a la tía Amelia, tampoco pisaba mucho Letamendi, lo justo para dormir: el ático de Colón me atraía como un imán eléctrico, y aquella Barcelona era mucha Barcelona como para quedarme en casa y acostarme pronto. En el ático convivían nueve residentes, aunque eso nunca acabé de tenerlo claro del todo. Cuento ahora cuatro dibujantes (les veo trabajando sin parar en una galería que daba a un patio interior, cabezas rizadas, ojos clavados en las grandes hojas de papel, envueltos en humo, en dos grandes tableros enfrentados, escuchando música, Camarón y Gualberto sobre todo, los ceniceros llenos de colillas de Ducados y porros de maría, y una botella de Torres 5 los días de cobro), tres aspirantes a escritor (Mario, por supuesto; el segundo era Daniel Uribe; el tercero lo he olvidado), un músico llamado o apodado Litus que tocaba un pianito eléctrico en un combo layetano (más adelante tendrá una aparición estelar) y un tal Eric, presunto fotógrafo para revistas de rock al que creo que nunca llegué a ver, porque cuando yo aparecía por allí casi siempre estaba durmiendo.

Tenía aquel fotógrafo espesísima barba patriarcal, edad superior a la de sus compañeros y cierta aureola mítica. De él se decía que en plena ingesta de ácido cayó en manos de la policía y recibió hostiones a modo, quedándose para siempre entre dos mundos. Había otra versión más heroica de esta historia: idéntica paliza e idéntico resultado, pero durante un interrogatorio para cazar rojos, de los que no soltó ni un solo nombre. De Eric se decía también que disparaba sin carrete, teoría (de Mario) sustentada en que durante el tiempo que estuvo en el piso jamás vimos publicada ninguna foto suya, pero es que ni una. Subsistía, al parecer, con pequeños trapicheos, y los organizadores de conciertos, compañeros de lejanos días ibicencos, le dejaban entrar por bondad de corazón con su cámara vacía para que pudiera ver y escuchar a sus ídolos.

Tampoco vi demasiado a Daniel Uribe, otro anacoreta que se fue poco después de mi llegada: salimos juntos unas cuantas veces. Se parecía mucho al cantante inglés Nick Drake, y de los tres aspirantes a escritor era el que con más fuerza aporreaba la máquina: sus tecleos, instantáneamente reconocibles, sonaban como ráfagas de ametralladora. Pienso en él y recuerdo su sonrisa triste y sus largos silencios, cuando se dejaba caer en uno de los desventrados butacones de la sala, melancolía que contrastaba con febriles arrebatos de energía a la hora de escribir, como si supiera que sus horas estaban contadas. Eso no lo percibía yo entonces, porque la muerte era una eventualidad que solo le sucedía a parientes y vecinos de edad avanzada, o sea, la que yo tengo ahora.

En el ático, en cajas de verduras y estanterías metálicas, se alineaban los discos que había que escuchar, los libros y tebeos que había que leer, y en un rincón de la sala común había una planta de maría que medía dos metros y que, como aquel verano, también parecía que no iba a acabarse nunca.

Allí escuché yo por primera vez (o casi) palabras como *contracultura*, *situacionismo* y *nuevo periodismo*. O *comix*, con aquella x a la que no logré acostumbrarme nunca, y que se decía para darle una pátina moderna y cultural (perdón, contracultural) a los tebeos: eran, por así decirlo, tebeos «con intención». También, claro está, me dejaba caer por el lugar con la esperanza de conocer hembra placentera y hacer noche juntos, cosa que no se dio. Allí no, vamos.

Mario parecía haber olvidado ya lo de llamarme Hastings, pero el trato, al menos a ese nivel formal, seguía siendo un tanto puñetero. Nada de Teo a secas, que hubiera sido lo moderno: gustaba de presentarme siempre como su primo lejano, y era decirlo y ver yo formarse, igual que grapas metálicas clavándose en mis carnes, las molestísimas cursivas subrayantes de la infancia. «Mira si es lejano mi primo», añadía, «que viene de Mondoñedo». Decía Mondoñedo como quien dice Abroñigal de

Abajo. O sea, como si llevara yo boina hasta las cejas. No como él, que si aquel otoño gastó boina negra fue terciada y sin rabito, y la combinó con un francesísimo abrigo de mezclilla comprado en las Glorias, y pasó a fumar Celtas cortos porque era, decía, lo más parecido a los Gauloises pero en asequible (aunque, como supe años más tarde, a lo que se parecían era a los Celtiques), y por querer hacerse el galo se pilló unas ronqueras de consideración, que el Celta es mucho Celta.

A lo que iba: tropecientas veces repitió lo de Mondoñedo, hasta que le dije que menos guasa, que Mondoñedo era sede episcopal, pero malamente hice, ya que a partir de entonces lo añadió a la coña, como cualquier otro hubiera columbrado. Aquella tontería me sirvió para aprender a no mosquearme con él, pues bastaba que te viera arrugar la nariz para darle y darle como periquito al torno, y si en cambio decías amén Jesús y mudabas de tema se aburría y lo dejaba estar.

Chanzas mindonienses aparte, ya digo que me llevaba a todos lados y me descubría muchas cosas, porque había nacido para divulgador, como el gato Doraemon. Me condujo a la Filmoteca de la calle Mercaders, donde echaban cuatro películas al día por un precio de chiste, y me indicó los mejores cines de programa doble con repescas notables (el de Horta, por ejemplo), y los que, oh maravilla, abrían por la mañana, y en otoño fueron una incitación irresistible a saltarme clases. Mis matinales favoritos eran tres: el minúsculo Alexis, con sus butacas color champán, en la Rambla de Cataluña, y los otros dos en los extremos del Paseo de Gracia: en la parte baja el Galerías Condal, talmente un barco de madera de cerezo en miniatura, varado en los años cincuenta, y en lo alto el Savoy, el único cine, me señaló, que había en la acera de los pares, y el único también con un reloj (de manecillas rojas, fluorescentes) sobre la pantalla, para añadir culpa galopante a la conciencia de las clases esquivadas.

De la manita me llevó Mario a las tiendas de compraventa de discos en Tallers y San Pablo, pero sobre todo a sus librerías preferidas, que eran muchas y diversas, y ahora van a permitirme que me explaye un poco, genuflexo, porque la Barcelona de aquella época se convirtió para mí, entre tantas otras cosas que voy contando, en la capital de los libros.

Mi primera sede fue la librería Salas, que ocupaba, literalmente, el zaguán del número 53 de la Rambla de Capuchinos, donde flotaba un embriagador aroma picante a papel reblandecido por la humedad y el tiempo. Los libros cubrían, de arriba abajo, las dos hojas del portalón; se extendían en cajas, a ras de suelo, y trepaban por las oscuras paredes de aquella cueva de continuo tránsito: al fondo, a la derecha, había una puerta misteriosa por la que entraban los técnicos y artistas del vecino Liceo, y daba, me contó, al mismísimo escenario; a la izquierda había otra, a disposición de los vecinos del inmueble. Lo más sugestivo de Casa Salas era su gran cantidad de material extranjero, suministrado por los turistas: allí descubrí a Genet y Mandiargues, y los Simenon de Presses de la Cité, y los Manchette de Série Noire Gallimard.

La verdadera floración de librerías de lance se extendía en torno a la Universidad Central. A la sombra de los plátanos de la calle Diputación, doce templetes de piedra con toldos de lona verde creaban un instantáneo ensueño parisino, de *bouquinistes* sin Sena. En los noventa, descubrí con pesar en una visita relámpago, se convirtieron en feudo exclusivo del porno, y luego cayeron uno tras otro, pero en mi época fueron un constante bazar de aprovisionamiento y de sorpresas.

En la franja de Aribau que va desde Diputación a la calle Aragón se encontraban, con destino a la clientela estudiantil, los templos de compraventa mejor surtidos, aunque algo más caros. La carestía aumentaba, cosa lógica, Ensanche arriba: subiendo por el Paseo de Gracia refulgían las librerías prohibitivas, clásica la Francesa y moderna Leteradura, y en Diagonal eran puertos obligados la rojísima y más asequible Cinc D'Oros, blanco favorito de la ultraderecha, y la muy británica Áncora y Delfín, con su mampara de madera bruñida tras el escaparate, y aquellas dependientas trepando por escaleras móviles a lo alto de las estanterías sin alterar apenas aquel silencio lujoso, casi oxfordiano.

Santos lugares todos ellos, que frecuentaba a media mañana, a la salida del Alexis, el Savoy o el Galerías Condal, para contemplar con unción, olfatear, y, como mucho, acariciar sus tesoros, coronados por mi trofeo inalcanzable, en la planta superior de la Francesa: los volúmenes de la Pléiade, con sus cubiertas de piel de cordero coloreada en origen, un color para cada siglo, y los hilillos dorados del lomo, como una firma secreta.

La remonda fue, sin embargo, el descubrimiento de los *drugstores*, quintaesencia, a mis ojos, de la nocturnidad más peliculera y neoyorquina. Un *drugstore*, otra especie extinguida, era un lugar donde se podía comer, beber y comprar regalos, libros y discos (quien podía, claro) durante las veinticuatro horas del día: lo nunca visto. Florecieron cuatro. El primero fue «el *drugstore*», a secas:

un fogonazo de luz y metales en el nocturno desierto del Paseo de Gracia. Le siguió el *drugstore* David de la calle Tuset, que a finales de los sesenta fue también, al parecer, breve epicentro de la modernidad barcelonesa. En noviembre del 73, coincidiendo con la ascensión a los cielos del almirante Carrero, se inauguró el tercer *drugstore*, en la plaza Lesseps. Se llamaba DrugBlau porque abrió sus puertas en los bajos de un edificio pintado de azul, calificado de «arquitectura pop» por la prensa de la época. Ya iba de capa caída, quizás porque no era céntrico, y lo frecuenté poco. El mío (o el nuestro) fue el *drugstore* Liceo, junto al antiguo hotel Oriente. De los cuatro era el más canalla, el puerto que congregaba a todo el nocherío ramblero, los afluentes que llegaban de la plaza Real, de la Cúpula Venus, de Les Enfants, del Salón Diana o del Jazz Colón, para tomar la última copa.

Drugstores y libros se han unido en mi recuerdo porque la conjunción de madrugada, puertas abiertas y escasa vigilancia facilitaba un alto nivel de latrocinio. Daniel Uribe era un plusmarquista del asunto, y el principal suministrador de libros del ático de Colón. Sus andares calmos y su sonrisa seráfica le venían al pelo para no despertar sospechas. Una noche batió su propio récord ante mis narices (y las del dependiente). Sin dejar de hablar de Hölderlin, levantó en Liceo un tomo de obras completas, se percató en la calle de que ya lo tenía, me dijo «Espera un momento», volvió a entrar, lo dejó en su sitio, y salió con el que le interesaba, mientras yo oscilaba entre el pasmo y la taquicardia. Aunque me gustaría presumir de lo contrario, aquel deporte generacional requería una mezcla de elegancia y bravura de la que nunca dispuse.

III

Así andaba yo por aquella Barcelona, pardillo deslumbrado y pardillo miedoso, en alternancia y a veces al unísono. Deslumbrado porque la ciudad me parecía muy grande, y muy grandes las calles (las más céntricas, por lo menos), y tenía que mirar veinte veces a cada lado para cruzarlas, y miedoso sin deslumbres porque no acababa de creerme que el ferrolano hubiera espichado, a juzgar por la contundencia de las hostias, verdaderas hostias como pianos que los grises seguían descargando sobre los lomos de quien pillaran, pues eso vi en las Ramblas la mismísima tarde de mi llegada, y la virulenta carga me dejó las piernas temblonas durante varias horas, e instalado en el córtex (zona, al parecer, muy receptiva) el eco de las balas de goma por un lado y de los molotovs por el otro, que me volvían juntos en mitad de cualquier sueño, y durante largo tiempo, sin poder evitarlo, cada vez que embocaba la zona de Canaletas al anochecer, lugar y hora, me contaron, de tradicionales saltos y somantas.

El auténtico oleaje de las Ramblas acabó por disolver aquel pringue negruzco. Nunca había visto tanta gente junta, que parecía moverse bajo una misma bandera, gente repentinamente sonriente, gente provecta (y tenía mucho mérito, pensaba, que algo les hiciera sonreír) y gente joven, es decir, como yo y mis hermanos mayores (Mario y sus amigos), con la pisada lenta y firme cuando se alejaban cascos, porras y tocineras, como si las Ramblas volvieran a ser suyas o fueran nuestras por rotunda vez primera, y entonces se iluminaban los quioscos llenos de libros nuevos, y el aire parecía limpiarse, un aire que me ensanchaba el pecho, y la noche olía a cerveza recién servida, y yo me dejaba llevar, río abajo.

El miedo a los rebrincos de la bestia se me quitó del todo con la portentosa hierba del ático, que me ponía como una Derbi. A los dibujantes, observé, les estajanovizaba: no levantaban cabeza del papel durante muchísimas horas. A Mario, Daniel y al otro (¿cómo diablos se llamaba el otro?) les daba lánguida y soñadora, de estar tirados muchas horas escuchando música, música grabada y música del cosmos, según la ingesta, y no pocas veces les acompañé en aquellos etéreos periplos, pero por lo general la planta me producía, ya digo, los efectos de medio tubo de anfetas sin la paranoia ni los tembleques: me marcaba el camino, por aquí sí, por allá no, avanza, sigue, y aquí párate para escuchar el extraordinario sonido de la brisa de medianoche (o de media mañana) en los plátanos, que, sí, también era la música del cosmos, plenamente era eso.

Comenzaba a darle después del desayuno, tan pronto salía de casa, y me regalaba esa sensación de urgencia, espoleta, y máxima apertura. Urgencia, aclaro, porque era consciente de que en otoño se me acababa la bicoca: me llamarían a filas (académicas) y pasaría más horas, o al menos eso pensaba, en la lejana Autónoma, ubicada en Bellaterra, que en mi maravillosa ciudad de adopción. Lo de la máxima apertura era, me parece a mí, quintaesencia adolescente: tenía la sensación de que al doblar tal o cual esquina podían ofrecérseme muchas vidas posibles, un montón de vidas, y según con quien me topara podía acabar siendo director de cine, marino mercante, carpintero alumínico o batería de conjunto moderno, en vez de cronista deportivo, que era lo que quería ser entonces.

De aquel verano, pues, me vuelven el andar mucho y el dormir poquísimo, y la sensación de que parecíamos vivir en la calle, porque la vida era una celebración constante y un no parar.

En el ático de Colón escuché una canción de Dylan de la que tampoco recuerdo ahora el título, qué desastre, quizás porque la hierba tiende a borrar bancos de memoria, pero sigue flameando un verso que se me pegó al alma como una escarapela y decía «*there was music in the cafes at night / and revolution in the air*». Quizás «revolución» sea una palabra un poco excesiva, pero podíamos creer en ella, o en algo parecido. «Revuelta» me gusta más, tiene aire de plato con mucha mezcla o mesa con muchas cosas estupendas, y más rabia a caño libre, y más salero. Recuerdo esa canción de Dylan y recuerdo a Mario feliz pero con las orejas aguzadas, diciéndome, lúcido, una noche en la pizzería: «Que va a haber un gran cambio, seguro: ya ha empezado, hay que ser muy lelo para no respirarlo. Lo que no sé es lo que durará o, peor, lo que dejarán que dure».

Mario participaba de la fiesta continua, pero nunca acababa de estar del todo dentro de la perola. Su mirada era un tanto distante: de periodista, comprendí, de lo que yo todavía no era. Y había otro asunto que comenzaba a roerle las tripas, algo de lo que no hablaba porque mi primo era, como fui descubriendo, extremadamente púdico a la hora de abrir el corazón: su vida sentimental se asemejaba muy mucho a los movimientos del Ratón Loco, aquella atracción salvaje, altibajonísima, del no menos cherokee parque de atracciones de Montjuïc. Algo comenzaba a maliciarme, pero tampoco prestaba mucha atención porque, angelito, apenas abría yo los ojos en el negociado amatorio, retenido todavía en la solipsista condición de hombre de paja.

Aquel verano le conocí a Mario tres novias, cosa para mí pasmosa, pues no alcanzaba a discernir si esas brevedades sentimentales eran moda barcelonesa o torpeza caracterológica. Cierto es que a veces podía ponerse muy pelmazo (y bien de antiguo), pero no tanto como para ir perdiendo parejas, pensaba yo, a razón de una por quincena, salvo la última, que le duró más. Incluso es posible que hubiera más de tres y a mí se me descontaran.

La primera se llamaba Nuri. Muy maja chica, dulcísima, rubia de aire californiano aunque era gerundense, que se le fue a la India y volvió budistizada o harekrishnizada, envuelta en telas naranja y con un nombre muy raro. Ya en los ochenta la reconocí por una foto en un periódico: dirigía una importantísima empresa de *import-export*. Sus ojos seguían siendo claros, pero más duros, como enfriados.

Mario quedó bastante umbrío por la fuga espiritual de Nuri. Superó el amohinamiento con la segunda, no sé si Clara o Carla, pero poco duró la algarabía: un par de semanas tirando largo. Una semana que no salieron de la cama (cuando yo llegaba siempre estaban allí traqueteando), otra de juergas y festejos donde coincidimos en diversos establecimientos de recreo, y de repente Mario volvía a estar soltero y solo en la vida, acodado en la barra de La Palma. ¿Cuándo se había producido el segundo ahí te quedas, si no los separabas ni con palanca? Porque hubo ahí te quedas y fuga, pero plenamente carnal, en este caso, y con residente del piso, que tenía mucho mérito la duplicidad. A su lado se cocía la cosa y es que ni olerla, eso era lo que más le encocoraba, y con razón: que Carla o Clara hubiera tenido tiempo para perder el oremus por uno de los dibujantes y se fueran juntísimos a mediados de julio. No tan lejos como la India, podría ser Menorca o Formentera, el caso es que en una de esas islas echaron el pie.

Acabo de recordar el nombre del dibujante: Olegario. Ya es triste que te planten por un tío llamado Olegario, aunque es verdad que suena mejor en catalán: Oleguer. Me he acordado porque Clara o Carla, que era muy desaforada, como casi todas las que le gustaban a Mario, numereras por la vía teatral o por la vía mística, se despidió con un mensaje que decía «Me voy con Oleguer» escrito con lápiz de labios en el espejo del baño, para que lo viera todo el mundo, o sea que bien, lo que se dice bien, no acabaron.

Entre la segunda y la tercera es posible que hubiese otra, ya digo, y a mí se me fastidiara el cómputo porque andaba a mis cosas, embriagado.

Con la tercera (un suponer) fue peor, fatal, hecatómbico. Se llamaba Iris y era actriz o aprendiza de. Todos éramos aprendices de algo, si bien se mira. Él la llamaba Isis, como la gran maga egipcia, para significar lo muy pillado que estaba por ella (y porque Dylan tenía una canción con ese nombre).

De la ruptura con Iris o Isis me enteré a la fuerza, porque hubo platillos volantes (y alguna que otra taza) y gran aparato eléctrico. Allí no dormía ni Eric cuando Mario e Iris o Isis comenzaban a ajustarse las cuentas. Strindberg puro era aquello, para no apearnos de la cosa teatral. Calculo que su romance duró de agosto a septiembre, y luego él entró en túnel y luego vio la luz, que la noche más larga eterna no es, es decir, vio a Patricia, que para celebrar eso estamos aquí, y Patricia le cambió la vida, aunque no fue rápido ni fácil, no señor. Pero no adelantemos acontecimientos, que todo llegará.

A finales de julio se prendió en Barcelona la llama de algo llamado Jornadas Libertarias y se extendió como el tópico reguero de pólvora pero sin pólvora. Con esto quiero decir que hubo revuelta pero de orden anímico, sin desgracias personales: pura alegría y puro desenfreno. Sin saber muy bien qué cosa era lo libertario, me fui para su lúdico corazón, yo y otros trescientos mil, al decir de las crónicas, y quizás me quedo corto.

El lúdico corazón era el Parque Güell, hasta entonces, según me habían contado, apacible enclave familiar y colegial. Algún resto de tales guisas esperaba, si no colegiales al menos abuelos y abuelas ácratas levantando de nuevo el puño al paso de la rojinegra. Debió de haberlos, aunque yo tenía los ojos en otro lado. Lo diré a la manera de mi pueblo: nunca había visto a tantas mozas con las tetas al aire. Ni, ya puesto, tantas pollas pendulantes. En cuanto a las asambleas, de las que también hubo profusión, disculparán que no me despertasen el mismo interés. Yo pensaba: «Intentan montar esto en Mondoñedo (y "esto" era todo, el paquete completo, nunca mejor dicho) y les pasan a cuchillo». Pero Barcelona fue una isla aquel verano.

Una gloriosa noche de julio follé por vez primera. O me folló ella, seamos claros, porque yo seguía pacato. Veo su mano decidida guiando mi mano atónita y mis pasos hacia una pineda oscura, a la que he vuelto unas cuantas veces en mis espaciadas visitas a la Ciudad Condal sin lograr encontrar nunca jamás el lugar sagrado de mi desvirgamiento, tan puestos íbamos. La goma o preservativo, por cierto, la llevaba ella en el bolsillo trasero de los tejanos, cosa que también me dejó a cuadros. Qué previsión la suya, que ánimo de salir a matar, y cómo reíamos al ponérmela o ponérmelo. Reíamos por el hierbazo que habíamos trasegado y porque se me salía, por nervios y patosía dactilar.

No volví a ver a aquella chica. Regresé al Parque Güell, la busqué noche tras noche por las Ramblas, y por el London y el Zurich y el Marsella y los Enfants y el Rivolta y la plaza Real, gritando mudo ¿dónde estás, princesa?, e incluso peregriné, quimereando encontrarla, hasta aquel desastroso Canet Rock que tenía que ser la Festa de la Lluna Plena y fue fiesta de lluvia llena, una cortina continua que lo borraba todo, un lodazal que devoraba zapatillas, tobillos, botellas, porros recién liados, carnés de identidad, y yo sin enterarme de nada, porque la lluvia y la música me sonaban igual, lo único que me importaba era avanzar, a codazos y empujones, con los dedos como limpiaparabrisas, empapado y buscando, buscando y nada, como si también se la hubiera tragado el barro para siempre, y algo así debió de ser.

Cuando la rastreaba veía su rostro como si acabara de

sacarle una foto, y ahora no consigo precisar si era rubia, morena o pelirroja.

Peor todavía: no he olvidado los nombres de las fugaces novias de Mario y no logro atrapar el de mi primer amor.

Recuerdo aquella sonrisa preciosa (los incisivos deliciosamente separados), como una luna recién aparecida en la oscuridad, y aquellas tetas espléndidas, blanquísimas, también hijas de la luna. Quizás si la hubiera encontrado en Canet, bajo la lluvia, como en una película romántica, ahora estaría con ella, y tendríamos dos o tres hijos, y yo no sería lo que soy sino otra cosa, otro personaje.

Creo haber adelantado que aquel otoño Mario estaba fatal, sin el amor de su vida (eso decía) y con poquísimo trabajo, escasos artículos, algunas traducciones: malos tiempos. Puedo imaginarle entrando en la Terraza Martini con el abrigo comprado en las Glorias, de mezclilla y cinturón trasero, el cuello (del abrigo) levantado, las manos hundidas en los bolsillos y un Celtas, porque no había un duro para Gauloises, colgando de sus labios, como un aviador que vuelve al bar de la base tras una misión fracasada. La misión fracasada, recordemos, se llamaba Iris o Isis, y la Terraza Martini había sido durante el invierno anterior su sede y la de sus compinches.

Daniel Uribe había descubierto el sorprendente lugar y dio la alerta: una coctelería en la cúspide de uno de los primeros rascacielos de la ciudad, en Gran Vía esquina Paseo de Gracia.

«Hoy ponte guapo, que vas a beber gratis hasta contraer el rigor mortis», me dijo Mario cuando me llevó allí, y ciertamente se podía libar sin coto, a condición de presentarse con corbata aunque fuera de gomita, melena domada y cara de reportero inquisitivo, pues casi todas las tardes, hacia el anochecer, se presentaba algo, un libro, un rodaje, un estreno, una colección de ropa, cachupinadas varias y diversas.

Había que subir hasta el presunto último piso, pero aún quedaba otro, al que se accedía por un ascensor claustrofóbico y tambaleante que parecía un batiscafo, quizás para contrastar con la amplitud de lo que venía luego: un gran bar acristalado, con la ciudad a nuestros pies. Con piano y pianista, como un ensueño de película americana en blanco y negro.

¿Por qué dejaron de frecuentar aquel oasis, aquel regalo de los dioses?

Tal vez sobrevino una llamada al orden: pese al aliño indumentario, Mario y compañía debían de parecer los Blues Brothers tras una gira por el profundo sur. (La referencia es posterior, porque la película todavía no se había estrenado.) O quizás fuera por puro y simple hartazgo. Se cansa uno de lo bueno, creyendo que más allá, donde la luz verde del embarcadero, habrá algo mejor, más nuevo, más brillante.

Se cansa, ay, hasta la rosa de ser rosa.

El asunto es que la tarde a la que vengo a referirme volvió Mario a la Terraza tras una larga ausencia. Mucho le estaba durando el trastorno de su abandono. Llegó con una pena tan negra como la tormentosa luz exterior, y con la declarada intención de pimplarse la botillería, y en ello estaba cuando descubrió que la expresión «pillarse un ciego», tan popular entonces, no era una simple figura retórica. El ciegazo le acometió en la barra (al quinto *dry martini*, precisó, y no creo que exagerase), afianzó sus garras en el ascensor (Mario no distinguía los botones) y bajó telón, espeso y casi absoluto, en el Paseo de Gracia.

Ciego pero ciego-ciego, afirmó, tautológico; ciego de ponerse a vender cupones. Le entró pánico grande porque ya era de noche y tan solo distinguía la peligrosa zarabanda de las luces de los coches. Cuando intentó cruzar la Gran Vía, uno de aquellos monstruos casi se lo lleva por delante. ¿Qué hace entonces mi primo? Se queda, sabia decisión, quieto parado, la espalda contra la pared, y espera a que amaine la borradura, y afloje, de paso, la lluvia que le empapa la cara.

¿Cuánto rato? No sabe, no contesta.

Retenía muy poco de aquel enigmático episodio. Recordó, y sonrió al decirlo, la sensación de llevar incrustadas las gafas Camy de nuestra infancia por debajo de los párpados. Yo me lo supuse caminando como entonces, tambaleante y orgulloso, pero sin el bastón del tío Julián. Más bien como egipcio en friso, dijo, con su celeridad metafórica, aunque, añadió, desplazándose sin saber hacia dónde, pues la inquietante oscuridad era visual y también cognitiva.

Aceleremos esto. Me pongo sus ojos y veo un túnel salpicado de muy aislados destellos de luz. Destello capital: la repentina entrevisión del dios Hermes. ¿Cómo? En bajorrelieve u hornacina, que eso tampoco estaba claro y en realidad daba lo mismo. Lo importante es que la imagen de la deidad que abre y cierra caminos (entre otros muchos poderes) orna y señaliza un dintel del Ensanche y le permite, con su favor legendario, reconocer el refugio que, sin saberlo, andaba buscando. Mario cae en la cuenta de que estuvo allí una vez, el invierno anterior: una tumultuosa fiesta en el sótano de Cuco Sanfeliu, primogénito de una de las familias más patricias de Barcelona.

Timbrazo. Abre Cuco. Mario intenta abrazarle, por la efusividad etílica y porque siente, aliviado, que ha llegado a puerto. Sabemos: 1) que Mario, tras presentarse, le solicitó un lugar en el que dormir la pítima; 2) que Cuco le acogió, por ser de natural abierto, y 3) que tras rogarle que no hiciera ruido porque el cineasta Carlos Saura, entonces muy renombrado, estaba al caer, le condujo hasta un sofá Chippendale, donde mi primo se tendió cuan largo era con el abrigo a guisa de manta. Conociendo a Cuco como le conocí (vino a la boda y estaba —o era— muy locuaz), la irrupción de Mario poco antes de que llegara Saura debió de hacerle bastante gracia, porque daba un aire muy bohemio y neoyorquino a su regio cubil.

Mario solo recuerda que se quedó fritísimo, y que, al despertar, Cuco y Saura seguían arreglando el país, y que se levantó (descalzo) para saludarles. Según Cuco, el saludo duró dos horas diez, por lo bajo. Mario no tenía ni la más leve idea de lo que, tocado por la gracia de Hermes, les dijo aquella noche, pero muy elocuente debió de ser, pues a la mañana siguiente entró Cuco en la redacción de su revista y comunicó a los presentes que había conocido a un gran talento, al que describió como «un cruce entre Tom Wolfe y un poeta *beat*». Pidió que localizaran a Mario y dijo que le quería escribiendo ya, pero ya, en espacio preferente.

Que quién era, que qué revista, y por qué llamaba a tales horas, inquirió mi primo, todavía recuperándose de la toña.

Cuco le informó de que eran las ocho de la tarde, y que la futura revista, un *magazine* «entre *Village Voice* y *Andy Warhol's Interview*» iba a llamarse *CS*, esto es, sus mismísimas iniciales: Cuco Sanfeliu.

Pagaba la edición su señor padre, pero eso no lo dijo.

«¿Y de qué quieres que escriba?», preguntó Mario.

«Escribe sobre lo que nos contaste ayer», dijo Cuco.

A Mario le entraron fatiguitas y sudores de agonía porque no columbraba nada, pero es que nada, de lo que, según Cuco, tan galanamente había expresado, y de perdido al río, aquella misma noche se puso a teclear, que menudo era mi primo, y Hermes siguió guiándole, y a Cuco le gustó muchísimo lo escrito, y a finales de aquella semana ya le había contratado, y así pasó a ganar más dinero que el que había ganado en su vida, y su nombre se puso de moda durante un tiempo, y empezaron a pedirle colaboraciones en otras revistas, que ya he dicho que entonces había muchas, y una de las otras, más radical que la lujosa y un tanto superferolítica *CS*, se llamaba *Aportodas*, y allí trabajaba Patricia, y si cuento todo esto es para evidenciar los sinuosos vericuetos y azares (o destinos) de la existencia, porque, a mi entender, si aquella tarde de otoño Mario no se hubiera personado en la Terraza, ni hubiera bebido como un jenízaro, ni pillado el ciegazo referido, no se le habría aparecido el benéfico Hermes, ni habría guiado sus pasos hasta donde Cuco, ni, acortemos camino, se habrían conocido Mario y Patricia, como ya se verá, aunque eso fue más tarde, en primavera, y difieren las versiones de ambos, pues ahí se amplía la suculenta cadena de desvíos y malentendidos (o no, quizás todo lo contrario) que habrían de acabar en gran amor (esta vez sí) y, para mi sorpresa y la de casi todos sus respectivos conocidos, en la más abracadabrante boda que ojos humanos (los míos, los suyos, los nuestros) vieran.

Aquel otoño comencé las clases y el frío llegó de golpe. Frío real y frío simbólico. Parecía que las Ramblas hubieran quedado desiertas. ¿Eran imaginaciones mías o realmente la ciudad se cerraba a toques de silbato, invisible pero presentísimo, y no se diferenciaba mucho de mi pueblo, tan vacío a partir de las diez de la noche? ¿Dónde estaba toda la gente del verano, en qué páramos, en qué cuarteles, cabizbajos en qué oficinas, bajo qué yugos? Quizás exagero, quizás, pensé, así eran todos los inviernos en Barcelona. Sin duda que algo seguía moviéndose, abriendo camino, pero todo parecía más lento y subterráneo. Simplificando mucho, porque era un tiempo y una edad de simplificaciones, sentía que había dos bandos, los que queríamos que aquel verano fuera eterno y los que no.

Algunos partidarios del verano encontramos un faro en la oscuridad sobrevenida: el Salón Diana, en la calle San Pablo, un viejo cine tomado por los rojinegros y reconvertido en teatro, en foro, en cuarto de juegos. Los ácratas ya habían ocupado el año anterior el ruinoso mercado del Borne (antes de mi llegada, lástima) para liar una inenarrable jarana de tres días, un *Don Juan Tenorio* dirigido colectivamente y que acababa con doña Inés, insólita patrona del metafórico estío, ascendiendo a los cielos (la cúpula del mercado) en la punta de una grúa de treinta metros.

Mario había escrito una crónica estupenda. Te hacía

ver las torres metálicas, las máquinas de humo, los cañones de luz, los chiringuitos con comida y bebida, los puestos de tebeos (perdón, *comix*) y artesanía y folletos ceneteros, y las tarimas en las que se representaron los siete actos de la obra en versiones abracadabrantes, y donde también tocaron, durante los intermedios, los grupos de la naciente Onda Layetana.

Vuelvo a ver ahora todo aquello como si lo hubiera visto entonces: el recuerdo ya es mío, y en su centro sigue resonando la voz de aquel actor que clamaba, pletórico de fuerza y de orgullo: «*El Born és nostre!*».

Perdieron dinero, contaba, porque ante la avalancha de gente y las sucesivas cargas de la poli los organizadores dijeron *alea iacta est* y abrieron las puertas, y la feliz coladura fue masiva, como nutrias al levantarse las compuertas de una presa (la frase es suya), pero al poco tiempo montaron otra fiesta para recuperarse, esta vez baile y solo baile, en el Pueblo Español, por fin de año, y así pudieron plantar su enseña pirata en el Diana. Yo iba noche sí y noche también: era el sitio al que había que ir, porque siempre pasaba algo. Siempre había una función, un recital, un concierto de rock o un bailongo (los jueves), un pase de películas hasta entonces prohibidas, o alguien que hacía algo divertido y sorprendente, cualquier cosa menos, ay, la anhelada reaparición de mi chica de las Jornadas Libertarias, pero dejemos eso como lo fui dejando yo. Empecé yendo a la caza y acabé, simplemente, yendo para estar, para charlar y beber y ver y escuchar y bailar, calentados todos por estufas de leña y vasos de cazalla y nuestras ganas.

Me sentía como en mi club privado, me veía como si llevara allí mil años y pensaba que allí seguiría mil años más, hasta que de un día para otro el Diana cayó, me dijeron, por falta de liquidez, porque no era rentable y porque a nadie del nuevo poder le interesó echar una mano para que siguiera: poco podía interesarles un lugar que se anunciaba gozosamente como «una casa de putas al servicio del pueblo».

Unos meses más tarde hubo una gran manifestación ácrata contra los llamados Pactos de la Moncloa. Las afiliaciones a CNT se habían centuplicado y no dejaban de crecer. El sindicato parecía imparable desde los encuentros veraniegos, pero aquella gélida mañana, según la policía, un grupo de manifestantes lanzó varios molotovs contra una sala de fiestas.

Raro fue el objetivo y más raro aún que aquel edificio de pétrea fachada ardiera tan rápidamente hasta los cimientos: la enorme columna de humo se veía desde cualquier punto de Barcelona, como un tornado agujereando el cielo gris plomo. Y raro, definitivamente trágico y raro, que aquella mañana de domingo se encontraran en el interior de la sala cuatro trabajadores que murieron asfixiados en cuestión de minutos. Y que los cuatro fueran de la Confederación.

Las extrañezas continuaron, porque a los dos días detuvieron a los presuntos implicados de siempre. Uno de ellos, se sabría luego, era confidente. Entre las fotos de los nuevos detenidos me sorprendió reconocer el rostro del chaval que nos servía los cafés de la mañana y las últimas cervezas de la noche en el bar vecino al ático de Colón: imaginar a aquel mocetón gordote y afable (y de escasas luces) arrojando un molotov era como figurarse a San Juan Crisóstomo blandiendo una katana.

Han sido los anarquistas, tituló buena parte de la

prensa, despertando fantasmas del pasado y vientos de conflicto inminente. En editoriales y artículos de fondo se deslizó otra idea previsible: la Confederación, madre gorgónea, devoraba a sus hijos.

Sí, tal vez tenía razón Mario: aquel verano había sido un interregno, un desbordamiento que no dejarían que se repitiese.

Ahora, tantos años después, escucho con claridad el sonido del silbato metafórico y las carreras de quienes, diligentes y avispados, corrieron a sus puestos. El resto es historia, contada por ellos. Vale, quizás soy injusto. Seguro que me dejo cosas. Siempre quedan cosas fuera de plano y otras, tal vez incongruentes, toman su lugar. O se recuerdan en desorden cronológico, porque volví a darle duro a la maría aquella temporada.

Aquel diciembre escuché otra cosa.

Yo estaba en la Rambla, con un pie en el estribo para pasar las fiestas en Mondoñedo. Mario estaba en Roma, por todo lo alto, para entrevistar no sé si a un escritor o a un director de cine, ambos muy de moda. Preciso: yo estoy en la esquina de Rambla con Pintor Fortuny, la nariz helada y chorreante, mirando hacia lo alto, hacia la última planta del imponente hotel Manila, perdida en las sombras o en la niebla de nubes bajas, y no sé por qué miro hacia allá, y esa imagen llega unida al cocoricó de las gallinitas. La gallinita era una especie de zambomba subdesarrollada que vendían en la Rambla aquellas Navidades, un invento de chiste, un triste vaso de plástico con un tristérrimo cordoncillo. Deslizando los dedos por el cordón sonaba un cacareo estridente con poquísima gracia, en cualquier rincón de la Rambla sonaba eso, como si estuvieran arrancándole la cabeza a la puta gallinita.

Días más tarde llama Mario desde Roma con una voz muy oscura para decirme que habían encontrado muerto a Daniel Uribe en una habitación del hotel Manila y su nombre me llegó asociado a un eco imaginario: una máquina de escribir cantando como una ametralladora y encasquillándose en un golpe de silencio.

Gallinita, llamada, lluvia, ametralladora, silencio.

¿Qué hacía Daniel en el Manila? fue lo único que acerté a preguntar.

Parece que se registró allí, me dijo Mario, solo por una noche. En el suelo encontraron un frasco de Luminal. Ninguna nota.

Sonido: el frasco vacío, cayendo al abismo.

Un amigo suyo, cronista de sucesos en *Tele-Exprés*, se lo había contado. Aquellos datos no aparecieron en la noticia. Entonces esas cosas no se publicaban. Fue una sacudida brutal y desconcertante (y me quedo corto con el adjetivo), porque en aquella época ni se me pasaba por la cabeza que alguien de su edad pudiera morir, y menos por voluntad propia.

Me pregunté si yo sería capaz de hacer algo así. Y me entró un miedo espantoso.

El recuerdo de Daniel Uribe me vuelve entero, pero no es mío: es el recuerdo que Mario regaló a todos los que leímos su artículo de despedida, uno de los más cuajados y sentidos que escribió nunca. No imaginaba yo que le conociera tanto. Un mal invierno, una niebla húmeda y espesa como aquella columna de humo, apretándose como una perra enferma contra el vientre bajo del cielo.

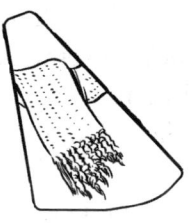

IV

De repente estamos en primavera, han pasado tres meses llenos de clases y más clases, y los turnos de noche en *El Ciero*, y la nariz hundida en montañas de papeles, cuando Mario me llama diciendo que tiene algo muy importante que contarme, lo último que yo imaginaba que me iba a contar, y caigo en la cuenta de que hace siglos (tres meses, exactamente) que no sabía nada de él, salvo que había dejado el ático de Colón porque allí no podía trabajar tranquilo, me dijo, para alquilar otro, muy pequeño, en la falda de la colina del Putxet, un barrio alto que en aquella época se había convertido en una pequeña colonia (colina llama a colonia) de escritores y traductores, en su mayoría bonaerenses. Y que andaba más por Madrid que por Barcelona, es increíble cómo dejamos de ver a la gente que queremos, me dije, y me dije luego que también podía haber llamado él, y pensando esas cosas y devanándome la sesera acerca de lo que tendría que decirme acudí a la cita en el Lemans, un bar que estaba en la esquina de plaza Cataluña con Vergara y que a él le gustaba mucho porque le parecía muy francés (para variar), desde el nombre, decía, y porque no había allí la turbamulta del Zurich (nada, de todos modos, comparado con la de hoy día).

Mario llegó y encendió una pipa: primera novedad. Ahora se me borra el olor veraniego y habanero de los Statos de Luxe, y el perfume de los Gauloises o Celtas, acre y breve como la pólvora de un fogonazo, y me vuelve Mario aureolado por el humo de tabacos que ya no existen, y negras hebras de Latakia surcan como nimbos mis retinas, y se cimbrea la hoja de Xanthi que coronaba la labor de State Express London Mixture, pues tenía un agujerito, me contó, por donde la colgaban a secar al sol de lejanas tierras, y olfateo la mezcla de State Express Roundels, prensada hasta adquirir la textura y el aroma de los higos secos, y veo aquellas cajas como estampas de un álbum de cromos, blanca la de Balkan Sobranie, amarilla la de la irlandesa Erinmore (con una enigmática piña tropical sobre el rótulo), roja la de State Express Roundels, azul la de Capstan.

Mario empezó mareando la perdiz, como solía ser su costumbre y como llevo yo un rato haciendo, pero esa vez dio más vueltas que hámster en rueda: estaba nervioso, se le notaba feliz pero nervioso, porque en esos tres meses le habían pasado muchísimas cosas, o una sola pero con más recodos que un serpentín.

Diez minutos de información prescindible. Que había entrevistado a no sé cuántos, políticos y escritores y cineastas, todos en agraz, que Madrid cada día le gustaba más, que tenía (yo) que leer urgentemente tal libro y ver tal película, que había empezado a escribir una novela pero andaba fatal de tiempo, y yo con la rodilla casi epiléptica bajo la mesa, preguntándome cuál sería aquella cosa tan importante que tenía que decirme, hasta que se acaban los desvíos y de golpe me lo suelta: que estaba enamorado.

Muy enamorado. Muy, muy. Una chica maravillosa, una chica que ni te imaginas, y con esa frase quería decir, entendí, que era muy distinta de sus fugaces novias anteriores, lo cual era certísimo, porque Patricia nada tenía de tumultuosa o de mística.

«¿La has conocido en Madrid?», pregunté, por entrarle de alguna manera.

La pregunta parecía una chorrada, pero no lo era.

«No, no, en Barcelona», me dice, y en ese momento yo me quedé mudito, mudito y ofendidito, un poco en plan madre dolidita, porque a punto estuve de decirle que un poco más y me tengo que enterar por los periódicos, chato (o chatito). En Barcelona, o sea, a cuatro pasos, en mis narices, había nacido el amor, aunque no fue precisamente rectilíneo el camino que siguieron hasta encontrarse, y el ramalazo materno impregnó mis siguientes preguntas, que siendo sencillas y legítimas adquirieron, en el momento de ser enunciadas, una tonalidad quejicosa y un molesto trémolo de impaciencia. Oh, sí.

«Que cómo se llama. Que cómo es. Que de qué trabaja.»

A la primera pregunta contestó: «Patricia. Patricia Aubach. Y no le gusta, por cierto, que la llamen Patty, ya te aviso». A la segunda manifestó que muy guapa, morena, morenaza con tonos cobrizos, cabello recogido, cola de caballo, ojazos entre verdes y grises, verdigrises. «Alta, casi como yo», añadió (y yo me figuré a la giganta de Baudelaire). La tercera cuestión encaramó a Mario por una enredadera retrospectiva: podía haberla visto en Periodismo, dijo, seguramente estuvieron a punto de cruzarse varias veces, aunque de cruzársela no se le hubiera despintado, pero ella se bajó en marcha. Llevaba Patricia varios cursos (resumo el discurso de Mario) cuando se dio cuenta de que aquello no le apetecía nada. Unas cuantas entrevistas y reportajes le bastaron para comprender que el mundo periodístico era un sinvivir, de modo que plantó la carrera y se puso a llevar la contabilidad del taller de su padre, y trabajó luego de camarera en un hotel de la costa y después en la vendimia (Mario dijo eso último con un tono de reverente admiración, porque las labores que requerían esfuerzo físico le parecían dignas de semidioses o diosas) y también dio clases de inglés y matemáticas, hasta que encontró aquel nuevo quehacer, y era, mira por dónde, un retorno al mundo de la prensa aunque de un modo un poco lateral, pues parecía que estaba escrito para que acabáramos encontrándonos, y allí me la encontré, dijo.

«Dónde, Mario, dónde trabaja, por el amor de Dios, que pareces Cantinflas», pregunté yo, al borde de la congestión convulsiva.

«Calma, ya voy a eso. En la redacción de *Aportodas*, en edición», me dijo. En un despacho abierto, una mesa que hay al fondo, a la derecha, pormenorizó, que tampoco hacía falta: o calvo o siete pelucas.

Aportodas era una revista muy combativa, de ahí el nombre, y muy contracultural, que había empezado siendo casi un folleto clandestino pero en menos de un año, el año que llevaba yo en Barcelona, se había disparado y andaba de mano en mano, las mejores manos, las manos de los partidarios del verano.

«Y ahí venía lo difícil a la hora de describírsela a quienes me preguntaban», siguió Mario, que iba a su bola, «porque es muy complicado describir un aura».

«¿Un aura?», repetí.

«Sí, un aura. ¿No sabes lo que es un aura, primo?»

Qué mal sonó aquel primo. Solo le faltó volver a llamarme Hastings, como en los lejanos días de la infancia. En realidad, yo me había quedado colgado de la frase «describírsela a quienes me preguntaban». ¿Quiénes te preguntaban, Mario? ¿Qué amigos, qué gente? ¿Y por qué no estaba yo entre ellos? Madrileños serían. Un aura de paz, de calma, seguía él, embabiecado con el recuerdo epifánico. Estaba sentada al fondo, inmóvil, envuelta en un chal, pero como si estuviera en el mismo centro, el centro de aquella entrada y del universo mundo, entendí.

«Irradiaba. Elegantísima, la pura imagen de la serenidad. Me quedé tonto mirándola», dijo, «no podía apartar los ojos, pero los aparté, porque ella me miró y sonrió, y yo pensé entonces que mi cosa era muy descarada, que se me estaba notando demasiado el cuelgue. Fueron diez segundos, veinte como mucho, pero duraron una eternidad».

Calló entonces Mario, quizás porque esa frase le sonó un poco a telenovela, o quizás porque ya iba siendo hora de mascar un poco el freno y contar las cosas paso a paso. Bienvenida fue la pausa, de todos modos. Yo también callé, asintiendo. Estuvimos así un rato, cabeceando como perritos de coche, hasta que lancé la pregunta que reimpulsa todo relato.

«¿Y qué pasó luego?»

«No pasó nada, primo. No me atreví a decirle nada, aunque te cueste creerlo.» (Vaya si me costaba.) «Como un colegial me quedé. No pude, así que giré cola.» (Expresión barcelonesa.) «Y me fui a entregar el artículo, y haciéndome el tonto le pregunté al redactor jefe que cómo se llamaba la chica del fondo, que la conocía seguro pero no me venía el nombre. ¿Patricia?, me dice. Y yo: eso, claro, Patricia. Cuando volví a pasar por la antesala ya no estaba allí, pero su bolso sí estaba. Se habrá metido en uno de esos despachos, supuse. O en el lavabo. Espero. Espero, dispuesto a lanzarme. Me pongo a hojear revistas. Pasan cinco minutos. Diez minutos. En estas sale otra chica, y con cara de yonofuí le digo: oye, ¿sabes dónde anda Patty?, y ahí meto la gamba porque ella me mira con una cara rara, que debió pensar "mal la conoce este si la llama Patty", y me dice, seca, que ha bajado a desayunar.

»Le digo: vale, ya la veo luego, por decir algo, y a la que la seca sale de campo me lanzo escaleras abajo como el Correcaminos, y me recorro todos los bares de la manzana con el corazón en la boca, pero nada, no estaba en ninguno, y pienso: nos hemos cruzado, seguro que cuando yo iba ella volvía, y por un momento estoy a punto de subir otra vez y plantarme ante su mesa y decirle… ¿pero qué, qué? No le había dicho nada antes porque no sabía cómo entrarle, y seguía sin saber lo que podía decirle. ¿Que si te invito a algo, que si eres guapa de morirse, que por qué no te vienes a Madrid conmigo, chulona mía, y te hago emperatriz de Lavapiés?

»Nada, nada, nada. No quería echar aquello a perder. Porque me di cuenta de que me gustaba demasiado, con locura me gustaba, y eso era nuevo para mí, ¿entiendes?» Ahí hizo una pausa para respirar. Un poco.

Mario nunca había sido tan sincero conmigo. Nunca, jamás.

Bajé la vista cual tímida doncella. «Claro», le dije. Me

miró a los ojos, que volvieron a alzarse, viriles, para ver si lo decía por decir. Claro que lo entendía yo. Lo entendía perfectamente. Escuchaba a Mario y me veía por las Ramblas buscando desesperadamente a la chica de las Jornadas Libertarias, mi chica sin nombre, mi chica perdida, tal vez para siempre, en la que seguía pensando tantas noches, y sentí envidia, y también me sentí feliz porque al fin me lo había contado, que más vale tarde que nunca, y feliz por el repentino hermanamiento, y a punto estuve de echar el naipe en la mesa y contarle mi historia (de modo más conciso, eso sí) pero me interesaba más la suya, y mira por dónde, resulta que ahora voy a cortarle un rato el chorro para dar paso a un nuevo narrador, porque la ocasión lo requiere. Narradora, en este caso; ya lo adivinaron. Adelante.

«No, no fue así», me dijo Patricia. «Lo realmente gracioso es que me vio como la Serenísima cuando en realidad yo estaba alelada, hasta aquí de antiinflamatorios. Me había dado un golpe de aire dos noches antes, en la montaña, y estaba con el cuello que no podía moverlo, y el brazo todavía más tieso. Por eso llevaba el chal, porque no podía ni ponerme un jersey.

»Y hay otra cosa que él no recuerda y siempre me dice que ni hablar, pero ya te digo yo que sí: no era la primera vez que nos veíamos.

»Cuando Mario empezó a colaborar en *Aportodas*, yo fui una vez a la redacción de *CS* a buscarle el artículo, porque siempre ha sido muy señorito y porque hacía muy buen día y a mí me apetecía salir a dar un paseo y tomar un vermú. Allí también pasaron dos cosas curiosas. Primera, que le vi rubio, cosa que nunca ha sido, que yo sepa. Había una ventana a su espalda y el sol le daba en la melena, a contraluz. Me pareció, de entrada, un tío que no estaba mal, rubio, altote (bueno, un poco más alto que yo), pero muy estirado, muy pijo. Creo que llegué a esa conclusión, y aquí viene la segunda cosa, porque aquella vez ni me miró: me dijo "Aquí lo tienes", con una voz muy engolada, estilo Umbral, y me alargó el artículo sin levantar la vista, como si yo fuera el botones.

»¿Que qué pensé? Pensé: anda y que te den. Así que yo le vi rubipijo, y él me vio como la Dama de Elche. No parecía escrito en las estrellas lo nuestro.»

Vuelve la acción al Lemans. Cae la tarde, pero no nos damos cuenta. ¿Dónde estábamos? En que no pasó nada. En el relato, Mario tuvo que volver a Madrid, cosa de una semana o dos. Tiempo muerto. Tiempo para pensar detenidamente en su siguiente movimiento, como si hubiera habido un primero, pensé (pero no lo dije); tiempo para el salto definitivo y predatorio, que cantó el poeta.

La maniobra habitual (hacerse el encontradizo con Patricia) no le parecía pertinente: a grandes damas, grandes planes. Pensaré, pensaré y pensaré, se dijo, y la fortaleza derribaré. Tengo que pensarlo bien; esta vez no puedo fastidiarlo, se repetía. Yo pensaba: sí, pero no te encantes mucho, primo, que igual te la pilla otro, como si la historia retrospectiva estuviera sucediendo en aquel mismo instante, por los trampantojos de la narración en presente.

Mientras Mario andaba por los madriles, estalla una

gran crisis en *Aportodas*, que al parecer llevaba incubándose desde hacía meses. Cambio de empresa, reducción de plantilla o ambas cosas. Alguien de la revista le dijo que iba a montarse una asamblea en una casa particular, y fue saberlo, tomar el avión y plantarse allí.

Bien, bien, hasta ahí bien. En la sala, oh dioses benévolos, vislumbra a Patricia. Pero, oh dioses crudelísimos, para impresionarla decide pedir la palabra, y pasa, cual siempre ha sido su costumbre, de Málaga a Malagón: de tímido mudito a subirse a la parra y pegar una chapa que ni Fidel de joven. Y atentos ahora al nuevo y muy sorprendente malentendido de esta historia pródiga en ellos, porque en su insania hay una enseñanza que no conviene olvidar. Mientras Mario larga su encendida e interminable arenga, que tenía que llevar a los allí presentes a la tierra prometida, no deja de mirar hacia el sillón donde se encuentra sentada Patricia, pero tratando de que no se le note, o sea, que debía de notársele muchísimo. Mario habla y habla y mira y mira, y en el fondo del fondo de su alma espera una señal de los dioses benévolos, protectores de los amantes, y tanto la busca que acaba por encontrarla.

La señal está en los flecos de su bufanda, prenda de la que se sentía muy orgulloso porque le parecía la quintaesencia del estudiante sesentayochista, pero a mí me recordaba más bien, por larga que se la pisaba, a la de Alec Guiness en *El quinteto de la muerte*.

Ahora un plano detalle, por favor. La bufanda corona el montón de ropajes apilados en el sillón vecino al que ocupa Patricia, y ahora acaba de pasar a las dulces manos de Su Serenísima.

¿Qué demonios está haciendo Patricia con la bufanda?

Eso le gustaría saber a él.

«Nuditos», me dijo ella. «Hacía nuditos en los flecos sin darme cuenta, para no dormirme, porque Mario estaba pegando aquella soflama tremebunda y no parecía dispuesto a acabarla. Y cuando se me acabaron los nuditos y ya comenzaba a hervirme la cabeza, vi que se giraba para comentarles algo a los de la mesa y me dije esta es la mía, y me fui discretamente por pies, aunque hay que reconocer que, pesado y todo, sobrado y todo, tenía cierta gracia, y también tenía bastante razón en lo que decía.»

Cuando Mario advierte que Patricia ha desaparecido, su elocuencia cae como un avión abatido: en picado y echando humo negro. Remata mal que bien el discurso, y a la hora de despedir el duelo, cabizbajo, descubre los nuditos en los flecos de la bufanda. ¡Momento cósmico! Enorme alegría, maníaca agitación. Lo que sucede acto seguido, Patricia tardó meses en saberlo. «Vamos, que lo llego a saber entonces y me da la risa loca y no quedo con él ni de verano», me dijo, «porque me hubiera entrado yuyu».

¿Qué hizo Mario aquella noche, capital en la historia de su relación?

También le costó un poco contármelo, y se comprende.

Bajó la voz para decirme:

«Fui a casa de un amigo, porque su padre era marino.»

«No entiendo», dije yo. «¿Y eso qué tiene que ver...?»

Mario extendió la mano para mirarse las uñas y dijo:

«Tenía un manual de morse. El padre de mi amigo. El marino.»

«Porque pensaste...»

«Eso. Pensé que Patricia me había dejado un mensaje.»

«Un mensaje.»

«Sí.»

«¿Un mensaje en los flecos de la bufanda?»

«En los nuditos. ¿Te parece raro?»

«No, no, no, no. Qué me va a parecer.»

«Contento estaba yo que no te lo imaginas. Como un espía que acaba de descubrir el Código Enigma.»

«Y el mensaje decía…»

«Xvchinglub. O algo parecido. Pero daba igual.»

En eso tenía razón. Como si el mensaje hubiera dicho Zumalacárregui, porque estaba convencido de que Patricia había hecho los nuditos para llamar su atención, para decirle una cosica con sus vocales y sus consonantes, y de que aquello era un adelante con todas las de la ley.

«Y adelante fue», dijo Patricia. «Conociéndole, aquella noche seguro que no pegó ojo, y seguro también que a las siete ya estaba en pie para plantarse en *Aportodas* nada más abrir, pero no llegó porque me pilló de camino, en las Ramblas, otra casualidad, yo adormiladísima y él como el cable de la luz y envuelto en aquella nube de Acqua di Selva que mareaba, y fue verme y sonreír de un modo que me tumbó todas las defensas. No, no dijo nada de los nuditos. Ni de la perorata en la asamblea. Estaba callado, callado y felicísimo. Caminábamos juntos y de repente tuve la impresión, rara, rara, de que nos conocíamos de hacía mucho. Me dijo: "¿Tú has desayunado? ¿Te da tiempo? Es que me comería un buey o dos". Mucho tiempo no me daba, pero le dije que sí. Yo solo desayunaba un café con leche, pero estando con él me entró hambre, y fuimos a la granja de la calle Xuclà, que estaba casi vacía, como si hubieran abierto para nosotros, y devoramos unos suizos con ensaimada que daba gloria verlos.»

(Interrumpo a Patricia para señalar al lector de habla castellana, gallega o euskaldún, que en Cataluña se denomina «suizos» a los tazones de chocolate caliente coronados de nata, a diferencia de otros puntos de la península en los que así se llama a los brioches. De igual modo, se llama «granjas» a los lugares que expenden tales suizos, así como otros elementos de desayuno y merendola como los platazos de nata y arroz con leche, igualmente celebrados por la catalanidad. Continúe usted.)

«Y entonces, de repente, me dice: "¿Te gustan los espaguetis?". Así, a bote pronto. Yo le dije que sí, porque pensé que quería invitarme al Rivolta, que seguía siendo el sitio de moda. "¿Esta noche te va bien?", dijo, y yo otra vez que sí, y contestó "Estupendo, estupendo, esta noche a las diez", mientras escribía en una servilleta de papel, y yo pensando que tomaba notas para un artículo, y hasta que no me la alargó y leí la dirección no me di cuenta de que me estaba invitando a su casa, y pensé "Está yendo un poco rápido esto", y también me sorprendió pensar que no quería volverme atrás, y él remató: "Ya verás, hago unos espaguetis increíbles", y así fue como quedamos.

»Estaba muy contenta ese día, contentísima. Tanto que la mañana se me hizo interminable y salí antes de hora sin pedir permiso, porque total la revista ya tenía los días contados. Me fui a una tienda de la calle Boquería y me compré una camisa blanca con flores azules, y unos zapatos en la calle Pelayo, y luego fui a casa de mis padres, donde vivía entonces, y planché la camisa, y comí sin hambre, y quise dormir una siesta pero no podía, y me eché a la calle pensando ir al cine para hacer tiempo, y de camino me di cuenta de que estaba nerviosa, contenta pero nerviosa, y no acababa de entender por qué, estaba nerviosa por la cena pero no ligaba ese dato, qué iba a estar yo nerviosa por eso.

»Fui al Capsa y vi *El amigo americano*, y en el Capsa me encontré con unos amigos que hacía tiempo que no veía y nos fuimos a tomar unas cervezas al London, y algún porro también cayó, y charla que charla se me fue el santo al cielo, y de repente ya eran las diez menos cuarto. No encontraba la servilleta con la dirección, y cuando la encontré me dije no llego, no llego, y entré en una cabina y le llamé y dije que en cinco minutos llegaba, pero calculé mal.

»Paré un taxi, que para mí era un lujo, pero un día era un día, y llegué al Putxet pasadas las diez y me encontré a Mario más nervioso que yo, o al menos se le notaba más. A mí se me habían pasado los nervios y lo que estaba era bastante colocada. Y con los pies hechos polvo por los zapatos nuevos, que no me había dado cuenta hasta entonces. No era yo misma, porque en mí misma no salgo a la calle con zapatos nuevos sin haberlos llevado un día por casa, un día por lo menos. Pero no.

»Mario había puesto un mantel blanco y un par de velas, y una botella de Viñasol en cubito metálico, muy fino todo. Tiempo después me dijo que quiso montar la cena en el terrado, con lucecitas de verbena, como en *La chica del adiós*, pero que el título le daba mala espina, aunque la verdad es que no lo hizo porque pegaba algo de rasca.

»En el centro de la mesa estaban los famosos espaguetis. ¿Tú te acuerdas de los espaguetis Milliat Frères? ¿No? Yo sí que me acuerdo. Claro, a ti te cocinaba la tía Amelia, pero como él se había independizado tenía que hacerse la comida y no era lo suyo. Siempre comía fuera, pero esa noche quería lucirse, y vaya si se lució. Los espaguetis Milliat Frères venían en una caja, que la vi en la cocina, una especie de pack. "Delicioso plato compuesto por spaghetti, salsa boloñesa y queso especial." Sería delicioso en Francia. En la versión española, la salsa italiana era una latita de tomate frito con unos grumos de carne. El queso especial era queso rallado *vulgaris*, en un sobrecito de plástico. Y tan alterado estaba Mario con lo de que yo llegaría en cinco minutos que se aturulló y echó los espaguetis antes de tiempo, y la pasta quedó como engrudo, que a quién se le ocurre. Pero daba igual, porque cenamos aquella masa escuchando las canciones napolitanas de Gabriella Ferri, y yo riéndome mucho, un poco demasiado, y él riendo de verme reír, hasta que me salió todo el cansancio y todos los nervios, y cuando pasamos a la escena del sofá, yo me quedé fritísima, de modo que aquella noche no hicimos nada. Una gran noche.

»A las seis de la mañana me despertó una tormenta grande, con aparato eléctrico. Mario me había puesto una manta metidita por los pies, como si supiera que a mí me gustaba mucho eso. Era estupendo escuchar la tormenta y sentir aquella manta y el frío que traía la lluvia, y ver la luz que entraba en el comedor, una luz gris, casi verdosa, que a mí me pareció preciosa y casi plateada. Me acordé entonces de la cena, que por cierto ya había recogido, no quedaban huellas, y el recuerdo de la cena me hizo sonreír y pensé "anda que no". Me encontraba fantásticamente, sin nada de resaca, y los espaguetis increíbles no me habían sentado mal. Me levanté, arrastrando la manta, y caminé por el pasillo, y entré en su habitación y entonces sí que lo hicimos. Mucho y bien.»

V

Recuerdo el día, tantos años después, en que Mario me dijo: «¿Sabes que aquel año hubo en España doscientos atentados? Un muerto cada tres días; de ETA o de extrema derecha. Y no me acordaba. Salvo de los crímenes de Atocha, que me pillaron en Madrid y no puedo olvidar aquel cielo de plomo y hielo, pero eso fue antes, en enero del 77. Del goteo siniestro de muertes que vinieron luego no nos acordábamos, ni ella ni yo. No era una buena época, en absoluto, pero para nosotros sí. Llegué a la conclusión de que no nos acordábamos porque estábamos en otro mundo. Vivíamos muy lejos de todo aquello, en una burbuja portátil. Ni leía periódicos, lo justo un vistazo a cultura y espectáculos, ni escuchaba la radio salvo *El clan de la una*, que era cuando me levantaba. Y tampoco me acuerdo de lo que hacíamos, del día a día, por así decirlo. Sobre todo los primeros meses. ¿Te acuerdas tú? Va a ser verdad aquello que decía Cohen, que el amor verdadero no deja huellas».

Está bien, jugaré a ser el depositario de vuestra memoria, aunque mis recuerdos, que tampoco son muchos, están mezcladísimos, y ya no sé si sucedieron antes o después del encuentro en el Lemans, o sea, que no logro separar los que viví de los que me contasteis, juntos o por separado.

Me acuerdo de tu orgullo el día que me presentaste a Patricia.

Me acuerdo de que cuando os vi juntos comprendí todo, comprendí que estabais hechos el uno para el otro, porque no te había visto reírte así con ninguna otra, y porque ella te tomaba en serio lo justo, que es lo que hay que hacer.

Me acuerdo, antes de que se fuera a vivir contigo al piso del Putxet, de que cada vez que llamabas, Patricia dejaba lo que estuviera haciendo para ir contigo, y al revés. Aquel trémolo de excitación cada vez que ibais a encontraros, y aquel no saber estar el uno sin el otro, que no habéis perdido.

Me acuerdo de que Patricia iba a jugar al póquer con unos amigos, las tardes de los lunes de aquella primavera, cuando cerraron la revista, en el altillo del bar Sepúlveda, donde me la presentaste, aquellas partidas que eran sagradas para ella, y a las que tú te sumaste, por amor o por estar al quite, pero jugabas tan mal que tuvieron que pedirte, muy cuitados, que lo dejaras correr, que te ibas a quedar sin un duro.

Me acuerdo de la tarde en que ella volvió de Menorca, con todo el sol y la luz en el cuerpo, y aquel vestido blanco, y su piel morena y su olor a pan caliente, apoyada en el repecho de aquella escalera de piedra, en los jardines del Hospital de la Santa Creu.

Me acuerdo de las letras verdes y verticales de un hotel, brillando contra el cielo negro que comenzaba a ser azul y rosa (pero no, no puedo acordarme de eso, es un recuerdo vuestro).

Me acuerdo de aquel vecino de la casa del Putxet con el que Patricia se cruzaba cada mañana, ella de camino a la imprenta de Esplugues, a primerísima hora, y el pavo (mexicano, creo) que volvía borracho, muy trajeado, con cara de correrse cada noche unas juergas del siete, y que al cruzarse en la escalera siempre le cantaba con mucha mala folla «Carretera para arriba, carretera para abajo, unos vuelven del casino y otras se van p'al carajo», y la mañana en la que saliste en tromba y le partiste la boca al pavo.

Y las canciones, de eso sí que no me olvido, me acuerdo de las canciones que cantabais en el coche. Mira, a bote pronto: cantabais *Fly Me to the Moon*, cantabais rancheras, sobre todo Patricia, muchas, de los títulos no me acuerdo porque era acabar una y empezar otra, una ranchera eterna, y *La lluvia*, de Gigliola Cinquetti, cuando comenzaba a llover, y *One Way or Another*, de Blondie, que cantaba ella cada vez que aceleraba en la autopista, y *En sortant de l'école*, de Montand, cuando salíamos, esa era la primera, la del arranque, siempre.

A lomos de las canciones vuelve el recuerdo de nuestro primer viaje.

Vamos en coche a Madrid, aunque parece que estemos yendo a ninguna parte: la noche y el diluvio borran toda perspectiva. Patricia conduce, porque lo que eres tú ni en patinete. Tú sirves para poner canciones, pero el casete se ha convertido en una maraña, cual era su costumbre.

Hay que mantenerla despierta, así que trasteas en aquella radio pleistocénica. Llegan ecos de taconeos y palmas, mordisqueados por una fritura de interferencias. Una voz oscura evoca el triunfo de Carmen Amaya en Nueva York, en los años cuarenta. La voz se pierde, como si entrásemos en un túnel. Al otro lado del túnel, Dylan comienza a cantar *Went to See the Gypsy*. Dejamos atrás Cleveland, enfilamos la Ruta 66. Silencio, batido por los limpiaparabrisas y el golpeteo de la lluvia en el techo.

Patricia dice: «Cuenta algo, que me estoy durmiendo».

Tú comienzas a tantear una historia como quien afina una guitarra.

Dylan está alojado en el Waldorf Astoria, después de una gira europea. Una noche, muy borracho, sube en el ascensor, y de repente...

«De repente se encuentra en una planta que no le resulta familiar.» La moqueta, los motivos florales del empapelado, los apliques en forma de tulipa que dan una luz amarillenta, todo eso nos hace ver Mario, y todo le parece al bueno de Dylan sorprendentemente pasado de moda, como de otra época.

«¿Y entonces?», pregunto.

Y entonces Patricia dice, su rostro iluminado por la lucecilla de la radio muda: «Sobre una mesa, una mesita, en una esquina, hay un periódico. El *New York Times*. Las hojas son muy grandes. Y la tipografía también es distinta. Dylan coge el periódico».

Dices: «Le tiembla un poco la mano al ver la foto. La foto de un presidente. Y la fecha. Años cuarenta».

«Ya te veo», dice Patricia. Yo no veo nada, yo sigo en Cleveland, vosotros estáis muy lejos y no os sigo, mierda.

«Roosevelt», dices. «Una foto de Roosevelt en silla de ruedas.»

Ella atrapa la pelota al vuelo. «Y entonces Dylan escucha un sonido, lejos. Un sonido de palmas y guitarras. Y un olor. Un olor a pescado frito», dice.

«¿Cómo filmas eso?», preguntas.

«No filmo nada. Es una historia, no tiene soporte.»

«¿Qué ves?», dices.

«Veo el pasillo, muy largo», dice ella, «y al final una puerta entreabierta. Ha de estar entreabierta para que haya escuchado la música».

«Y para que haya notado el olor a pescado frito», dices.

«Tienes hambre, ¿eh?», dice Patricia.

«Tú dirás. Me comería un burro asado.»

Yo también me muero de hambre, pero quiero saber cómo sigue la historia.

«En lo alto de la puerta hay un rótulo en letras doradas: Imperial Suite», dice Mario.

Sigo yo, sigo yo, que me la sé entera. Un hombre delgado, muy moreno, rostro anguloso, cabello planchado con brillantina (eso lo dijiste tú) le franquea el paso. Dylan entra en la habitación. Por las ventanas abiertas penetra el frío húmedo del Hudson (eso es tuyo, Mario), pero la habitación parece flotar en una nube de humo. Calcula que allá adentro debe de haber una treintena de personas, hombres y mujeres que ríen, cantan, bailan y tocan guitarras españolas. Una muchacha de cabello negro y ojos brillantes pone en sus manos una botella de vino tinto (esto no recuerdo de quién de los dos era), y Dylan pega un buen trago. Un vino rojo, espeso y dulce.

«En el centro de la sala», dices, «ha de haber un somier donde asan sardinas». «Claro, claro», dice Mario, «y sentada en un trono, tras el fuego, Carmen Amaya». Dylan se suma a la fiesta, y bebe, y ríe, y toca la guitarra con ellos hasta el amanecer.

Nos quedamos los tres en silencio. Ellos buscan, yo espero.

«Poco antes de que salga el sol», dice Mario, «la reina de los gitanos le cuenta un secreto. Al día siguiente, cuando despierta en su habitación, ha olvidado todo». Nuevo silencio.

Y entonces Patricia dice: «Todo, menos el secreto».

Seguimos en el Lemans. Ahora viene, cuando menos lo esperaba yo (pero es que nada, en absoluto lo esperaba), el momento en el que, tras tantas vueltas y revueltas, Mario dice:

«Pero si te he citado aquí no es solo para contarte que estoy enamorado como nunca. Te he citado aquí para contarte que nos vamos a casar.»

«¿Cómo?», acerté a decir. (No fui muy original.)

«¿Cómo? Por la iglesia. Nada de juzgados, que es tristísimo. Si estuviéramos en América me casaría en Las Vegas un señor vestido de Elvis. Como estamos en Barcelona, que me case un señor vestido de blanco y oro, muy torero.»

Primero me sorprendió. Mucho. Luego me alegré. También mucho.

Y luego pensé que lo de Elvis y el torero era una salida por la tangente, una forma de hacerse el frívolo y quitarle trasfondo al gesto. Porque, por mucho que Mario lo redujera a una cuestión de indumentaria relampagueante, casarse por la iglesia no dejaba de ser casarse por la iglesia, pasar bajo las caudinas, y en aquella época solo se casaba por la iglesia la gente de orden, y Mario, al menos aparentemente, no lo era. Incluso, ahora que no nos oyen, diré que a mí me cuadraba más que a él.

Ya está, ya lo he dicho. Para empezar, que la historia de Mario y Patricia fuera a culminar en un coche con latas atadas y el cartelito de *Just Married*, como en las películas americanas, en el fondo y en la forma me hacía mucha gracia. No solo por peliculero.

En aquella época me agitaban muchas tempestades, por la edad y por el llamémosle momento histórico, pero, visto desde la distancia, creo que tenía una pata barcelonesamente libertaria (un barniz, al menos) y otra mindoniénsicamente conservadora, y esa era la pata a la que le gustaban las ceremonias. Si me aprietan mucho diré también que había otra causa más diáfana, aunque bien que la guardaba bajo paño. Me doy por apretado y la digo rápido: si la chica de las Jornadas (mi chica, vaya) me llega a proponer que nos casáramos, a estas alturas ya tendríamos siete hijos más altos que nosotros. Altos y altas.

Pero era Mario quien iba a casarse, hay que joderse.

Y estamos aquí, por si todavía no se habían dado cuenta, para hablar de él. De él y de Patricia, sobre todo en este tranco. Y a él no le conocía yo proclividades católicas. Los rituales sí le tiraban, desde luego. Por ahí sí que sí. También, barrunté luego, me cuadraba el lado chaval posesivo: me caso con ella para que no se me escape. Eso no era, conociéndole, un disparate, aunque lo pareciese. Claro que corría justo el riesgo contrario, que Patricia tomara las de Villadiego para no verse atrapada por un anillo con una fecha por dentro. Y algo de eso hubo, porque ella me contó que a puntito estuvo de hacer las maletas y conducir hasta que se le acabara la gasolina y saliese el sol por Antequera, que ya vería luego, pero echó el freno. Echó el freno porque ella entendía todo y acabó entendiendo aquello. Y me lo contó.

Ella, no Mario.

Lo curioso de aquella larga tarde en el Lemans fue que Mario me había llamado para contarme que se iba a casar, y no solo tardó la intemerata sino que además me lo contó a medias. En su historia había un agujero central. Escamoteó el detonante, el momento en que la decisión se formó como una supernova y empezó a relumbrar, y ahora se verá que no es una metáfora desaforada. No me lo contó porque, al parecer, había un límite para las confidencias, y porque debió de pensar que una iluminación no tiene fácil relato, y, sobre todo, propende muy mucho a la guasa y al jijí, que somos un país de tomarse siempre a chacota las cosas importantes. Una iluminación. Así me ha venido el término y así lo dejo porque me parece justo y preciso. No necesariamente católica, ojo, pero sí espiritual. Yo ya me entiendo, como entendió Patricia.

Una tarde, me contó, andaban por el centro y al llegar a la iglesia de la plaza del Pino, Mario le dice que quiere entrar, que de pequeño iba con sus padres y le gustaba, le gustaba mucho, y hace años que no la veo y etcétera. Era a primera hora de la tarde, una tarde de mucho sol, que entraba a chorros en la iglesia por el enorme rosetón. Entonces él se gira y lo ve. Se queda allí parado y dice «Dios». Como podía haber dicho «Hostia», dijo Patricia. Se queda en trance mirando la gran vidriera iluminada, y luego le toma la cara con las manos, le da un beso y le dice: «Casémonos. Aquí». Patricia piensa que es una broma, que está jugando a las películas. Pero le ve la cara. La maravilla en la cara. Estaba llorando, me dice. Sonriendo y llorando al mismo tiempo, como cuando hace sol y llueve y las brujas se peinan (esto es mío: una extraña tonada catalana). Era la sonrisa de aquella mañana en las Ramblas pero completa, por así decirlo, me dice. Mario entero. Como la frase. Porque acabó la frase, y la frase completa decía «Quiero que nos casemos aquí, bajo esta luz».

Cuando Patricia me lo estaba contando yo recordé, de golpe, y también se me hizo la luz, mi poco de luz, y ligué cabos y lo vi claro.

Recordé una noche de sábado en la que Mario y Litus y yo habíamos fumado mucho y nos habíamos bajado mucha cerveza con Torinal, un hipnótico que entonces se vendía sin receta, como casi todas las drogas farmacéuticas, y cuyo nombre provocaba mucha risa tonta. Escuchábamos discos en el ático, y Mario habló de aquel rosetón de la iglesia del Pino, el rosetón que de pequeño veía, sin saberlo, como un caleidoscopio gigante, una puerta cósmica, de pequeño estaba colgado con aquello, daba una lata enorme para que le llevaran a verlo, una y otra vez. Más que caleidoscopio, para él aquello era, ahora lo veía, el ojo del mundo, el centro del mundo. Un *aleph*, dijo Litus, que tenía sus lecturas, y como yo no conocía el cuento de Borges me lo contó, y a la mañana siguiente corrí a leerlo, y pensé: vale, un *aleph*, lo que vosotros queráis, pero yo soy de pueblo y hablando en plata para mí eso es la luz de la infancia, la que con suerte no se va nunca, y eso fue lo que le dije luego a Patricia, esa es la luz que Mario volvió a ver, y entonces ella me contó que tardó un poco en darle el sí, pero recordó su cara pidiéndoselo, su cara en la luz, y al día siguiente o a los dos días le dijo:

«Mira, yo no creo en nada de todo esto, pero aunque estás bastante loco te creo a ti, o sea que sí, que vale.»

También pensé lo siguiente: que Dios, si es que existe, es un señor que se mueve por caminos extraños. A veces puede ser un canalla, por pura y criminal indiferencia, y a veces ser un tipo generoso y con mucha gracia, nunca mejor dicho. Pensé en los extraños caminos. Pensé, claro, en la chaladura de los nuditos, que llevó al camino correcto, como la cara de Hermes, una de las muchas caras de Dios (o uno de los muchos dioses), guiándole hasta el piso de Cuco Sanfeliu. Pensé que Mario no era creyente, lo que se entiende por creyente, pero creía en la luz de su infancia e intuía que aquella luz podía iluminarles, aunque, qué risa, al final no fue precisamente aquella luz bajo la que se casaron. Por cierto, tanto criticar las vueltas y revueltas de Mario y se me olvidaba decir, probablemente por la emoción que sentí, que su última frase en el Lemans fue esta:

«Y quiero pedirte que tú seas mi padrino, Hastings.»

Así que, como padrino y cronista del señor Poirot, me toca cerrar con el relato de la ceremonia, que me parece un óptimo remate.

VI

Blake Edwards podía haber filmado aquello.

El reparto era menguado pero selecto: familia (padres y hermano de Patricia, madre de Mario y un servidor de ustedes) y unos cuantos amigos que no debían superar la decena. Nerviosos, porque, para empezar, los novios no aparecían. Como en aquella época, recordemos, no había teléfonos móviles, los progenitores se entregaron a especulaciones agoreras (resumidas en dos: accidente conjunto o fuga de uno u otra) y los demás pensamos lo de siempre: que andarían liados con los atavíos o que se les había ido el santo al cielo.

Un sacristán malcarado (y teñido, me pareció) nos condujo a la cripta de la basílica, cosa que, pensé, no le iba a hacer mucha gracia a mi primo. Dada la corta lista de asistentes, la jerarquía parroquial había decidido que la boda se celebrase en aquel espacio, ciertamente muy íntimo y de hermosas líneas pero situado bajo el presbiterio, esto es, lejos del formidable rosetón detonador y de su refulgente luz.

Entretuvo la espera el pugilato, comenzado la semana anterior, entre el avieso sacristán y Litus, el joven teclista. Litus se moría de ganas de sentarse ante el enorme órgano (del lugar), cuyos potentes sones llegarían sin duda hasta la cripta, pero su coriáceo interlocutor le había contestado que nones. Nuestro amigo reaseveró que ningún problema, pues disponía de un bonito teclado eléctrico. Cuando llegamos cargando el trasto, el acólito sonrió torvamente: olvidó decirnos que, oh adversa coyuntura, en la cripta no había enchufe alguno. Desconocía el chupacirios la panoplia de recursos de Litus: en cuestión de minutos descubrió un enchufe en un lateral de la planta, corrió al Dos Caballos, volvió alzando una madeja de diez metros de cable como si hubiera cazado una boa y procedió a la conexión.

Fue pulsar la primera nota y aparecer mágicamente los novios a la carrera, jadeantes y muy repeinados. *Caravan*, de Van Morrison, habría sido pieza idónea para recibirlos, pero el sacristán dejó bien claro que nada de música rara, solo sacra. Pocas cosas hay tan sacras como *Caravan*, dijo Mario, pero Litus (que llevaba en el conservatorio desde el destete) le indicó con un gesto zanjante que no perdiera el tiempo con aquel ignaro: les dedicaría un andante de Bach a modo de bienvenida, y así lo hizo.

Patricia iba de negro porque no tenía otro vestido largo de entretiempo. Le quedaba de impacto, por cierto, con el toque regio de una camelia blanca en el pelo. Mario llevaba su legendario traje comprado en la sastrería Quintana, a juego con la flor. El trastrueque indumentario desconcertó al sacristán, que iba mascullando «¿Dónde se ha visto una novia vestida de negro?». Yo iba a decirle que en la película de Truffaut, pero tampoco hubiera pillado esa margarita.

Patricia estaba tranquila, como siempre, o al menos disimulaba muy bien los nervios. Mario trataba de aparentar relajación. Tras asumir que la boda iba a celebrarse en la cripta, tomó asiento, encendió un cigarrillo, y procedió a echar la ceniza en lo que le pareció un adminículo dispuesto para tal uso, que el sacristán retiró al vuelo (porque rápido era) rugiendo que «aquello» era para los anillos.

Los anillos, sí, claro. ¿Dónde estaban los anillos?

«¿Pero no los tenías tú?», dijeron los contrayentes, palpándose al unísono, voz y gesto, los bolsillos. La simultaneidad era una señal diáfana de futuro venturoso. Si llegaba a celebrarse la ceremonia, claro.

Patricia se llevó las manos a las caderas. Mecánicamente, pues no había bolsillos en su espectacular traje negro. «Mira en el bolso, mira en el bolso», dijo Mario, convencido de que todos los bolsos femeninos eran como el de Mary Poppins.

Ni rastro en el bolso.

«En la mesita roja, los veo, los estoy viendo», dijo Mario, con entonación de adivinador de feria. Mala pieza en el telar, como dicen los catalanes, pensé yo, pues sabía que la mesita roja en cuestión se encontraba en el recibidor del piso del Putxet.

¿Podría retrasarse la boda una media hora, el tiempo de ir y volver y...? «No, imposible», porfió entre dientes el sacristán, que ya empezaba a perder el oremus. Todos procedimos, por mímesis, a un autopalpado bolsillar. Vergüenza grande: era yo quien los tenía.

«Los he encontrado», grité, como si acabara de pisarlos.

Se depositaron los anillos en la resplandeciente bandejita, salvada in extremis de la mácula cenicienta. Bien porque no podía soportar el espectáculo, bien porque requerían sus servicios en otro ámbito, el sacristán abandonó la cripta, momento en el que Litus, en ausencia de su cancerbero, procedió a interpretar a modo de real obertura una versión muy sentida de *In a Silent Way*, de Miles Davis.

En estas hizo su lenta y temblona entrada el señor cura, que no aparentaba más de noventa años. Gastaba el presbítero unas gafas de muy grueso vidrio, semejantes a las de Rompetechos (o a las de don Gonzalo Torrente Ballester). Tampoco andaba muy católico de oído, como no tardamos en comprobar. Ni de sesera, porque el pobrecillo (que de pertenecer a otro gremio ya estaría santamente jubilado) se trabucó una docena de veces en su homilía, provocando el (sofrenado) regocijo de Patricia al proclamar que la esposa debía de ser sumisa y reprensible.

Conviene saber que la ceremonia tenía lugar un sábado de octubre a las cinco de la tarde, cuando la claridad solar comienza a achicarse. A nuestra llegada, un haz de luz muy medieval entraba por una tronera o linterna, y caía, inclinado, sobre el altar, haciendo refulgir mantel blanco y cáliz dorado con magnífico efecto, y dando a la cripta un aire de eternidad suspendida. Esto último no dejaba de ser una ilusión poética, pues los rayos de luz son, por definición, movedizos, como pronto se verá.

Compruebo que en aquella época solían hacerse tres lecturas, con frecuencia las mismas: una del libro de Jeremías, otra del Cantar de los Cantares, y la tercera del Génesis. Muchas eran para oficiante tan mermado.

A fin de captar en todo su esplendor lo que va a suceder hay que prestar atención ahora al siguiente movimiento.

El párroco ha colocado la Biblia bajo el haz de luz, pero su reducida visión le obliga a leer con extrema parsimonia y, por ello, a desplazarse hacia delante y hacia la izquierda para que el haz, juguetón, decreciente, y decididamente más rápido que él, continúe iluminando el texto. ¿Podían haber prendido la iluminación eléctrica de la cripta? Podrían haberlo hecho. Deberían.

Pero no lo hicieron. A ver si va a resultar que todo era un plan vesánico del sacristán. Dejemos eso.

Concentrémonos en el dato de que cuando el clérigo inicia, cada vez más farfullante, la lectura del Cantar de los Cantares, segunda de la tarde, el haz de luz está a punto de esfumarse por la tronera o linterna. Torero y toro, el haz retrocede y el cura avanza, momento crucial en el que todos los asistentes, y digo todos, incluyendo a Mario y Patricia, advertimos que el buen anciano se aproxima al escalón, corto pero abismático, que le separa de los contrayentes. Crece en la cripta un silencio tenso, expectante, cuajado de suspense. Todos contenemos la respiración y la risa al mismo tiempo. ¿Podría alguien haber alzado la voz para advertir al canónigo del peligro inminente? Podría. Debería. Pero nadie, y me incluyo, lo hizo. Motivación (aparentemente) racional: por no cortarle aquel discurso que tanto le estaba costando. Motivación (subterráneamente) sádica: porque todos ansiábamos presenciar el lechazo.

Y sucede lo que ha de suceder, con inesperado broche de oro.

Veámoslo plano a plano y a cámara lenta.

Plano del pie derecho del sacerdote hundiéndose en el vacío.

Plano de su corpachón cayendo cual tronco de abedul recién cortado.

Plano de su mano engarfiada buscando asidero.

Plano en que lo encuentra: la bolsa escrotal de Mario.

Sí, así fue. Y hay testigos.

Matizo, para los amantes de la precisión: aunque no ciñó propiamente sus gónadas, el manotazo fue de aúpa.

Ahora necesitamos sonido a toda mecha. El novio, repentina y violentamente doblado, lanza una imprecación blasfema (que no reproduciré aquí) con la potencia de los intérpretes de mambo al coronar la cúspide del número ocho, momento en el que Litus, enardecido, se lanza a tocar con parejo brío el solo de *In-A-Gadda-Da-Vida*, de Iron Butterfly, uno de sus temas de cabecera, y los asistentes rompemos en una carcajada oceánica. Para no hablar del rostro de la novia, inundado de gozosas lágrimas de hilaridad, que estallaron cuando Mario dijo *sottovoce*:

«Yo esta noche no consumo matrimonio.»

La película acabaría ahí. Pero continuó, porque había que concluir la ceremonia. Como el actor que trata de seguir con la función después de un bombardeo o, para afinar el símil, como un pastor luterano de película de Bergman empecinado en decir su misa, el cuitadísimo capellán, al que Patricia ayudó a incorporarse, comenzó la lectura del libro del Génesis, pero los dioses de la risa ya se habían posesionado de la cripta. Risa que todos tratábamos de sofocar, y que cuando parecía apagarse en un lateral rebrotaba por el opuesto, para estallar de nuevo con poderío espumoso, burbujeante, imparable.

«Bueno, bueno, bueno», iba repitiendo el pobriño. A la tercera risa hipohuracanada, y encontrándonos ya en penumbra, dio por finalizado el rito, bendijo a todo el mundo y salimos a la calle rozando la levitación.

En la puerta porticada se tomaron las fotos de costumbre, aunque poco tenían de eso: con las mandíbulas cercanas al disloque y las manos sujetando vientres y costillares doloridos, parecía que hubiéramos ingerido un ponche de muy alta graduación lisérgica.

«Nunca me había reído tanto en una boda», dice la tía Amelia.

«Ni yo», dice el padre de Patricia.

«Esto hay que repetirlo», dice su madre.

«Y escribirlo ya, pero ya», dice Cuco.

«Sí, no tengo otra cosa que hacer», dice Mario.

«Ha sido descojonante», dice Litus.

«Díselo a él», dice Patricia.

«Calla, mujer cruel», dice Mario.

Vuelven las carcajadas, unánimes, ecuménicas.

Ya es de noche y ahí estamos, al fin bajo la luz imaginaria pero poderosísima del gran rosetón, como una granada recién abierta para los días por venir, bendecidos por los dioses de la risa. Que esa luz no disminuya, y que la risa siga siendo la música de vuestra canción de aniversario. Nuestra canción.

Una función incompleta

Es un sábado por la mañana en Londres. Agosto. Volverá a hacer calor, pero a estas horas el aire todavía está fresco. Maravilloso cielo azul, sin una sola perturbación.

La noche anterior vimos un extraño espectáculo. Había que dar una contraseña por teléfono. La cita era en una callejuela de Mile End, al atardecer. Allí había ya un grupo esperando. Se abrieron las puertas de una furgoneta. Entramos, y una chica muy guapa, sonriente, silenciosa, nos vendó los ojos con pañuelos de seda negra.

No sabría precisar la duración del trayecto. Subimos luego unas escaleras, guiados por unas manos fuertes, unas voces neutras. Cuando nos quitaron los pañuelos estábamos en el salón de una casa de dos pisos, aislada, en una zona de las afueras. Sirvieron bebidas y canapés. El camarero rompía a recitar un fragmento de *El rey Lear*; de repente una pareja de invitados se enzarzaba a tu lado en una discusión (muy suave, sin gritos) de la que reconocías líneas de Pinter; alguien comenzaba a bailar en el pasillo; a la media hora ya no sabías quién era actor y quién era público.

El calor y la función, que acabó tarde, nos desvelaron. Dormimos mal.

A las ocho ya estábamos en pie, así que decidimos bajar a la calle, desayunar y tomar un autobús para ir a Seven Sisters. Hay un *car boot sale* en Bushey Road y luego iremos a Finsbury Park.

Las calles están vacías. En el autobús tan solo viajan un hombre negro, de unos setenta años, con una guayabera crema y una gorra blanca, y un chico rubio de cara muy roja, con una lata de cerveza y aspecto de no haber pegado ojo en tres días: el autobús es su *after-hours*.

Nos sentamos en el lado izquierdo, hacia el centro. El viejo está sentado de espaldas a nosotros, cerca del conductor. El chico rubio está tumbado al fondo, en la última hilera de asientos, escuchando música con su iPad. A la altura de Bethnal Green sube un joven negro, de unos treinta años, con gafas, traje de Armani y corbata, y se queda de pie. Muy guapo, parecido a Denzel Washington pero con mucho peligro, que advertimos en el acto por la forma de mirar a todos lados, una mirada muy fría y muy dura, buscando los ojos ajenos. Quiere guerra, eso está claro, de modo que decido concentrarme en el paisaje. Denzel se sienta, vuelve a levantarse como si los asientos estuvieran electrificados, da unos pasos, gira, se afloja con una mano el cuello de la camisa. Pasos firmes, sin apenas sujetarse. Zapatos brillantes. ¿Está borracho? No, con estos frenazos un borracho ya se habría caído. La brisa que entra por las ventanillas, pequeñas como troneras, hace ondear su corbata de seda azul, y yo pienso en el tacto de la venda sobre los ojos, la noche anterior, una noche que parece ya muy lejos.

Ahora Denzel se sienta de espaldas a nosotros, mete la

mano en su bolsillo y saca un puñado de pistachos, que comienza a arrojar, uno a uno, contra la mampara del conductor, como si quisiera ahuyentar a unas palomas imaginarias. El conductor ni siquiera se vuelve.

Denzel cruza entonces el pasillo, se sienta frente al viejo, y le dice algo que no alcanzamos a escuchar. El viejo se levanta y se sienta más atrás. Denzel le sigue con la mirada como si quisiera fulminarle. Luego, por unos instantes, parece calmarse y mira por la ventanilla.

Afuera están los árboles enormes, el cielo azul, la mañana maravillosa. Afuera.

El viejo va hacia la puerta y pulsa el botón de próxima parada. Denzel mira hacia el suelo, como si se le hubiera caído algo. Cuando está a punto de bajar, el viejo se saca un libro del bolsillo de la guayabera crema y se lo entrega. No vemos el título.

En la siguiente parada sube una anciana negra y de entre todos los asientos posibles elige sentarse frente a Denzel. La anciana tendrá unos ochenta y tantos. Cabello gris recogido en un moño, muy tenso y aceitado. Al principio solo vemos el cabello, la nuca, la espalda recta como la de una reina antigua. Denzel está enfrascado en ese libro del que no hay forma de averiguar el título, hasta que levanta la cabeza y la mira con sus ojos llenos de peligro.

La anciana le sostiene la mirada. Lo sabemos porque no mueve la nuca ni los hombros ni baja la cabeza. Entonces Denzel dice esto: «*I'm gonna commit suicide*». Escuchamos muy claramente esa frase, que flamea un instante en el aire como antes su corbata. Nos sorprende su construcción. Podría haber dicho «*I'm gonna kill myself*», pero ha dicho esa otra. La anciana sin cara no cambia de asiento. Con voz clara y fuerte le contesta: «*No, you won't*». Simplemente eso. Hay una enorme autoridad en su respuesta.

Denzel insiste en que hoy es el día en que va a suicidarse, que ya no aguanta más. Pero no hay violencia en sus palabras, hay una especie de dulzura, un gran cansancio y una gran determinación.

La anciana le dice que no puede hacerlo, que es joven y está sano.

Denzel empieza a hablar de sus hijos. Tiene dos críos, muy pequeños. La rama de un árbol roza el techo del autobús con un golpe seco.

«¿Estamos pensando lo mismo?», le digo a Pepita.

«Sí. Pero déjame escuchar», me susurra.

Pienso de nuevo: esto no es teatro, esto es la vida, pero todo parece representarse para nosotros. Esta luminosa mañana de verano, Denzel que quiere matarse, los niños que todavía duermen, la lata de cerveza que rueda de un lado a otro al fondo del autobús como el péndulo de un reloj. El viejo rey que entrega un libro del que nunca sabremos el título, la vieja reina que trata de impedir esa muerte.

Pero eso tampoco lo sabremos, porque a la entrada de Hackney se abren las puertas y entran diez, doce, veinte niños con mochilas, guiados por dos mujeres que tratan de poner orden, y entra más gente tras ellos, cuatro, cinco mujeres que van al mercado con capazos, y hay una enorme algarabía, chillidos alegres, risas, conversaciones cruzadas, y Denzel y la vieja reina desaparecen para siempre tras esa pequeña y compacta multitud que se abate sobre ellos como un telón rápido.

Resurrección

Por alguna razón, me llaman para que recoja el cadáver de mi abuela. Vuelvo cargando un ataúd de cartón. No pesa demasiado (pienso en huesos de pájaro) pero el cartón es endeble, se vence y he de apoyarlo en una pared, y mi abuela acaba por salir.

Está un poco desconcertada, cosa comprensible.

Mi preocupación es tener que contarle lo que ha sucedido, porque yo tampoco lo tengo claro: ha muerto, pero, por lo que parece, no está muerta.

Lo que yo no sé es si es un estado transitorio, una especie de prórroga. Eso no lo sé.

Caminamos juntos.

De cuando en cuando sacude el bajo de la falda, que se le pega a la combinación. Hace sol y entrecierra los ojos como una niña.

Decido llevarla a casa de mis padres, donde vivía en sus últimos años.

Entonces caigo en la cuenta de que ya han tirado algunos de sus objetos, su ropa, su sillón, y será difícil explicarle que se desprendieron de ellos cuando murió.

También pienso que si nos encontramos por la calle a

gente conocida va a ser un engorro, porque le preguntarán: «¿Pero no estaba usted muerta, Antonieta?».

Todos estos pensamientos ocupan el lugar de la felicidad que debería producirme el hecho de que esté viva y a mi lado. No hay tiempo: justo pensar esto y ya estoy reparando en que mi madre tampoco está al tanto de esta resurrección y que tendré que llamarla cuanto antes para que no se lleve un susto.

El móvil que utilizo es viejísimo y no funciona bien. Pienso: claro, esto sucede en los primeros noventa, cuando ella murió, y entonces no había móviles, por tanto el que he imaginado, el que ha viajado desde el futuro, llegó escacharrado y no logro localizar a mi madre, hay todo tipo de interferencias.

A todo esto, mi abuela está ya en casa, ordenando ropa, que contempla como si perteneciera a otro. Me pide una tostada.

Le pregunto si la quiere con mantequilla.

Me dice: no, mejor con aceite, que la mantequilla me sienta mal.

Panorama desde el puente

Pepita y yo solíamos ir mucho a esa colina con los perros, al anochecer, porque estaba cubierta de una hierba que devoraban como si fuera droga, y porque desde lo alto se veía el puente, en lo hondo, y los extraños paisajes que lo rodeaban. Subíamos por la apropiadísima calle de la Cuesta, paralela a República Argentina pero mucho más empinada, y nos sentábamos allí un buen rato, fumando y mirando el puente, con el parque del Putxet iluminado a la espalda, junto a la Casa de la Bomba. Yo la llamaba así porque en uno de los últimos pisos estalló una bomba postal de la ultraderecha, remitida al periodista Xavier Vinader, una tarde, poco después de haber tomado café juntos. De eso hará casi cuarenta años. También hace tiempo que no subimos a esa colina, porque la perra murió y a nuestro perro le dio por atacar a cualquier bestia de cuatro patas que se cruzara en su paseo, dóberman y grandes daneses incluidos, y había que avanzar oteando amenazas como una patrulla en mitad de la selva vietnamita. Pero la fascinación por el puente sigue intacta.

Escribí entonces:

«Hay otros puentes en Barcelona; ninguno como el de Vallcarca.

»Está el puente de Calatrava, pero es demasiado americano: puedes creer, por un instante, y a condición de cruzarlo en coche a toda velocidad, que estás en las afueras de Los Ángeles y dejas atrás Mulholland Drive para tomar el desvío que lleva a Riverside. Es, pues, una ficción levísima, como el destello de un fotograma resplandeciente.

»También tenemos el puente de Marina, que apesta a guerra civil. Parece concebido para que lo atraviese la lenta columna de tanques de un ejército de ocupación, bajo la inclemente lluvia invernal. O, en lo peor del verano, para que se arrastre por él, como una procesionaria rumbo a Sancho de Ávila, una hilera de negros coches fúnebres, con coronas polvorientas a guisa de ruedas de recambio. Perdidos, sin norte: ¿Dónde está nuestro muerto? ¿Quién ha muerto, él o nosotros? Ahora, con suerte, mirando hacia el sur se ve el mar al fondo, tranquilizante como un trazo de acuarela.»

En ese juego de imaginarios, el puente de Vallcarca, con sus farolas que entonces aún tenían globo blanco, su silencio de madrugada, y la leve bruma que algunas noches bajaba del Tibidabo, era un puente esencialmente francés. Si quiero que esa pequeña niebla se enrede en los tobillos de una mujer joven y rubia, también puedo soñarle un puente londinense. Puedo repetirme, desde lo alto de la colina, aquel pasaje de *Darling Belle*, de la Incredible String Band, y hacer que ella susurre:

Meet me by gaslight in dark dawn
On Waterloo Bridge
We will walk arm in arm
Hearing the leaves fall
With a whisper
Into the foggy dew.*

Pero prefiero que lleve gabardina, y boina gris, y que el puente se despliegue a sus pies como una alfombra por una ciudad francesa de provincias: Nantes, por ejemplo. Es optativo, pero siempre aconsejable, que esté desnuda bajo la gabardina, como Dominique Sanda en *Une chambre en ville*. La pequeña bruma, en todo caso, resulta capital a la hora de formalizar ese decorado, y es imprescindible ese silencio, que diferencia al puente de Vallcarca del tronante puente de Marina, del entrevisto y vertiginoso Calatrava, del excesivamente solemne Waterloo, para que escuchemos el taconeo de la rubia sobre el adoquinado, un taconeo en inequívoco blanco y negro.

¿Es una suicida? Ni hablar: el último suicidio registrado al otro lado del espejo es el de la prima Montse de la novela de Marsé. El puente de Vallcarca no es un viaducto de suicidas: hay demasiado silencio a esas horas. Lo que menos quiere un suicida (véase *La condena*, de Kafka) es escuchar el estrépito de su propio cuerpo contra el asfalto. Su salto final requiere un puente bajo el que pasen muchos coches, para cubrir el

---

* «Quedemos bajo las farolas un oscuro amanecer / en el puente de Waterloo / caminaremos del brazo / escuchando caer las hojas / susurrantes / en la húmeda niebla.»

ruido y para rematarle si cae de lado; haciéndole creer, por un momento, que sueña y se ha caído de la cama. Ya estoy delirando, y es que este puente es especialmente propicio para las fantasmagorías y las fugas oníricas.

Esteve Miralles, en *El pont de Vallcarca* (1991), entrevió a Carles Riba lanzando un gato desde lo alto. «Después —cuenta Miralles— lanzó un conejo albino y comenzó a nevar. El general Franco detuvo su Dodge en mitad del puente y lanzó un pez espada. Saludó al poeta en latín y le impuso una corona de laurel: "Tu nombre es Lauro, y bajo esta corona conservaré mi inocencia".»

El puente genera disparates así, e incluso peores. Esto se debe a que sus pilares son firmes como patas de elefante prehistórico, pero se aposentan sobre un terreno informe, desigual, con bultos y revueltas y pendientes, como los paisajes incongruentes de los sueños.

Sus límites son imprecisos. ¿El Parque Güell pertenece a Vallcarca? No, al barrio de la Salut. Y el Coll es el Coll. Y el Carmelo es el Carmelo.

«Desde la plaza de Lesseps y hasta el paseo del Valle Hebrón —dice una guía antigua, como la de *Barcelona, mapa d'ombres*, de Lluïsa Cunillé— se encuentra Vallcarca, con la avenida del Hospital Militar como eje.» Y añade: «Es, sin duda, el barrio más anárquico de toda Barcelona por la orografía del terreno». No añade, como debiera, «y por la especulación porciolista y posporciolista».

Por debajo del puente, en un recodo de la calle Gomis, yo levanté mi estatua a Gato Pérez, rodeada de acacias. Allí fue donde una soleada mañana del invierno del 78, compartiendo una botella de vino y unos bocadillos de tortilla, me cantó la primera rumba que acababa de componer, acompañándose a la guitarra. Tocaba la guitarra muy suavemente, como si temiera despertar a alguien. La rumba era *Viejos automóviles*. En un mundo ideal, la gente depositaría bocadillos de tortilla y botellas de vino a los pies de la estatua, como las cajetillas de *Gitanes* que los fans de Gainsbourg arrojaban, después de su muerte, al jardín de su *hotel particulier* en la Rue de Verneuil.

Al final de la calle Gomis asoma ya sus fauces el Valle Hebrón, entonces un descampado inhóspito, y ahora erizado de monumentos tan idiotas como los que suelen colocar en las autopistas.

A la derecha del puente, entrando por República Argentina, las casas se arracimaban: impresión de pueblo de pesebre, como si una mano caprichosa, borracha de vino barato, hubiera arrojado dados de colores apagados (ocre sucio, teja llovida) ladera abajo. Los bares de esta zona, humilde y desasosegante, tenían tres elementos básicos: barra de aluminio, oreja de cerdo, nube de aceite.

En uno de aquellos bares escuché una vez algo atroz.

Vuelve la escena, en eterno presente.

El hombre primero desborda el taburete. Va mal afeitado, bebe una manchada, lleva jersey de cuello cisne y cada vez que ríe le bailan las tetas. El hombre segundo es un viejo, no un anciano, con gorra de hule y tabardo marrón. Tuertea y tose; bebe ojén y masca un toscano.

«Tu hija cada día está más buena», dice el hombre segundo. «Catorce años y ya las tiene así. Habrás de tener ojo: el día menos pensado alguien la viola.»

«Dímelo a mí», dice el hombre primero.
Yo solo había entrado a por tabaco.

Por suerte, vuelvo a ver también las casas abandonadas, llenas de gatos y herrumbre, cubiertas por la maleza; torrecitas con huerto, ajardinadas mansiones de veraneo de la burguesía barcelonesa de los años veinte. Mansiones que seguían el modelo arquitectónico de las villas italianas: galerías cubiertas con arcadas, balaustres y verandas; salones con pinturas de pájaros y flores de colores claros en techo y paredes. Zócalos con azulejos «de Valencia» en amarillo y celeste. Tejados con redondas lajas de pizarra, brillantes como escamas bajo el sol de una siesta eterna...

Bertran i Musitu, jefe del espionaje franquista, pretendía purificar a bombazos su antigua residencia del Putxet, convertida durante la guerra en sede del Ministerio del Aire de la República, pero arrasó la mitad de esas mansiones, porque el pájaro dio a los pilotos italianos unas coordenadas meramente aproximativas, que acabaron con medio barrio salvo con su residencia; el tiempo hizo el resto.

En una de esas casas, casi en la esquina de las calles Cambrils y Argentera, vivieron, antes de la guerra, la pintora Hélènne Grounhof y el pintor Charchoune, que arrastró toda su vida el sambenito de coprófago, porque a un gracioso se le ocurrió escribir que «con ese nombre solo podía ser coprófago». Era un crítico catalán, del que silenciaremos el nombre, que escribía de arte en *Mirador*. El pintor Charchoune le desafió a un duelo y el crítico escapó a Madrid, donde alcanzaría un gran renombre en las filas de la intelectualidad falangista.

En otra mansión, impresionante y ya derruida, que se levantaba en el número 7 de la calle Medas, vivió el Prodigioso Kruger, un émulo de Houdini («el Houdini vienés»), que llegó a Barcelona a finales del siglo XIX, con el célebre circo de Buffalo Bill. Algunos de los indios navajos que viajaban en el circo se aposentaron en unas casitas bajas, de adobe, construidas por ellos mismos al otro lado de la plaza Lesseps, donde luego se levantaron las cocheras de tranvías.

Casi todos aquellos indios murieron a los pocos meses, víctimas de la feroz epidemia de gripe de 1889.

Yo entrevisté, para una revista desaparecida, a la hija del mago, Eulalia Kruger, ya muy anciana, y recuerdo que en el inmenso vestíbulo de la casa había una vitrina, iluminada con una pálida luz amarilla, como un féretro vertical, con un enorme oso disecado, de cuyo cuello colgaba un collar de afilados dientes de morsa. Por cierto que no me contó casi nada interesante de su padre.

No muy lejos de la mansión Kruger, en la escalinata que enlazaba la calle Bolívar con la avenida del Hospital Militar, cayó, abatido por las balas de la policía, el famoso atracador anarquista Joaquín Petrell, «el Quim», en 1963. Hará unos años escribí un cuento muy breve basado en ese suceso, en ese paisaje. Fui allí un lluvioso sábado por la tarde, e imaginé que, en el momento de su muerte, el pistolero alzaba la vista y veía cuatro grandes pañuelos, tiesos por el sol y los años, amarilleando al viento en un tendedero, y que en lugar de decir una última frase mítica, algo como «Madre de Dios, ¿es este el fin de Ricco?», murmuraba «Qué enorme tristeza, esta tarde de sábado, esos pañuelos del ajuar de la vieja soltera».

Hubo bastantes burdeles en el barrio, comenzando por los chalecitos (con farolillo indicador) de la plaza de Lesseps, poco más allá del cine Roxy y frente a los jardines. Seguían, en hilera, los puticlubs del arranque de la avenida, que el director catalán Jordi Grau retrató en su película *Cántico* poco antes de que los cerraran, a principios de los setenta. En la calle Bolívar reinó durante más de un siglo La Casita Blanca, que no era burdel sino casa de citas, y debía su nombre a los juegos de cama tendidos en la azotea, heraldos de una higiene impecable. El interior del histórico *meublé* era un laberinto que garantizaba el anonimato de los clientes. En las cuarenta y tres habitaciones predominaban el color rojo y las maderas nobles, y en las mesillas de noche había tres botones con iniciales para pedir servicios: la C para el camarero, la S para indicar salida a pie, la T para hacerlo en taxi.

Sin embargo, el burdel más lujoso de la zona era una mansión de minaretes y azulejos arábigos que espejeaban entre las copas de los árboles, aunque para verlos había que inclinarse un poco sobre el pretil del puente. Según cuenta Eduardo Mendoza, esa casa, de la que apenas quedan los restos de la planta, era el apeadero de los noctámbulos más acaudalados de Barcelona, donde podían encontrar, en la década de los veinte, las mejores y más exóticas putas de la ciudad. La leyenda habla incluso de una especie de ferrocarril subterráneo, con un único vagón en el que cabían entre cinco y diez pasajeros, que enlazaba la casa con el Gran Casino de la Rabassada, y solo se utilizaba, pagando un dineral, en situaciones verdaderamente comprometidas.

Hablando de leyendas, varias veces escuché la del tranvía fantasma que emergía un día al año, al anochecer, en el último tramo de la calle Virgen del Coll, llegando a Lesseps, y se esfumaba apenas medio minuto más tarde, al dejar atrás el magnolio de la derruida clínica Regina. En esa breve franja de tiempo y espacio, justo cuando el tranvía comenzaba a volatilizarse, el paseante atento podía tener un no menos fugaz vislumbre pretérito de la plaza, como una postal de bordes dentados: huertos, automóviles negros (o incluso carruajes) y casas bajas y aisladas, que desaparecían, a su vez, tras una bandada de palomas.

La historia es sugestiva, pero yo no necesito tranvías espectrales para ese viaje. En este mismo momento puedo hacer brotar el rótulo en neón verde del Roxy y alzarlo como una custodia hasta que flote en la misma bruma del puente, y ordenar luego a los faroleros que hundan la vara de punta incandescente como quien gira una llave en la cerradura. Bajo la luz violeta, la muchacha rubia de tacones afilados a la que hemos visto unas pocas páginas atrás va a cruzar la cancela y el pequeño jardín, y entrará en ese chalet clausurado en el invierno de 1971, y ahí comenzará una historia que contaré otro día.

¿Todo a punto? ¿Atentos? ¡Alehop!

Runaway

El 10 de agosto de 1974 se estrenó *American Graffiti*, de George Lucas, en el cine Rex de Barcelona. Yo no podía haber elegido mejor momento para verla: tenía diecisiete años, la edad de sus protagonistas, y, como ellos, estaba a punto de ir a la universidad, lo que equivalía, según sentencia del tiempo, a entrar en el mundo adulto. Fui a la primera sesión. No sabía nada de la película ni de su director, pero intuía, por el superpoblado cartel de Mort Drucker, el dibujante de *Mad*, que iba a gustarme mucho: prometía una comedia con muchas historias y muchos personajes.

Ignoraba lo que era un *graffiti*, aunque daba igual: América era para mí el talismán, la palabra clave. Casi una contraseña secreta, porque en aquella época (y en los círculos en los que yo me movía) no convenía manifestar tal adoración. América estaba pero que muy mal vista. América era el enemigo. América era Nixon y el imperialismo y la alienación. Sin embargo, yo veneraba casi todo lo que tuviera que ver con América.

Sus escritores. Su música. Sus películas. Su comida. Su bebida. Su ensueño.

José María Pou me contó que en aquella época se tumbaba las noches de verano en la terraza de su piso de Madrid, y entrecerrando los ojos veía las lucecitas azules de los depósitos del Campo del Gas y se imaginaba que tenía a sus pies la bahía de San Francisco. Yo no tenía entonces ni terraza ni lucecitas azules, pero le abracé como se abraza a un hermano de sangre.

Aquel sábado pasaron algunas cosas importantes en el mundo. El príncipe Juan Carlos presidió su primer consejo de ministros y Gerald Ford juró su cargo como nuevo presidente de Estados Unidos, pero nada tan decisivo como cuando en la primera sesión del Rex se apagaron las luces, apareció el rótulo dorado de Universal Pictures y una mano invisible buscó una emisora en el dial. Comenzó a sonar *Rock Around the Clock* en la versión original de Bill Haley y los Comets y de pronto se dispararon todos los pies de la audiencia en una comunión instantánea.

Hay que señalar que poco rock había en la Barcelona de la época. Había *cançó* y había rock con etiquetas: rock progresivo, rock layetano. En ambos negociados brillaban perlas aisladas, y había planetas lisérgicos de órbita propia (Sisa, Pau Riba, Ia & Batiste), pero rock del que mueve los pies y el alma, no había. O si lo había, yo no lo conocía.

En *American Graffiti* estaba la música y estaba la luz. Las luces del Mel's Drive-In, recién encendidas, y al fondo la luz del atardecer en California. Y el brillo de los coches, aquellos coches increíbles, casi extraterrestres. Y el brillo de los rótulos luminosos. Cuando todo se juntaba, cuando arrancaban los coches por la calle principal y comenzaba a sonar *Runaway*, de Del Shannon... Dios, qué belleza. Qué escalofrío.

Yo solo había salido corriendo de un cine a comprar la banda sonora (bueno, a pedírsela a mi abuela) cuando vi *Casino Royale*, porque la alquimia de Burt Bacharach y Herb Alpert hizo estallar un enjambre de burbujas en mi cabeza. Para pillar la banda sonora de *American Graffiti* tuve que esperar un poco, porque el disco era doble, tenía 40 canciones, y costaba una pasta.

En 1973 se había estrenado *The Last Picture Show*, de Peter Bogdanovich. Muy bonita, no diré que no, pero mortalmente seria. Deliberadamente deprimente, me pareció a mí. Vale, el personaje de Ben Johnson, Sam el León, era una preciosidad, y Cybill Shepherd estaba guapísima, pero lo que pasaba en aquel pueblo era como para cortarse las venas.

Yo le cogí manía a *The Last Picture Show* porque aquella película volvió locos a mis amigos concienciados. Encajaba de perlas en sus esquemas: todo lo que podía salir mal salía peor. Era, decían, una crítica del sueño americano. Y no una «fantasía cómplice», como calificaron a *American Graffiti*. ¡Por supuesto que *American Graffiti* era una fantasía! ¡Un sueño en estado puro era! La noche de sábado que le hubiera gustado vivir a George Lucas. Y a mí. Y a todo hijo de vecino. Salvo a mis amigos concienciados, claro.

Modesto, California, donde transcurre la acción, no era el territorio de la realidad sino del deseo. Era el jardín del Edén recién pintado. Y cercado.

La realidad estaba afuera. La realidad de *American Graffiti* (verano del 62) era la inminente crisis de los misiles, el momento álgido de la guerra fría, cuando el fin del mundo parecía estar a la vuelta de la esquina.

George Lucas tampoco era idiota. Una cosa es que no ligara los sábados por la noche y otra que se chupara el dedo. Por eso la película acaba como acaba. Ya llegaremos a eso.

Lucas había debutado en 1971 con una película de ciencia ficción que tenía muchas pretensiones de profundidad y que no fue a ver ni su padre. El título ya era un tanto escarpado: THX 1138. Su amigo Coppola, como cuenta Peter Biskind en *Easy Riders, Raging Bulls*, le dijo algo parecido a esto: «Venga, George, que tú tampoco eres tan sombrón. Hombre, a ratos sí lo eres, pero también tienes tu corazoncito. ¿Por qué no haces algo más, digamos, humano, entretenido, con su risa y su emoción y su cosa?».

Lucas recogió el guante y le contestó: «Vale, hablaré de mi adolescencia y la de los que estaban a mi alrededor».

Y entonces hizo *American Graffiti*, la mejor película de su vida. La más personal, la más bonita, la más poética, la más redonda, la menos calculada.

Maravillosamente narrada, con una fluidez increíble.

Todo ocurre en una sola noche, desde el atardecer al amanecer del siguiente día, y se nos cuentan un montón de historias.

De esta película me gusta todo, porque todo está en su sitio. El humor, la poesía, la emoción contenida.

Debo haberla visto al menos quince veces.

Me la sé de memoria y me sigue fascinando y emocionando cada vez.

American Graffiti es la historia de cuatro amigos: Curt Henderson, Steve Bolander, Terry Fields y Big John Milner. Y, no nos olvidemos, de sus tres compañeras: Laurie Henderson, Debbie Dunham y Carol Morrison. Digo que no nos olvidemos porque George Lucas lo hizo: al final de la película, en un inconsciente (o no) pronto misógino, nos contó los destinos de ellos pero no los de las chicas, como si ellas solo hubieran existido una noche.

Curt Henderson y Steve Bolander han conseguido una beca para estudiar en una universidad del Este. Hablaremos de Curt más tarde porque, a su manera, es el protagonista. O el hilo conductor de las historias.

Steve ha decidido tomarse un tiempo antes de dar el salto. Es el prototipo del buen chaval americano, el chico más popular de su curso, y de su barrio, y del pueblo entero. Fue todo un hallazgo de casting que lo interpretase Ron Howard. Digo hallazgo y me quedo corto: conjunción astral. Porque Ron Howard había sido Opie Taylor, el hijo de Andy Griffith en *The Andy Griffith Show*, una de las telecomedias familiares más populares en la América de los sesenta, la heredera natural de *Father Knows Best* o *Leave It to Beaver*. Estas dos se vieron en la primerísima tele española, con los títulos de *Papá todo lo sabe* y *Aventuras de Pablito*. Las verían los cuatro que entonces tenían tele, imagino, aunque el título que le pusieron a la segunda era como para echar a correr.

Que yo sepa, *The Andy Griffith Show* no llegó a emitirse aquí. Transcurría en Mayberry, una pequeña ciudad imaginaria de Carolina del Norte, y la escena precréditos iba cambiando cada temporada a medida que el pequeño Opie crecía. Para el espectador americano no sería difícil pensar, al ver a Ron Howard, que su personaje había seguido creciendo y se había trasladado con su familia a otra localidad idílica, esta vez al sur de California.

Terry Fields, autoapodado Terry «El Tigre» —«*The Toad*», el sapo, en la versión original— es gafoso, patoso (entra en escena pegándose un morrón con su Vespa porque no controla la velocidad), granujiento, y presumiblemente pajero hasta la atrofia metacarpiana. Terry, el sapo que quiere ser tigre, va a recibir dos regalos que le vienen grandes: el Chevrolet Impala del 58 de su amigo Steve, y una novia ocasional, Debbie (Candy Clark), que se peina y se viste y actúa como la réplica pueblerina de Sandra Dee. El actor que interpreta a Terry es Charlie Martin Smith, que luego unió a sus trabajos actorales las facetas de director y productor. Sí, como Ron Howard, pero en serie B.

Big John Milner (Paul Le Mat) es el mayor de los cuatro y parece venir de una película anterior, de un tiempo anterior. Guarda el paquete de Camel corto en la manga doblada de su camiseta, como James Dean en *Al este del Edén*, y proclama que el rock murió con Buddy Holly: lo mismo que cantaría Don McLean en *American Pie*, la canción más próxima, en espíritu y en sentido de la narración, a *American Graffiti*.

Big John es una leyenda local, el gran campeón de las carreras ilegales con su Deuce Coupe amarillo y trucado. El nombre completo del vehículo, me informa un amigo, es Ford 5 Window Deuce Coupe del 32. Parece que hay que indicar la añada, como con los vinos de fuste.

Irónicamente, el supermacho Big John no tiene novia: el destino le encarga la tutela de una adolescente, Carol, interpretada por Laurie Phillips, la hija de John Phillips de The Mamas and the Papas, también, nada casualmente, los autores de *California Dreaming*. No parece haber casualidades en esta película, sino constantes golpes de suerte, y encajes y puentes casi mágicos.

Otro auténtico toque de fortuna fue la elección de Paul Le Mat para el personaje de Big John, porque no se había puesto jamás ante una cámara. Tenía casi treinta años, era veterano de guerra (luchó en Vietnam y fue condecorado) y acababa de ganar el campeonato de boxeo (peso Welter) de Los Ángeles. Según algunas fuentes, el personaje de Big John estaba inspirado en John Milius, compañero de Lucas en la escuela de Cine de la Universidad del Sur de California. Según el propio Lucas, muy en la línea *Madame Bovary c'est moi*, los cuatro protagonistas de *American Graffiti* eran otras tantas proyecciones de sí mismo: la faceta distante y observadora de Curt, el lado «buen chico» de Steve, la patosía de Terry, y la pasión por las carreras de coches de Big John. Los cuatro actores estaban fantásticos, pero fue Le Mat quien se llevó el Globo de Oro al debut del año.

Para mi gusto, la gran escena de Big John (y una de las mejores de la película) es cuando lleva a Carol a un cementerio de automóviles y le habla de todos sus compañeros muertos. El diálogo y la planificación son tan buenos que parece que estén hablando del tiempo, o sea, que te la meten doblada. Bogdanovich hubiera filmado esa escena como si se tratara del anticipo de una tragedia griega.

En la gran carrera final, mientras suena *Green Onions*, de Booker T. and the M. G.'s (pillada por los pelos, porque salió en octubre del 62, es decir, después de aquel verano), Big John corre contra un tal Bob Falfa, interpretado por un jovencísimo (y también debutante) Harrison Ford, que entonces trabajaba como carpintero en unos estudios. Big John salva el honor pero les confiesa a sus amigos que iba perdiendo, que comenzaba a estar fuera de las carreras y fuera de la historia.

Quizás, ahora que lo pienso, ese era el sentido secreto de meterle a la escena una canción del futuro. En la película, esa zona lejana y desierta donde tienen lugar las carreras prohibidas se llama Paradise Road, de lo que igualmente podría deducirse, atando ambas moscas por el rabo, que Big John está ya fuera del Paraíso.

Como en todo Paraíso que se precie, en *American Graffiti* hay un Dios.

Dios es una voz detrás de un micrófono, como el doctor Mabuse o el mago de Oz. Una voz omnipresente que parece guiar los destinos de los personajes. La voz de ese Dios pertenece a Wolfman Jack, el Hombre Lobo, el rey de los *disc jockeys* de la Costa Oeste (aunque se le escuchaba en todo el territorio nacional), que en la película interpreta su propio papel.

Wolfman Jack —en realidad llamado Robert Weston Smith— era un mito personal de George Lucas. Accedió a hacer la película y vivió de ella hasta su muerte en 1995, porque Lucas tuvo el detallazo de pasarle mensualmente un tanto de los beneficios.

Su muerte fue singular y, en cierto modo, bastante buena. A los cincuenta y siete años, Wolfman Jack hizo una larga gira promocionando su autobiografía. Vuelve, abraza a su mujer, dice «Qué ganas tenía de estar en casa» y palma en sus brazos de un infarto.

Así murió también el segundo marido de Ana María Matute, ahora que me acuerdo.

En la película, los protagonistas fantasean sobre la naturaleza de ese Dios invisible. Nadie sabe dónde está. Para unos emite desde un avión; para otros, desde un barco. Una emisora pirata, un barco pirata. «Nunca atraparán al Hombre Lobo», dice un miembro de la banda de los Faraones, como si hablara de Jesse James o del Vaquilla. La voz del Hombre Lobo comenta las acciones de los personajes como si realmente estuviera viendo desde las alturas, pone en contacto a los deseantes, suministra un continuo flujo de música. Cuando vi la película, yo soñaba en un Dios parecido, un Dios que dibujara con canciones como piedrecitas blancas la ruta hasta la mujer de mi vida.

En Barcelona teníamos muy cerca a un Dios semejante.

«Él me descubrió a Dylan», me dijo Pepita, así que las canciones de Dylan podrían haber sido las piedrecitas blancas.

Sí, podríamos habernos conocido en un estudio de aquella emisora.

«Él» era Tino Romero.

Como ya he señalado que no hay casualidades con

esta película, Tino Romero dobló al castellano a Wolfman Jack.

Más que eso: fue nuestro Wolfman Jack.

El primer *disc jockey* de la radio catalana, la voz que nos abría el cofre del tesoro americano y parecía emitir desde una emisora de la Costa Oeste, o desde un barco, y el barco resultó ser una mansión ya derribada de la calle Zaragoza, a cuatro pasos de mi casa, donde un puñado de locos jovencísimos tomaron Radio Juventud EAJ15 y pusieron patas arriba las ondas barcelonesas pinchando la mejor música que podía escucharse a mitad de los sesenta. «Saludos desde los estudios de la *seventy seven Zaragoza Street*», clamaba Rafael Turia, otro de los reyes de la emisora, en la presentación de *Revoluciones*.

Yo era un crío absoluto cuando arrancaron, ni diez años tenía, pero es que Tino Romero aún no había cumplido los veinte cuando pilotó *Radio Young* en 1966.

Acabo de ver una foto de aquel debut y parece un *cool cat*, delgadísimo, vestido de negro de la cabeza a los pies, pelo rizado, gafas de pasta, zapatos de pico, frente a un micro plateado más grande que su puño, pero ya tenía aquella voz broncínea, adulta, transoceánica, la voz que con el tiempo le pondríamos al locutor mítico de la portada de *The Nightfly*, de Donald Fagen.

«José María Baqué, Manolo Cornejo y yo hacíamos *Radio Young*, y los tres juntos cobrábamos un sueldo de mil pesetas al mes, pero éramos felices porque podíamos pinchar nuestra música», contaría luego.

Mario Gas, su amigo del alma, el hombre que le empujó a la escena y dirigió sus mejores funciones, le conoció entonces. Gas colaboraba en un programa teatral y radiaba los partes de tráfico, los domingos por la tarde.

(Nueva coincidencia: en *American Graffiti*, Mario Gas dobla a Charlie Martin Smith, es decir, a Terry Fields.)

En *Radio Young* sonaba Dylan, y el rock de las dos costas, y el *soul* de Motown y Atlantic, aunque todo eso lo devoramos algo más tarde, cuando al programa le crecieron alas y la tríada Romero-Baqué-Cornejo saltó al estudio C de Radio Barcelona y estalló una feliz guerra de ondas con Radio Juventud, porque allí (a la voz de «¡Hola, Pops!») había comenzado a reinar otro grande, José María Pallardó, casi un gurú, el hombre de *El clan de la una* y *Al mil por mil*.

Se contaban cientos de historias de los dos reyes. De Pallardó se decía que era imprevisible y misterioso, que no dormía, que era capaz de pasar noches enteras pinchando música. De Tino Romero contaban que viajaba cada dos por tres a Estados Unidos cuando nadie iba más allá de París, que recorría en coche la Ruta 66 (gafas oscuras, Stetson blanco), veía grandes conciertos y volvía cargado con lo último de lo último.

En 1971, Tino Romero crea *Trotadiscos*, otro de los grandes programas musicales de la historia de la radio, con Rafael Turia y Àngel Casas, nueva tríada. En esa época lo recuerdo pinchando mucho *country rock*, y las imágenes suyas que me vuelven, en un montaje de películas, voz y música, son intensamente californianas.

La primera es *Escalofrío en la noche* (*Play Misty For Me*), donde Tino dobla a Clint Eastwood en el papel de un locutor nocturno que emite desde Carmel y cubre el festival de jazz de Monterrey, y en esa película suena, para mí por primera vez, la extraordinaria *The First Time Ever I Saw Your Face*, de Roberta Flack, que quizás sea mi canción de amor preferida. La segunda imagen, en 1974, brota, por supuesto, de *American Graffiti*, en la que Tino se convierte para siempre en el Hombre Lobo, un Hombre Lobo americano en Barcelona.

El verano del 74, mientras yo veo la película de Lucas, Tino Romero viaja de nuevo a Los Ángeles para casarse, y Serrat le dedica una canción («Hermano que te vas a California / 121 de Pan Am / llévale a esa muchacha que te espera / olor de arpillera / aceitunas y azahar»), que a mis oídos sonaba como un eco castellano del *Daniel* de Elton John. Ambas enlazan con el plano del avión blanco, atravesando un cielo rotundamente azul, que cierra la película.

Ahora toca hablar ya de Curt Henderson, un estupendo y contenidísimo Richard Dreyfuss, a años luz de algunos desafueros posteriores. Recuerdo, como en un espejo, la imagen de Curt olfateando la luz anaranjada del crepúsculo californiano, la noche limpia, el cielo abierto.

Curt es como Franco Interlenghi en *I Vitelloni*: el que tiene que irse y no se decide. Quiere estudiar en el Este y estrecharle la mano a Kennedy, pero para eso ha de dejar atrás su mundo, su familia y sus amigos. Lo que se llama un rito de paso.

En la mejor escena de la película, Curt va a ver a Dios.

Descubre el templo secreto en las afueras de la ciudad, al otro lado de la burbuja. Como en las mejores historias, va buscando una cosa y encuentra otra. Curt va a ver a Dios para que interceda y le facilite su deseo, que es la esencia del deseo mismo: alcanzar lo inatrapable. Lo inatrapable es una rubia que viste de blanco y cruza la ciudad, sola, en un Ford Thunderbird blanco del 56, como aquella otra mujer de blanco que vio una vez Everett Sloane en *Ciudadano Kane*, cuando era muy joven, y en la que no dejó de pensar todos y cada uno de los días de su vida.

Una amiga de Curt le dice que la rubia maravillosa es la mujer de un empresario del pueblo, y Curt no puede creer que esté atrapada en un matrimonio convencional. Que sea como su madre, vaya.

Para él, la rubia del Thunderbird es la libertad total, atravesando la noche como una estela.

A los quince (dos años antes de *American Graffiti*), yo me enamoré de un icono semejante. Era americana, más americana no podía ser.

Estaba muy quietecita, como la Fanny Ardant cantada por Vincent Delerm, y medía cuatro o cinco metros.

Era la chica de un anuncio de Coca-Cola. Ese anuncio estaba en el escaparate de un supermercado de la calle Muntaner, casi esquina con General Mitre. Su cara, iluminada por el sol, sonriente y maravillosa, ocupaba casi todo el rectángulo. Al fondo se veía un poco de césped. El césped de un campus, seguro. Y el sol únicamente podía ser californiano. Una chica californiana, de una universidad californiana.

Yo pasaba cada día por delante de aquel supermercado para ver el anuncio. A las penas, puñalás: si la chica no podía ser mía, lo sería su representación.

Me inventé una historia idiota, algo de un trabajo escolar sobre publicidad, que los del súper no se debieron tragar ni de coña, pero me puse tan pesado, semana tras semana, que acabaron regalándome el anuncio.

Cubrió una pared entera de mi habitación. Era como una pantalla de cine, una falsa ventana abierta a una California imposible, soñada.

La quintaesencia de una chica libre, atrapada en un cartel, en la pared de un cuarto sin ventanas, en la Barcelona de 1972.

Ahora Curt entra en el templo. Podría ser una escena de David Lynch.

El locutor nocturno tiene voz de negro pero es blanco. Y grueso: parece una ballena varada. También parece uncido a otra época, como nos indica ese tupé casi petrificado que no casa con su edad. El locutor le ofrece un helado que se está derritiendo, porque la nevera se ha estropeado. Un hombre solo, hablando en la noche. Se están derritiendo todos los polos y alguien tiene que comérselos. No es fácil ser Dios.

Curt le pide que radie su llamada de socorro: quiere ver a la chica del Thunderbird, hablar con ella. Le da el número de teléfono de una cabina y Dios le dice que le concederá ese deseo.

Luego hablan un rato y de repente Dios confiesa que no es Dios, es decir, que no es el Hombre Lobo.

«El Hombre Lobo», cuenta, «viene a veces por aquí y deja todas las cintas que ha grabado».

«¿Está todo grabado, entonces?», pregunta Curt.

Dios-hombre sigue contando la leyenda, el evangelio:

«El Hombre Lobo viene aquí y me habla de sus viajes, de los maravillosos lugares que ha conocido. Si yo pudiera irme», dice, «haría como él. Viajaría por el mundo, en lugar de estar aquí noche tras noche».

En ese momento, Curt obtiene la respuesta a la pregunta secreta, lo que inconscientemente había ido a buscar.

«No hagas como yo», le dice Dios-hombre. «Escapa, ahora que todavía estás a tiempo.» En esa escena, Dios-hombre parece Morpheus persuadiendo a Neo para que escape de Matrix, para que salga de la burbuja. Cuando ya se está yendo, Curt mira hacia atrás, por la rendija de la puerta entornada, esas rendijas que en las películas siempre son grietas abiertas hacia la verdadera realidad, y descubre, al oírle hablar de nuevo, que Dios-hombre es Dios-Padre, el auténtico Hombre Lobo: el viajero inmóvil, el hombre que se finge leyenda, la ballena varada que se disfraza de delfín o de Kraken, el mítico dragón marino de las leyendas noruegas.

Curt sale del templo. Está muy cansado y se queda dormido en el coche, junto a la cabina propiciatoria. Está amaneciendo. Le despierta el sonido del teléfono y corre hacia él. La rubia del Thunderbird, que ahora también es solo una voz, le dice que puede encontrarla todos los días a la misma hora, subiendo y bajando con su coche por la calle Tres.

Pero no hay encuentro: Curt está decidido a marcharse.

Entonces suena *Goodnight, Sweetheart, Goodnight*, de los Spaniels.

En el plano final, cuando Curt está ya en el avión camino del futuro, ve un coche blanco en el desierto, en Paradise Road. Muy pequeño, cada vez más pequeño. Un coche que parece seguirle pero también se aleja, hasta convertirse en un cochecito de juguete: la infancia que queda definitivamente atrás.

La película se cierra con un plano del cielo azul, vacío, donde aparecen, enmarcados en óvalos, los rostros de los protagonistas. Unos breves rótulos nos informan de sus destinos. Uno fue atropellado por un conductor borracho, otro desapareció en Vietnam, el tercero se quedó en la tienda de su padre. Del cuarto se nos dice que vive en Canadá, destino habitual de los desertores del ejército, y que es escritor.

Nada se nos dice, insisto, de Laurie, de Debbie, de la pequeña y maravillosa Carol.

Comienza a sonar *All Summer Long*, de los Beach Boys.

El verano ha terminado. Pero sigue vivo en *American Graffiti*.

Para eso se inventaron las historias. Y el cine. Y la música.

Al anochecer

Voy a visitar a una amiga ingresada en un hospital lejano. El autobús recorre barrios en los que nunca he estado. Al encenderse las farolas suben dos muchachas vestidas con chándal, de unos dieciocho años. La morena masca chicle y habla sin parar. Están un poco lejos y apenas entiendo lo que dice. La otra, pelirroja, calla y atiende.

Hay algo en su forma de escuchar (el mentón obstinado, los ojos de ave nocturna) que me llama la atención y que no consigo definir: una fuerza. Me fijo luego en su sorprendente peinado, con ondas, a la moda de los años veinte. Estoy juntando peinado, mirada y mentón cuando rompe a hablar, y en la breve calma de una parada, antes de que vuelvan a temblar metales y vidrios, atrapo dos palabras un tanto inusuales en una adolescente de barriada: «ofuscación» y «desfallecer». Imagino un perfil posible: su distancia durante las comidas familiares, su irritación cada vez que la vida se empeña en ser como un cuadro mal colgado, la extrañeza de los otros ante su avidez, ante sus raros gustos musicales (ópera, *death metal*) y los libros tan gordos que suele leer, y de donde salen, dicen, esas frases repentinas, certeras y pasmosas, tras sus largos silencios.

De golpe me encuentro pensando: Rosa Chacel. No es que se parezcan, pero la suma de elementos las acerca muchísimo, como si algo de la escritora desaparecida hubiera entrado en ella con tiempo suficiente para adensarse. Al borde del anochecer, el autobús se para de nuevo. Desvío la mirada para no parecer acechante, y por la ventanilla leo entonces el rótulo de una tienda, «Confecciones Onetti», y considero que el dueño tampoco ha de parecerse a Juan Carlos Onetti, ni su negocio ha de ser ruinoso como un viejo astillero, pero...

Juego a imaginar entonces que a ese barrio desconocido, no sé si cielo o purgatorio, van a parar los espíritus de los escritores muertos, y pienso que Ana María Moix, todavía a la espera de destino, quizás esté dudando si posarse en ese gato que se lame una pata con cara de enorme felicidad, los ojos entrecerrados, o en ese chaval taciturno y burlón que mira el autobús.

Comienza a formarse una historia.

El dueño de las Confecciones Onetti es rubio y grueso, y no lleva gafas de montura negra, pero hay algo en él que recuerda al escritor uruguayo, tal vez el labio inferior caído o los ojos aparentemente apáticos pero muy fijos. Quizás también, cuando ha bebido demasiadas cervezas, empiece a hablar con frases largas y lentas, a contar historias sorprendentes, a canturrear canciones que ya nadie recuerda, a mostrar inesperadas formas de la sorna y la piedad, y es en noches así cuando sus amigos le llaman «el filósofo», y enmudecen al escucharle como los padres de la muchacha pelirroja, y al día siguiente vuelve a ser un hombre en el que nadie repararía, pero a primera hora de esta tarde cálida que parece abrirse a sus pies, majestuosa como un delta, ha sentido un impulso raro y urgente; ha comprado varias latas en el supermercado pakistaní, ha bebido tres y le quedan otras tres, y justo ahora la chica que se parece sin parecerse a Rosa Chacel siente un impulso similar, y baja de un salto en esta parada, y cruza la calle, y sin saber muy bien por qué entra en la tienda.

Tres actrices

I

En el verano de 1992, ordenando papeles, volví a encontrar aquellas fotos de Mercedes de la Aldea y el recorte de periódico. El recorte («Trágica muerte de una actriz») estaba fechado el 29 de octubre de 1954. El accidente había sucedido una semana antes. Ese día Julio Salvador rodaba en el Aeroclub de Sabadell los últimos planos de *Lo que nunca muere*, una adaptación del célebre serial radiofónico de Sautier Casaseca. Mercedes de la Aldea, de veintidós años, interpretaba a la novia de Conrado San Martín, y debía morir en sus brazos, ametrallada por un caza rojo.

El director grita: «Vale, es buena. Hemos terminado». Según los testigos, Mercedes ve entonces una avioneta Piper que iba a despegar y quiere subir, volar por primera vez. Con la excitación del fin de rodaje, contenta como una niña, en vez de entrar por la cola se acerca a la cabina, y la hélice, invisible por la velocidad, le destroza la cabeza.

La crónica terminaba así: «La joven actriz murió camino de la clínica Platón, en brazos de Conrado San Martín, tal como acababa de morir en la película».

Las fotos que había guardado en una carpeta, junto al recorte, seguían irradiando luz. Mercedes y su mentor, Juan Germán Schroeder, sonreían a la cámara desde la barra de una heladería. Eran instantáneas de un verano de los cincuenta en Barcelona, pero aquella muchacha de melena corta, guantes blancos y ojos tristes parecía recién salida de una novela de Françoise Sagan o de una película (*Adieu Philippine*, por ejemplo) de la *nouvelle vague*.

Fui a ver a Juan Germán Schroeder. Vivía en un piso alto del primer rascacielos de la Barceloneta, al borde de la playa. Paredes blancas, claridad azul. Hablé también con Joan Brossa, en su piso de los alrededores de la plaza Sanllehy, umbrío, desbordado de papeles, y con Jorge Grau en un bar que no recuerdo. Grau estaba de paso, llevaba muchos años en Madrid, levantaba la cabeza y todo le parecía desplazado, borrado, perdido, pero recordaba con claridad a Mercedes. Yo quería conocer la vida de aquella actriz a la que la prensa había calificado como «la más brillante, apasionada y prometedora de su generación».

Brossa me contó que fue ella quien protagonizó sus primeras piezas, en 1947, en el teatro Olimpo de la calle Mercaders, «un teatro extrañísimo», dijo, «porque tenía pocas butacas pero intentaba reproducir, a su escala, los cinco pisos en herradura del Liceo. Allí la descubrí, en el estreno de *Nocturns encontres*, dirigida por José Centelles. Vino a verme antes de subir a escena. Una muchacha muy joven, menuda, con tejanos, cabello negro y grandes ojos negros. Muy apasionada: hablaba, miraba y se movía a una velocidad distinta de la de todos los demás. Quería escribir, quería conocer otros textos míos y dirigirlos. Un mes más tarde organizó una puesta conjunta de *Nocturns encontres* y *La mare màscara*, esta vez interpretando y dirigiendo, en el domicilio del doctor Obiols, en el número 25 del paseo del General Mola. Algún tiempo después, con motivo de una exposición de Joan Ponç en las Galerías Layetanas, me estrenó *Esquerdes, parracs, enderrocs esberlant la figura*. En aquella época, mucho del mejor teatro se hacía en lugares así, en casas particulares, la del doctor Obiols, la del editor Gili, la de América Casas de Coma o la de Rodríguez Llauder, el empresario del Calderón y el Barcelona, furtivamente, engañando a la censura, diciendo, como hacía siempre Juan Germán Schroeder, que iban a representar *Las de Caín* para un cumpleaños. Schroeder, Jorge Grau, Ángel Carmona... los que realmente querían agitar las aguas del teatro barcelonés de entonces eran siempre los mismos, tres o cuatro. Y entre ellos estaba Mercedes de la Aldea. Hablo de finales de los cuarenta, no lo olvides».

Ella había nacido en 1931. Entró en el Instituto del Teatro de Barcelona en el 48, a los diecisiete años. A los dieciocho fundó el grupo de teatro Yorick, con Carmona y Grau. Comenzó entonces una carrera meteórica. Debuta con *El hombre que murió en la guerra*, de Antonio y Manuel Machado, y protagoniza luego *Mi corazón está en las montañas*, de Saroyan, ambas dirigidas por Carmona. En 1951 crea con Grau el Teatro de la Juventud. Juntos montan *Las palabras en la arena*, de Buero, que se había revelado con *Historia de una escalera* dos años antes; siguen *Tiempo y luz*, de Alfredo Mañas, y *La anunciación a María*, de Claudel, en la que interpreta a Violane, y trabaja como ayudante de dirección.

Jorge Grau dijo: «No era difícil enamorarse de ella. Su hermosura aumentaba cuando la conocías y penetrabas en su locura, en su sensibilidad, en su entrega. Sobre Mercedes podrían escribirse libros enteros, porque era una absoluta *rara avis* para su época. En *Noche de verano*, mi primera película, que rodé cuando ella ya había muerto, quise hacerle un homenaje a través del personaje de Alicia, que tenía que interpretar Serena Vergano y al final hizo la actriz italiana Marisa Solinas».

Juan Germán Schroeder me dijo: «Cuando la conocí no lo podía creer. Era en el Club 49 y allí estaba aquella niña de veinte años recién cumplidos interpretando fragmentos de *Calígula* y *El malentendido* de Camus. Cuando volví a verla, dos años más tarde, en casa del doctor Obiols, dirigía e interpretaba a Lizzie en *La puta respetuosa*, de Sartre, una función, no hace falta decirlo, prohibidísima desde su mismo título.

»Vital, sentimental y culturalmente era más francesa que española. Era una apasionada del jazz y de las películas neorrealistas; imitaba el modo de andar y cantar de Germaine Montero en *Madre Coraje*. Se convirtió en nuestra musa existencialista. Nos hicimos inseparables. Íbamos a los mismos bares, nos gustaban los mismos pintores, los mismos poetas. Era solo cuestión de tiempo que acabáramos trabajando juntos.

»El Grec lo abrimos nosotros, eso poca gente lo recuerda. En mayo del 52, Mercedes había montado *Edipo rey*, protagonizado por Lluís Tarrau, en el patio del Hospital de la Santa Creu, con mi asesoría. La versión era de Leopoldo Longhi y la música de Mestres Quadreny. Mucha gente se quedó sin poder entrar, así que decidimos reponer la función en un aforo más amplio. No recuerdo si la idea de hacerlo en el Grec fue suya o mía.

»El Grec estaba cerrado desde antes de la guerra. Era una ruina, un agujero negro que no interesaba a nadie. Cuando pedimos el permiso nos miraron como si estuviéramos locos, pero nos lo dieron. En pocas semanas encalamos paredes, improvisamos camerinos, limpiamos de escombros las gradas y el escenario, y el 6 de julio, a las siete de la tarde, para aprovechar al máximo la luz natural, porque no nos quedaba dinero para focos, presentamos la función. Fue un enorme éxito, hasta el punto de que el ayuntamiento costeó la reinauguración oficial del recinto, que tuvo lugar, de nuevo con *Edipo rey*, el 21 de septiembre. Pero nadie parece acordarse de eso, ni de la labor de Mercedes».

Sus dos últimos años de vida son todavía más llenos, más frenéticos que los anteriores. En otoño del 53, de nuevo en el domicilio del doctor Obiols, estrena y dirige otra obra de Saroyan, *La hermosa gente*, interpretando el papel de Agnes Webster. Como actriz hace luego *Tres sombreros de copa*, de Mihura, con el Teatro de Cámara; *Asesinato en la catedral*, de T. S. Eliot, con el Teatro Estudio de Schroeder, y debuta en el cine rodando en Cadaqués *La hija del mar*, la obra de Guimerà, a las órdenes de Antonio Momplet. Era una coproducción hispano-portuguesa, con Virgilio Teixeira, Manuel Luna e Isabel de Castro. Schroeder recordaba que, para su audición con el director, la acompañó a comprarse sus primeros zapatos de tacón. Quizás las fotos que yo vi fueran de aquella tarde.

Ya en 1954, la encontramos en la producción barcelonesa de *Diálogos de carmelitas*, de Bernanos, con la compañía Lope de Vega de Tamayo, junto a Ana María Noé, Asunción Balaguer, Laly Soldevila, Dora Santacreu y Alicia Agut. Duró tres semanas en la compañía.

«Ese año», me contó Schroeder, «Mercedes escribió dos obras, ninguna de las cuales llegó a ver la luz. La primera estaba basada en el asesinato de Wilma Montesi, la adolescente que había aparecido muerta en la playa de Ostia, un caso en el que resultaron implicados personajes de la alta sociedad romana y del que se habló en todos los periódicos. La segunda era una adaptación de *La isla de los demonios*, la segunda y muy esperada novela de Carmen Laforet tras el éxito de *Nada*».

En otoño del 54 simultanea el rodaje de *Lo que nunca muere* con los ensayos de *Santa Juana*, de Bernard Shaw, que quería presentar en la plaza del Rey.

«Yo estaba en Roma», siguió Schroeder, «cuando recibí una carta suya. Estaba llena de proyectos, y confiaba en que el tirón popular de Sautier Casaseca le abriera definitivamente las puertas del cine. Con la carta me adjuntaba el borrador del programa de mano de *Santa Juana*, encabezado por una frase de la obra: "Quisiera pasar lo más ardiente posible la antorcha de mi vida a las generaciones futuras". Un par de días después, alguien me dijo en el hotel que acababa de escuchar por la radio la noticia de la muerte de una joven actriz española en el rodaje de una película. No sé por qué, pensé en ella. Y por desgracia no me equivocaba. Llegué justo a tiempo para el entierro. Sus compañeros de reparto habían colocado sobre el ataúd la espada de madera de Santa Juana. En 1955, el Círculo de Escritores Cinematográficos de Madrid le concedió un premio oficial, con carácter de homenaje póstumo, por su trabajo en *Lo que nunca muere*».

Joan Brossa me dijo: «Estaba interesada por todo, quería hacerlo todo: actuar, dirigir, escribir. Lo que más recuerdo es cómo se transformaba, cómo crecía al subir a un escenario. No creo que hubiera podido madurar en el ambiente teatral barcelonés de aquellos años. Lo más probable es que hubiera escapado a Madrid, como hicieron poco más tarde Núria Espert o Julieta Serrano. Aquella película y aquella función de Tamayo hacían pensar en un salto inminente. Hizo mucho en poco tiempo, en una época muy difícil, muy dura. Escriba algo sobre ella. Que alguien se acuerde, que por lo menos alguien se acuerde...».

II

He hecho muchas entrevistas que nunca he publicado. He hablado con mucha gente por pura curiosidad, para saber lo que pensaban de esto o aquello, o para que me contaran historias que habían vivido. ¿Por qué uno elige hablar con este en vez de con aquel?

Una tarde fui a ver a Conchita Bardem porque supe que fue damita joven en la compañía de comedias de Jardiel Poncela, uno de los mitos de mi infancia, y había viajado en aquella desastrosa gira americana que acabó con las finanzas, la salud y el ánimo del escritor. Conchita era «la prima catalana» de Juan Antonio y de Pilar Bardem; su padre era hermano, pues, de don Rafael Bardem. Toda una saga.

Me citó en una granja de la Rambla de Cataluña. Rondaba los noventa pero aún tenía muy buena cabeza. Pidió un té con limón; yo tomé lo mismo. Le dije que solo quería charlar, aunque le pedí permiso para grabar la conversación. Accedió. Parecía ligeramente sorprendida de que alguien se interesase por su carrera: hacía diez o doce años de su último trabajo, *Arsénico por compasión*, en el Lliure, donde estaba deliciosa como una de las dos abuelitas envenenadoras (la otra era Carme Fortuny).

Me contó que aquella gira con la compañía de Jardiel, en 1944, había sido una de las cosas más disparatadas y terribles de su vida. Eran veinticinco personas, dos perros y un pájaro. Llevaban ocho comedias aprendidas y tenían que pasar seis meses en Sudamérica. Jardiel viajaba con su compañera de entonces, Carmen Labajos, y había metido en la compañía a su nueva amante, una chica de Barcelona que ni siquiera era actriz. «Estaba tan loco de celos», contaba, «que encerró a aquella chica en un apartamento y le compraba muñecas para que las vistiera, pero ella logró escapar y le dejó por un boxeador».

Todo lo que podía salir mal salió mal. Murió el padre de Jardiel en España y él se enteró cuando le dieron el pésame por telegrama, y los antifranquistas uruguayos, que veían al escritor como un portavoz de la dictadura, armaron tal alboroto cada noche en el teatro Artigas de Montevideo que hubo que suspender la temporada, «pero Jardiel pagó a los actores de su bolsillo, hasta la última peseta. Y se arruinó, claro. Entre eso, la muerte de su padre y la amante que le abandonó volvió a España hecho polvo, destrozado. Y con un cáncer en la garganta».

Yo la escuchaba y a ratos me recordaba a una dama inglesa, a ratos a mi abuela, y a ratos, mirando aquellos ojos azulísimos y todavía sin nieblas, a la hermosa muchacha que debió haber sido.

Conchita trabajó luego con Rambal, con Tina Gascó y con los Cuatro Ases («que eran, porque de eso ya no se acuerda nadie, Carmen Carbonell, Antonio Vico, Concha Catalá y Manolo González») y un día, a mediados de los cincuenta, perdió la cabeza.

Yo levanté la mía. Conchita Bardem representaba *George & Margaret* con Marsillach y Amparo Soler Leal en el Pequeño Windsor, aquel templo de la comedia elegante, en la Diagonal barcelonesa, y a mitad de la función se sintió como si estuviera en una sala de estar con gente desconocida. Así me lo contó: una realidad absoluta pero incomprensible. Le entró pánico, no podía abrir la boca. Y cuando salió a la calle le sucedió justo al revés: caminaba por una ciudad que le parecía una pesadilla de calles vacías, y las casas eran como decorados. No podía mirar aquellas casas blandas sin marearse, no podía volver a subir a un escenario.

«Ni afuera ni dentro», me dijo.

«¿Y a qué cree usted que se debió aquello?», le pregunté.

Quedó unos instantes en silencio, removiendo el té.

«Yo creo que aquel día se me desbordó toda la guerra», dijo.

«¿Y luego? ¿Qué pasó luego?»

«Luego aquello empezó a durar, y fui al médico pero no me lo sacaba, así que tuve que dejar el teatro y marcharme de Barcelona, y me fui a Suiza, a casa de una amiga, y durante siete años me gané la vida cosiendo.»

Contó esta historia en el mismo tono de voz con que me había contado todo lo anterior, como un personaje de Mercè Rodoreda. ¿Y luego? Luego volvió a España y al teatro. Cuando le pregunté por qué, me miró con aquellos ojos tan azules como un cielo de antes de la guerra y se encogió de hombros.

III

Apenas la conocí, tres o cuatro encuentros, pero esta enorme actriz fue emblema, durante un largo tiempo que ahora parece desvanecerse, de un Madrid nocturno con repentinas fosforescencias, de cuando la palabra *tertulia* todavía no era una mala palabra.

María Asquerino reinó en el Gijón y así la retrató Garci en *Tiovivo*, dueña y señora, con aquella mirada imborrable hacia Fernán Gómez, su amor imposible, y luego en Oliver, y luego en Bocaccio, durante más de tres décadas, con mesa propia en cada sitio. José Luis Coll siempre decía que ella ya estaba en Bocaccio antes de que lo construyeran, esperando a que abriesen, esperándole a él y a Balbín y a Paco Valladares y a Juan Diego y a otros quinientos. José María Pou («Yo soy hijo de María, y somos muchos») recordaba aquellas noches del Madrid de los setenta guiadas por la Asquerino, las cenas en Luarqués y El Comunista, y luego en el cónclave de Marqués de la Ensenada, siempre en la primera mesa de la derecha, la tertulia que empezaba a medianoche y acababa cuando acababa, y recordaba también su generosidad, y su forma de tejer una instantánea red de complicidades.

La Asquerino no me hablaba de teatro ni de cine sino de músicas olvidadas y clubs que ya no existían, quizás porque le hacía gracia que yo recordase aquellas canciones, quizás porque empezaban a borrársele un poco tantas funciones y tantas películas. Yo quería llevarla hacia la Pili de *Surcos*, su primer gran papel en la pantalla, vendiendo tabaco de estraperlo en la Gran Vía, o hacia la culminante escena de la borrachera de Anís del Mono en *El mar y el tiempo*, que le valió un Goya en 1989, quizás lo más desgarrado, trágico y brutal que interpretó nunca, y quería que me hablara de la Jimena de *Anillos para una dama*, aquel éxito que duró tres años, en el Eslava, y luego en la Comedia, y luego en el Cómico, y de *Motín de Brujas*, de Benet i Jornet, pero a ella la cabeza y el alma se le iban hacia la cripta de Oliver, con el eterno Paco Miranda al piano, cantando *Yo te quiero, vida mía*, del maestro Moraleda, que era una de sus canciones talismánicas, y cuando cerraban Oliver, decía, íbamos en peregrinación a Paddington, en la calle de la Reina, o a Always, aquel pub que Mónica Randall y Luis Morris montaron en la calle Hileras. ¿Te acuerdas de Luis Morris? Sí, María, claro que me acuerdo.

Caminábamos con el perrito por los alrededores de su casa y pasaba la mano por las verjas del Retiro, como una niña. Viajaba, cada vez más atrás, como quien sigue un sendero de piedras blancas en la noche, hacia el Whisky Club de Claudio Coello, yo cantaba boleros, decía, era la época de los boleros y la canción francesa, y una noche cogí una guitarra, porque tenían piano y guitarra a disposición de los clientes y canté *Dos cruces*, y Ava Gardner se enamoró de aquella canción, y cada vez que coincidíamos allí se ponía de rodillas y me la pedía, y yo tenía que decirle por favor, Ava, levántate, claro que te la canto, ahora mismo.

Su último café fue el bar del Español, el Español de Mario Gas, donde iba a merendar cada tarde, porque allí se sentía querida, en familia, decía, y porque era lo más parecido, en espíritu (y en bocadillos estupendos) a la demolida cafetería del María Guerrero. Siempre agradecía una mención en una crítica y enviaba una nota, tan vieja escuela como su maestro José Luis Alonso. Así fue en sus dos últimos, breves trabajos, la dueña del burdel de *Roberto Zucco*, con Pasqual, y el *Tío Vania* de Alfaro, en el María Guerrero, y recordaba palabra por palabra los comentarios. «Tú escribiste: María Asquerino en el breve rol de la madre: tiene cuatro frases pero las clava como mariposas en un corcho. ¿Verdad?» Sí, es verdad, María.

Aquel último paseo, también de noche. Cantaba canciones francesas, no sé ahora si *J'attendrai* o *Les amants d'un jour*. Tendría que haber sido cantante, decía, me hubiera ahorrado muchos disgustos. Comenzaba a estar preocupada por los fallos de memoria, por el eterno miedo de los cómicos a quedarse en blanco. Estoy muy sola, decía, estoy condenadamente sola, pero luego reía, que es otra forma de cantar en la noche. Una risa un poco triste, porque se le había muerto mucha gente, porque aquella gente y aquellas charlas inacabables y aquel ir de un café a otro, de un club a otro, habían desaparecido, parece mentira que todo eso haya desaparecido, decía, que se haya disuelto como el hielo en los vasos.

Alcoholes

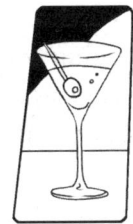

Comparado con lo que bebíamos entonces (vuelve el plural), la verdad es que ahora bebo muy poco. Una tarde reciente, con un amigo, bebí varios whiskies seguidos, con verdadera sed, quizás porque tenía la botella a tiro, quizás porque él ya no podía beber y le gustaba, me dijo, ver beber a los otros, y escuchar el sonido de los cubitos de hielo en el vaso.

Durante el paseo de vuelta a casa hacía sol y me sentí radiantemente feliz, exultante, con la liviandad (esporádica) de mis diecisiete años. Pero eso duró apenas una media hora. Luego me quedé frito.

No diré que a veces no sienta ganas de dejarme llevar (arrebatar, sería la palabra) por el alcohol unido a los porros y la charla y la música hasta ver salir el sol, como tantos años atrás, pero no hace falta tener una bola de cristal para saber lo que me esperaría al día siguiente.

Es verdad que algunos amigos han bebido tres, cuatro, diez veces más que yo. Y también es posible que yo haya bebido mucho más que otros, claro. Todo es relativo, y no pretendo ponerme medallas inversas ni hacer comparaciones retrospectivas sobre tan resbaladiza pista. Esto no es una confesión ni nada parecido. Las páginas que vienen a continuación no tienen un gran propósito, ni teórico ni, mucho menos, disuasorio: digamos que son un paseo nocturno por algunas estaciones de la Barcelona de los años setenta hasta, pongamos, los noventa.

Lo sorprendente, pienso ahora, es que no haya muchos más alcohólicos en mi generación. Decir «mi generación» quizás sea demasiado amplio: más bien un grupo de amigos y conocidos, que no otra cosa son las generaciones. Para acotar un poco, diré que casi todos escribíamos o queríamos escribir, y que buena parte trabajábamos o queríamos trabajar en prensa, y en ese mundo, salvo excepciones, nos encontrábamos.

Bebíamos en grupo y bebíamos porque beber era lo normal. Se bebía en celebraciones familiares, desde pequeños, y ya en la primera adolescencia era cosa normalísima bajarse una cerveza en el bar del Instituto, a media mañana. Seguimos bebiendo luego porque nuestros escritores favoritos bebían: tras las copas de Hemingway y Fitzgerald no veíamos desazón sino combustible y estilo. Bebíamos considerablemente pero no tanto como en el negociado literario de la leva anterior, que ofrece (y es historia sabida y repetida) una alarmante unanimidad de muy alta cota: es difícil encontrar a un escritor o escritora de esa quinta que no sacudiera la lámpara, para decirlo a la inglesa; una lámpara repleta de ginebra, whisky (menos) o vino de taberna (mayormente).

Bebíamos para animar salidas y encuentros. Bebíamos para que todo brillara. Se multiplicaban los ecos de la música, y los destellos de las conversaciones, y los insólitos puentes y recodos de los procesos mentales. Bebíamos para parecer más brillantes. O parecer menos tontos, feos, torpes, etcétera. En la nevera tengo un imán que dice: «*Martini! Helping people lower their standards since 1927*». Es un chiste, pero tiene su buena parte de razón. En una barra acababas dando conversación a gente a la que ni te hubieras acercado en tu sano juicio. Y lo mismo solía sucederle a tus interlocutores/as, por descontado.

La noche estaba llena de grandes planes y proyectos inminentes, que solían esfumarse a la luz del día, o volvían, crecidos, a la noche siguiente. Y bebíamos también, desde luego, para borrar ansiedades y tropiezos anímicos, ignorando, pese a su reiteración, la enseñanza elemental de que quien bebe para olvidar, olvida todo menos lo que quería olvidar.

Creo que en mi adolescencia no conocí a ningún yonqui. Ninguno cercano, quiero decir. Eso ni tocarlo, ni se nos ocurría. Éramos buenos chicos y chicas de clase media, y la aguja estaba demasiado alta o demasiado baja para nosotros. Cocainómanos feroces, irrecuperables, conocí unos cuantos, pero años después. Y con los alcohólicos sucedió tres cuartos de lo mismo: la adicción necesita tiempo. Recuerdo la sorpresa que me produjo encontrarme un anochecer a un amigo, al que no veía desde hacía años, saliendo (me contó, con sorprendente sinceridad) de una sesión de Alcohólicos Anónimos.

Yo pensaba entonces que eso solo existía en las películas.

Al principio, como no había dinero, bebíamos alcoholes a granel. Salíamos de excursión blandiendo botellas de vino como si fueran espadones. Es posible que la lectura de Kerouac, cuando todos queríamos ser Dean Moriarty, jugara un cierto papel en esa costumbre, del mismo modo que, años después, le dimos al mezcal «por culpa» de Lowry. Podíamos bajarnos un litro de vino dulce por cabeza. O botellas de jerez seco. Tras una extraordinaria borrachera de Fino La Ina en Sevilla, un amigo y yo despertamos en el techo de un coche, aparcado en el mismo centro de la ciudad. Cómo logramos trepar hasta allí (y permanecer en lo alto) roza para mí lo inexplicable. También me resulta enigmático el hecho de que nadie nos dijera nada. Ni un vecino. Ni un policía. Y era pleno franquismo. Quizás era una costumbre popular: las fiestas eran las fiestas.

Luego descubrimos el Amer Picon, un aperitivo popularísimo en los años treinta. Tenía el lustre del pasado, un lustre muy francés (sabía a canción de Brassens —naranja amarga— reconcentrada) y jugaba a su favor que ya comenzara a no decir nada a nadie, aunque había observado que todavía quedaban en Barcelona unos cuantos bares (pequeños, ruinosos) con el extraño nombre de Picón, que yo relacionaba con el mojo canario. En el Marsella de la calle San Pablo servían, por cuatro chavos, unos copazos de Picón con fondo de grosella negra (*cassis*), que te dejaban «paladeando con unción los dulces nombres de Cristo», como decía Unamuno. Bastaba una copa para pasar la tarde y el comienzo de la noche: dos te tumbaban sin remedio.

La especialidad del Marsella era la absenta, y por eso no la pedíamos nunca. No nos gustaba lo que bebía todo el mundo. Era como ir a un concierto de los Ramones llevando una camiseta de los Ramones. Y el ritual (la cucharita, el azucarillo) era un poco latoso. Adictos a la exageración, nos gustaba decir que la *verdadera* absenta, la más pura y peligrosa, la que podía provocar alucinaciones simbolistas, era la que vendían casi bajo mano en La Penúltima, una tienda umbría de vinos y licores que estaba en la Riera Alta, cerca de la plaza del Padró, y olía a madera de barrica empapada. Alguien dijo que Jean-Pierre Léaud venía especialmente de París para comprarla. Eso me parece que era cierto.

Teníamos la bebida repartida por locales: cervezas (en invierno Voll-Damm, en verano Estrella) en el London de Conde del Asalto, manzanilla en el Sanlúcar del final de las Ramblas, Picón en el Marsella, un pastís (cómo no) en el minúsculo Pastís, y cazalla de madrugada, o a media tarde, o por la mañana incluso, en el quiosco del Arco del Teatro, con aquellas pasas hipertróficas que parecían ciruelas. Coñac o ron (invernales) en el Almirall de Joaquín Costa, los domingos por la tarde, entre viejos solitarios. Primero Torres 5, y luego, cuando había algo de dinero, Torres 10 o Mascaró. Hablo de un tiempo en el que los bares todavía no eran modernos. Y esta era una ruta entre las muchas que se abrían a derecha e izquierda de la zona sur de las Ramblas. Las coctelerías y barras nocturnas de la zona alta todavía nos quedaban lejos, económicamente hablando. Hubo primeros y cautelosos avistamientos, precedidos de voces de sorpresa y júbilo a cargo de grumetes deslumbrados (yo, tú, él, ella), siempre convencidos de que acabábamos de descubrir un lugar «secreto», y secreto quería decir que lo conocía todo el mundo menos nosotros.

El Boadas, por ejemplo, casi en la frontera norte de las Ramblas. La coctelería más antigua de Barcelona nos transportaba a la modernidad y el alegre bullicio de los años treinta sin beber una sola copa: bastaba dejar atrás la puerta de vidrios ambarinos y contemplar el gran mural de Opisso, con mozos de anchas corbatas listadas y *flappers* a la catalana, como una posible ilustración a doble página de *Vida privada* de Sagarra. Yo entré en Boadas en el 78 de la mano de Sagarra hijo, Joan de Sagarra, que mantenía la costumbre del aperitivo (el aperitivo-tertulia), como su padre, y ante el amarguísimo Negroni camuflé una mueca de asco, la misma que me acometió cuando, en la infancia, me dieron a probar mi primera cerveza.

Otro local con el perfume de la sofisticada Barcelona de preguerra era el Guinea, en Diagonal esquina Layetana (luego Pau Claris), que pillé, como casi todo lo de aquella época, en sus postrimerías. Sagarra había conocido allí, en la tertulia de su padre, al legendario Francesc Pujols, a Ramon de Capmany y a Rafael Llimona, entre otras luminarias del Ateneo. Yo todavía alcancé a ver a Joan Perucho, al que adorábamos por *Las historias naturales*, fascinante crónica vampírica ambientada en la primera guerra carlista. Al Guinea le llamaba yo bar Saint-Jack, porque le veía un aire colonial, y me imaginaba que de un momento a otro podían caer por allí Ben Gazzara, el protagonista de la película de Bogdanovich, y sus borrachísimos amigos británicos.

Luego había, claro está, la Terraza Martini, donde abrevamos de modo contumaz a finales de los setenta, pero ya he escrito bastante acerca de la Terraza y no quiero repetirme más de lo imprescindible.

Frecuentábamos poco los bares de la zona alta porque era donde vivíamos casi todos, y es sabido que cuando habitas en un sitio tiendes a hocicar en el opuesto. El norte (Bocaccio, Sandor, y un largo etcétera de lo que entonces se llamaban *boîtes* o clubs) era territorio *senior*. Y caro, carísimo.

Hubo una breve excepción. Habíamos cruzado mil veces junto al Cristal City, de camino al Instituto (Menéndez y Pelayo) o al cine ABC, porque estaba en la esquina de Balmes y Sanjuanistas, pero algo nos mantenía fuera. No era un café afrancesable, como el Almirall, o portuario, como el Marsella. No era un bar moderno, de una modernidad ya un poco fatigada, como los de Tuset, o un restaurante pop (a nuestros ojos) como el Kok d'Or de plaza Molina: los sillones y estanterías del Cristal hacían pensar más bien en un salón de excombatientes o en la biblioteca de un Parador Nacional. Visión sesgada la nuestra, porque era un lugar muy visitado por nuestros hermanos mayores, aunque desde la calle solo veíamos dinosaurios. Para acabar de afianzar el prejuicio, un ojeador de la banda hizo una primera incursión y el camarero le contó que en el bar, inaugurado en el 59, tuvo su tertulia don César González-Ruano, nombre que pronunció con veneración y que nosotros situamos, a ojo, en la franja más jurásica del fascio (no nos equivocábamos demasiado, ni cronológica ni ideológicamente).

Descubriríamos luego, babeantes, que muy cerca, en un ático de la calle San Elías, habían vivido Ivonne y Carlos Barral, y que Jaime Salinas había organizado en el Cristal no pocos cócteles de prensa de Seix Barral. Y que en aquellos desdeñados sillones se habían sentado Gil de Biedma, Ferrater y Marsé, entre otros ídolos. Y que, en definitiva, el Cristal City (nombre muy austeriano, por cierto) fue el primer bar-librería de Barcelona, aunque no recuerdo haber comprado allí libro alguno. Nunca, jamás. La mayoría estaban envueltos en plástico, como Laura Palmer, un plástico cada vez más sucio, y había que rasgarlo disimuladamente para hojearlos, aunque era agradable verlos, como era agradable ver la chimenea muerta, de la que creímos olfatear un imposible aroma a rescoldo de piñas y romero.

Libros amortajados y chimenea muerta, todo muy metafórico, pensamos a coro. (Pepita me dice que había un fantástico altillo, pero no lo recuerdo.)

Irrumpimos como perfectos adolescentes, con la testuz empujando en direcciones opuestas: le sacábamos mil pegas al sitio y, al mismo tiempo, nos tenía hechizados, con fascinación creciente.

De acuerdo: revitalizaríamos aquello. Montaríamos una tertulia que asombraría al mundo, ese fue el plan perfecto de aquella tarde. Y lo intentamos, por Tutatis que lo intentamos, pero nos entró la risa, la gran descojonación. Nos tomábamos muy en serio, y, por una vez, mira por dónde, nos vimos como unos críos fingiendo fumar en pipas apagadas. Puedo mejorar esa imagen, dijo el segundo más listillo: parecemos el hermano mayor de Guillermo Brown y su club de poetas. Salgamos al fracasado crepúsculo de la ciudad, dijo el tercero, que había leído a Capote con aprovechamiento, y todos le seguimos. Así que salimos afuera y echamos a andar y no volvimos a poner los pies en el Cristal City. Eso creo que fue en nuestro primer año de universidad. O poco antes.

Nuestra zona, ya se ha visto, era (de momento) el sur de Barcelona. Entre el 77 y el 78 brotó, casi de un día para otro, la zona suroeste, liderada por Zeleste, que había alzado su pabellón en el 73.

Aquella era una barra pródiga en historias y personajes irrepetibles, como los que ahora vuelvo a ver acodados en ella, porque la leyenda dice que cuando Zeleste aún no existía ellos ya estaban allí, esperando. El Grupo Salvaje, como se les conocía entonces. O la Banda de los Cuatro. O el Rodillo, según las noches. Gente de la música, gente de la noche. Sisa era el Ciego o el Sátiro. Los apodos de Carlos Flavià no eran demasiado originales: el Mosén, el Páter, el padre Flanagan. Gato Pérez era Gato a secas. Y Trópico era el Gordo o la Cuñada. Cuando les conocí, a finales de los setenta, Sisa ya era una estrella galáctica a lomos de *Qualsevol nit pot sortir el sol*, y Gato estaba a punto de relumbrar con *Carabruta*, su primer disco rumbero. He escrito mucho sobre Gato y Sisa, menos sobre Trópico y Flavià. Trópico había mutado de químico colorista en químico bolerista, y versionando clásicos caribeños con una voz como un trueno a cámara lenta conoció días de gloria con varias orquestas de baile. Luego se convirtió fugazmente en actor. Estrenaba con éxito, pero para la segunda función tenían que cazarle a lazo, porque decía que mejor que el primer día ya no lo iba a hacer, y andaba borracho por quién sabía dónde, celebrando el éxito del estreno. En sus últimos años se afincó en el Pastís, el diminuto bar francés de la calle Santa Mónica, donde apenas había espacio para su enorme barriga.

Flavià, que durante años fue mánager de Gato y la Orquesta Platería, había estudiado Teología en París y ejerció su apostolado en los barrios obreros de Badalona y Santa Coloma. Cuando escuchó *La catedral*, de

Sisa, tomó la palabra en una concentración de clérigos presidida por el cardenal Jubany y el abad montserratino Cassià Just para proclamar que aquel doble disco era la verdadera música sacra de nuestro tiempo.

Más de una noche y más de dos y más de diez, alboreando ya y cerrados todos los bares del barrio de Ribera, los miembros de la banda escucharon la frase «¡Hostia, la misa!», tras la que procedía acompañar al páter hasta la lejana parroquia de San Ramón Nonato, en Collblanc. Años más tarde colgó los hábitos pero no el espíritu, y ganó una quiniela, y abrió un bar de breve e intensa vida en la izquierda del Ensanche al que bautizó con el glorioso nombre de Batikano.

Salto en el tiempo y aterrizo a finales de los ochenta, siguiendo a Gato por garitos del quinto pino en los que tocaba igual que en grandes plazas, con la misma fuerza y el mismo empeño ante quinientos que ante quince, sobre todo si esos quince éramos sus amigos, capaces de desplazarnos a donde hiciera falta para verle, como aquel chiringuito de la playa de Castelldefels en pleno invierno, los pies en la arena y el mar al fondo, cuando empezaban a menguar los bolos pero no los grandes proyectos, el disco con versiones rumberas de Leiber y Stoller, el planazo de grabar una antología de sus mejores canciones en Miami con la Fania All Stars, y del chiringuito a las noches del Gregory's, un pub muy golfo y muy setentero que estaba en la parte alta de Aribau o de Muntaner, donde desempolvó el bajo de sus días en Secta Sónica para acompañar a unos gitanos desconocidos a los que apadrinaba, los hermanos Cortés, en arte los Pocholos, tienes que oírlos, tienen un futuro enorme, y de los que nunca más se supo: creo que me encontré tiempo después a uno de ellos, el más vivaz, el más sonriente, el que mejor tocaba la guitarra, como vigilante en el metro.

Gato murió poco antes de cumplir los cuarenta. Se le rompió el corazón de tanto usarlo, como diría la Jurado. La tarde que le enterraron íbamos cuatro en el coche, Pepita conduciendo como siempre y yo a su lado, Ragna y Casavella detrás. Ragna me había llamado a primera hora, con voz entrecortada y ronca, más ronca que de costumbre, para darme la noticia, una mierda de noticia, dijo, y vaya si lo era. La noche anterior habíamos visto por enésima vez *Uno de los nuestros*, de Scorsese, y cuando, volviendo del cementerio, comenzamos a escuchar unos extraños golpes en el portamaletas no pudimos evitar pensar en la primera escena de la película, cuando aquellos pájaros descubren que en la trasera de su coche llevan a un muerto que está muy vivo. Qué más hubiéramos querido.

Tardamos mucho en poder escuchar de nuevo sus canciones, hasta que volvieron a restallar de nuevo como una bandera en un terrado. A los cincuenta y tres reventó Trópico de pura exuberancia, de tanto alcohol y tanta risa y tanta comida y tanto trasnoche.

Pero el muerto favorito de los cuatro, al que se homenajeaba con frecuencia en aquella barra, fue un músico al que llamaremos Delaney y que parecía no dormir nunca, ayudado por las sustancias más puras del mercado, hasta que un verano aquella extrema pureza le llevó al Clínico, donde se despidió de la afición con una frase memorable.

Ahí lo tenemos, en una camilla, mientras la máquina que hace «píiii» muestra una alarmante línea recta sin sonido alguno. Un médico dice «¡Rápido, disfibrilador!». Otro murmura «Lo perdemos, lo perdemos». La enfermera jefe ya está a punto de anotar «Ingresó cadáver». De repente, para pasmo general, Delaney abre los ojos. El médico jefe se frota los suyos, incrédulo ante lo que parece un milagro y le dice: «Amigo, hoy es el día más importante de toda su vida».

Delaney, al que le quedan unos segundos de vida, niega con la cabeza. Luego indica al médico que acerque la oreja a su boca y, con un agónico hilo de voz, susurra:

«No: el día más importante de mi vida fue cuando conocí a El Fary.»

Y estira la pata.

Les veo y les escucho riendo. Gato ríe como un sifón con los ojos entrecerrados, achinadísimos. A Sisa se le entelan las gafas a carcajadas. Trópico ríe como el mismísimo dios Baco, coronado de racimos. Flavià ríe como el petardeo de una Vespa entre puestos de sandías.

Zeleste había alzado su pabellón en el 73, pero preferíamos dejarnos caer (de modo ocasional) por Zócalo y Magic, que abrieron hacia el 76, a dos pasos del puerto, aunque si lo que apetecía era bailar de modo espasmódico no había mejor sitio que Les Enfants, que llevaba abierto desde los primeros sesenta, a un lado de las Ramblas (delante del London), con su inequívoco aire de discoteca costera, con las paredes encaladas y los Stones como santos patronos. En la plaza Real eran de visita obligada el Karma y el tiradísimo Texas, que no se animaban hasta la medianoche. En verano, las primeras cervezas se tomaban al aire libre, en cualquiera de los bares que se abrían bajo los soportales; en invierno nos gustaba mucho el Café del Minotauro, nombre de refulgentes resonancias, que abrió sus puertas, diría, en ese mismo 78.

Daba gusto quedar allí, solo para poder decir: «A las ocho en el Minotauro», como si fuéramos alegres surrealistas. Y cerrar en el Whisky Twist de la plaza de las Ollas, un bar humilde y maravilloso, con una pequeña trastienda en la que se podía bailar; un bar de barrio, que cerraba muy tarde o abría muy pronto; un bar donde «en cada vaso de vino / tembló el lucero del alba» como decía la zamba; un bar donde cada vez que Sisa pedía el duodécimo whisky, la maternal dueña le plantaba un café con leche y le decía «Esto es lo que le conviene, joven», petición que pronto se convirtió en ritual. Donde estaba el Whisky Twist hay ahora uno de esos lugares en los que sirven tapas muy buenas pero obscenamente caras, para turistas derrochadores y profesionales con alto poder adquisitivo. No recuerdo con precisión ni dónde estaba ni qué fue del Zócalo, que antes de esfumarse ha realizado una elipse asteroidal en torno a mi cabeza.

En el paseo del Borne, casi puerta por puerta, abrieron Miramelindo y Berimbau, donde descubrimos la dulce y letal *cachaça*. Zigzag, el bar moderno por excelencia de la zona norte, abre en el 77, pero no alcanza su cénit hasta los primeros ochenta. Ya llegaremos a Zigzag. Y a la zona norte. La Palma, mitad bar, con excelentes y aflautados bocadillos, mitad coctelería nocturna, parada obligatoria después de recalar en Zeleste, abre en el 78. Y en el 79 abre Gimlet, el Gimlet de Rec (o del Borne) que, según una frase afortunada, era como beber en el interior de un Hopper (no *Nighthawks*: allí solo beben café), y que siempre cerraba sus puertas con el clarín de aviso de *Para ti*, el himno de Fernando Márquez, «El Zurdo». Pienso ahora que si nos abalanzamos sobre un mejunje tan dudoso como el gimlet que bautizaba el primer local del benemérito Javier de la Muelas fue porque era la bebida predilecta de Philip Marlowe, que así lo describe en *El largo adiós*: «*A real gimlet is half gin and half Rose's lime juice, and nothing else*». Ninguno sabíamos qué cosa era el Rose's Lime Juice. En algún sitio le echaban jugo de lima recién exprimido, pero no era frecuente. Hasta con vidrio picado nos lo hubiéramos bebido si se lo bajaba Marlowe.

Nos fascinaban los cócteles irreales, de nombres singulares y composiciones misteriosas o rozando la contranatura. Nos gustaba inventar cócteles insólitos y a menudo imbebibles. Especialmente a Francisco Casavella, que algunos años más tarde patentó en el extinto Malecón una pócima llamada «El Coloso en llamas». No logro recordar sus ingredientes pero sí sus efectos. Y su, llamémosle, arquitectura: aquel vaso largo con un brebaje lechoso coronado por un alcohol potente al que se le prendía fuego. Un cóctel *flambé*, como el salvaje Matador's Mule, gentileza de Ava Gardner. El gran Perico Vidal me contó la fórmula de la estrella: «Cogía una copa balón grande, casi un tarro, y lo llenaba de Courvoisier. Y cuando digo que lo llenaba es que lo llenaba: apenas dejaba un dedo por arriba. Luego acercaba una cerilla, quemaba lo que ella llamaba "*the lake*" y lo apagaba con champán». ¡Virgen del amor hermoso!

Soñábamos también con una coctelería como la que quiso abrir Buñuel para fomentar la lucha de clases.

Una coctelería destinada a los «asquerosamente ricos», en la que por un buen puñado de billetes, un camarero dispararía (hacia el cielo, imagino) un cañón colocado en la trastienda, y los durmientes despertados por el zambombazo se removerían en sus camas mascullando «Otro cabrón acaba de pulirse tropecientos dólares». Mi opción (en el caso de ser asquerosamente rico) era algo más suave. Una coctelería con suelo movedizo que, poco antes del cierre (o a la que alguien pidiese el cóctel Poseidón) se tambalearía como si acabara de chocar contra un iceberg. Las luces parpadearían, las copas se deslizarían en pendiente por la barra, y siempre habría algún recién llegado a la ciudad que a la mañana siguiente diría: «No te imaginas qué borrachera tan extraña pillé anoche».

En los ochenta acabé la milicia (justo el día del golpe de Tejero y sus comparsas: estuvimos acuartelados una semana y le pedí a Pepita que me trajera tabaco y varias novelas de Jim Thompson, como si estuviera en un penal bananero) y volví a la prensa «con horario», y con la prensa volvió el alcohol durante y después de la jornada laboral, en escala ascendente.

Bebí alcoholes atroces en diversas redacciones. Para ahorrar y para disuadir a los gorrones circundantes, que afanaban las botellas (o lo que de ellas quedaba) y jamás reponían. Se empieza bebiendo whisky y ginebra y se acaba trasegando sustancias tan letales como el Grand Marnier, que a nadie recomiendo. Se empieza bebiendo dedalitos y cuando llegan las ocho, la botella ya está en su tercio final y ni te has dado cuenta.

En las redacciones de entonces se bebía notablemente, sin prisa pero sin pausa. Detonadas por el alcohol recuerdo carcajadas como nunca he vuelto a oír, que agujereaban (figura retórica, pero no demasiado) la nube baja de humo de tabaco negro, porque era época de Ducados y Coronas, y recuerdo también conductas estrambóticas (el compañero que, tras varios gin-tonics, se encerraba en el lavabo para cortarse el pelo con feroces embestidas de unas tijeritas de uñas), y violentísimas explosiones de cólera rematadas por abrazos úrsidos, con mucha lágrima. Quien más quien menos crecimos con la imagen del periodista acuñada por el cine americano, tecleando con un cigarrillo colgado de los labios y un vaso de whisky (o de lo que se terciara) junto a la máquina. Y si no lo teníamos junto a la máquina, bajábamos repetidamente al bar más próximo para rellenar el depósito, convencidos de que así el artículo saldría más flamígero o más aterciopelado, cosa que, por supuesto, no siempre sucedía.

A la salida continuábamos bebiendo porque continuaba la jornada, y la mayoría de las veces armados de un maravilloso invento que nunca hasta entonces habíamos acariciado: los carnés para gozar de copas gratis.

Mi primer carné era conmovedoramente humilde, pero Pepita y yo lo recibimos con gran alborozo y corrimos a disfrutarlo aquella misma tarde. No sé por qué me cayó a mí. Lo enviaba una hamburguesería de segunda división pero con hechuras modernas que abrió en el Ensanche y duró lo que dos peces de hielo en un whisky *on the rocks*, que diría Sabina. Temiendo trampa y clavo, comandé, discreto cual violeta, dos cañitas. Nos pidieron el carné (sin mirarlo al trasluz: buen comienzo) y sirvieron las birras. Al cabo de un rato, lanzados, solicitamos, si no era molestia, la especialidad de la casa. Mientras devorábamos los descomunales bocadillos echamos un vistazo a nuestros compañeros de barra, que era larga, metálica y ondulada. Poca gente, cosa normal en un miércoles de Semana Santa.

Luz blancuzca, cadavérica. Rostros pálidos.

«¿Verdad que el de la punta tiene un aire a Rod Stewart?», preguntó Pepita. Lo tenía. Un poco cheroqui, como si le hubiera vestido el sastre de *Perros callejeros*. Y también era verdad que el tipo que estaba a su lado se parecía a Mick Jagger. No llegaba a la chirriante imitación de Paco Calatrava, pero por ahí iba la cosa. Y la rubia con la cazadora de plástico blanco parecía haberse encasquetado la peluca de Farrah Fawcett en *Los ángeles de Charlie*. La hermana mayor de Farrah Fawcett, en todo caso, acordamos.

«¿Le han echado algo a la cerveza o todos se parecen a alguien?»

Suerte, pensamos luego, que habíamos llegado a media tarde y no a las tantas: con más cervezas dentro el efecto habría rozado lo alucinatorio.

Porque todos los habitantes de la barra (seis o siete) podían ser clones de cantantes o estrellas «de la época», tan de la época que he olvidado sus modelos. Quizás también había un esbozo de Miguel Bosé, con atuendo similar al de la portada de *Chicas*. Adecuadamente, dejo al último para el final. Bajo aquella luz a lo *Naranja mecánica* tenían un aire cansino, como si ya se hubieran zampado todas las hamburguesas posibles y estuvieran haciendo tiempo antes de volver a casa, una casa que cabía imaginar solitaria.

Todavía faltaba una buena década para el estreno de *Alien: Resurrección*, donde latiría la turbia metáfora que estábamos buscando: la escena de las versiones previas, torpes, incompletas, puro intento, de la teniente Ripley.

El último clon (calvo, barrigón, camisa de cuadros) se paró a nuestro lado, camino de los aseos, y sonrió.

«¿A que impresionamos?»

Reconocimos que sí, que vaya, que desde luego. Desveló el previsible misterio: la hamburguesería, nos contó, patrocinaba un concurso de dobles, del que los presentes llevaban ganadas varias eliminatorias, y una de las cláusulas obligaba a permanecer allí, a guisa de reclamo, «para animar el cotarro». Enmudecimos. «Y tomando todo lo que queramos, claro», añadió, casi conmovedor. Nos perdimos las otras cláusulas, porque ya llevábamos varias cervezas y teníamos la sesera ocupada en el devanamiento esencial: ¿quién podría ser el modelo de aquel tipo?

Nos adelantó en cambio de rasante:

«¿Y a que no saben quién soy yo?»

«Lo tenía en la punta de la lengua hace un momento y se me ha ido», dijo la elegante Pepita.

«Le doy una pista: empieza por L.»

Yo iba a decir Broderick Crawford, pero no había eles ahí.

Se señaló la camisa a cuadros, la panza, luego la calva.

«Lou Grant, mujer, Lou Grant. El famoso periodista.»

«Ah. Claro. Claro...»

«Cuando lo contemos no se lo van a creer», dije a la salida.

«Bueno, cualquiera de tus redactores jefes podría ganar el premio», dijo la siempre realista Pepita. Y tenía razón.

Aquello fue solo el principio. Bebimos por la patilla y con mucho aprovechamiento en Zeleste, en Nick Havanna, en Studio 54, en Bikini y, ya a finales de la década, en La Boîte, en Costa Breve y en Otto Zutz, aunque en la mayoría de esos lugares ni siquiera hacía falta carné: bastaba con un gesto (para nosotros, la V de la victoria) del dueño del local o del responsable de prensa al sumo sacerdote de la barra para obtener dos tragos, y luego otros dos, y luego...

Sin derecho a hamburguesas, claro. Iba a decir que ni a clones, pero de eso no estaría tan seguro.

Con ese septeto de locales hubiéramos tenido más que de sobra. Para varias vidas hubiéramos tenido. Y con un solo carné también. Pero es verdad que siempre había alguien que quería ir a otro sitio. Y a otro, y a otro. Y siempre encontraba coro y quorum. Que a Flavià le ha tocado una quiniela y se ha salido de cura y ha abierto un bar que se llama Batikano. Pues se va, si hay que ir se va.

Yo era más remiso a la mudanza. Yo era más de mesa que de barra, para entendernos. Y una vez en mesa había que traer grúa para levantarme. ¿No estábamos bien aquí? Ya lo ve, señoría: es que me arrastraban. De acuerdo que era bonito, muy bonito, subir en primavera a la falda del Tibidabo, y desde la terraza del Merbeyé jugar a creer que teníamos Los Ángeles literalmente a nuestros pies, y que la carretera de las Aguas bien podía ser Mulholland Drive. O en verano repartirnos en taxis y llegar a Montjuïc y entrar cadenciosamente, todo lo cadenciosamente que sabíamos y podíamos, «con la erguida y viril apostura de un Taskerson», para decirlo a la manera de Lowry, en la bachata caribe de la Terraza América.

Siempre viajando de decorado en decorado. Muchos libros y muchas películas y muchas ganas de no estar donde estábamos. O de predicar buenas nuevas de manera itinerante: la apostólica noche de fin de año del 82, yendo de fiesta en fiesta con *El eterno femenino* de La Mode bajo el brazo, porque todo el mundo a nuestro alcance tenía que escuchar el nuevo disco del Zurdo, especialmente (las más pinchadas, una y otra vez) *Enfermera de noche* y *Aquella canción de Roxy*.

Menuda lata di con aquel disco.

Puede ser que cambiáramos de local porque hasta el mejor decorado acaba desgastándose con el roce. La juventud es una errabundia, un no parar. Siempre habían abierto un sitio que estaba, decían, la mar de bien. Decían, decían. O a tal hora, una hora insensata, alguien había quedado con alguien, una gente estupenda, tienes que conocerles. Mucha imprecisión veía yo. «No me presentes a gente que no conozco», repetía yo, por hacer una frase, una frase que por cierto era de Jardiel. Así se crean las malas famas. Fama de hosco y de raro. Y los que estaban emperrados en hacer la ronda, fichar en los santos lugares, y santos lugares cada vez había más. Que manía con querer ir a Bijou, aquella coctelería minúscula que abrieron Carlos Pazos y Gabriel Ordeix en una esquina de la calle Neptuno, y que siempre, lógicamente, estaba desbordada, porque no cabían más de seis en banda. Además, el barman era más estirado que una espingarda y tardaba horas en servirte un gin-tonic, venga a marearlo y a alzarlo al trasluz como en ofrenda, para que se notara que era barman y no camarero a secas, que no es lo mismo, joven.

Y luego al Metropol, detrás del *drugstore* de Paseo de Gracia. ¿Cómo se llamaba el DJ? ¿Zorita? ¿O era Zorrita? Muy bueno, en cualquier caso. Y luego al Otro, en la calle Valencia, entre Casanova y Villarroel, ya de retirada. El Otro, a no confundir con «el Otto», de apellido Zutz, pero del que solo decíamos su nombre, y a menudo con lengua farfullante.

En la puerta del lavabo del Otro un presunto damnificado había escrito: «Marcos Ordóñez, hay una bala que lleva tu nombre». Siempre se exagera. Debajo escribí: «Pues devuélvemela, que es mía». O se recalaba en el Eixample, que ya era directamente terminal. ¿Cómo no nos matamos en aquellas escaleras machupichísimas que había que bajar con sherpa? Parroquia dura la del Eixample, muy poco a tono con su nombre burgués y ordenancista. Una madrugada, uno de los nuestros dijo, con la inconsciencia de la pítima, «Me gustaría saber quién es el guapo que me va a dar a mí una hostia», y la frase calzó muy peligrosamente en un súbito silencio general, y a los pocos segundos se levantaron varias manazas como palas, en plan «Yo soy Espartaco», anhelantes por cumplir la demanda. A los diez minutos, el incauto (que era una sierpe encandilando) ya se los había camelado y brindaban con champán. Cosas así pasaban en aquel bar.

Otras cosas pasaban en lugares insólitos, pisos de los que he perdido la localización porque mi GPS ya no sirve, pisos de amigos de amigos de amigos, que ahora vuelven con el fondo de un oleaje de daiquiris preparados en cubos, como los antiguos ponches, y el sonido del hielo envuelto en paños, golpeado contra la pared, machacado con manos de mortero, y las botellas vaciadas de dos en dos, una en cada mano, como alegres cascadas tropicales. ¿Y el piso al que acudíamos, con frecuencia modulada, para contemplar, igual que un icono, un cartel de Torrebruno? Un respeto: no era un cartel de Torrebruno cualquiera, sino de su primera época, cuando su nombre todavía se escribía con un guioncito en medio, cuando acababa de llegar a España y era Torre-guion-Bruno, cantante melódico-romántico, y gastaba tupé abrillantinado y posaba de perfil, y no era un mal perfil el suyo, porque, detalle fundamental, no aparecía de cuerpo entero, solo el careto, como una luna de Júpiter. Rostro gigantesco y cartel gigantesco, en blanco y negro, como los de aquellos artistas de la casa Pathé en los años treinta, Jean Sablon, Lys Gauty, Damia, y teníamos que desplegarlo entre varios porque ocupaba una pared entera. Solíamos ir a aquel piso para rematar fiestas, o cada vez que uno de nosotros se encontraba triste o de bajada. El dueño del piso guardaba el cartel amorosamente doblado en una cómoda, como un pergamino sagrado o una vestimenta litúrgica. Vivía solo y lo extraordinario era que siempre estaba dispuesto a que un puñado de borrachos le sacaran de la cama, invadieran su casa, trastocaran sus horarios, si es que los tenía. ¿De quién era amigo, a qué se dedicaba?

Alguien decía, a las quinientas: «¿Y si fuéramos a ver a Torre-guion-Bruno?». O cuando alguien tenía chica nueva y le decíamos «Vas a ver algo que nunca has visto». Fellini hacía cosas parecidas. «Vas a ver la mejor luna de Roma», y la luna era el redondo culazo de una dama de cierta edad. Ya sé que no es lo mismo un culo que un cartel, pero se hacía lo que se podía. Parábamos un taxi, dos taxis. Subíamos la escalera (ahora la veo: estrecha, oscura) y aquel tipo maravilloso abría la puerta, en batín, siempre somnoliento y siempre sonriente (le faltaba un fular, yo me decía: he de regalarle un fular), y desplegábamos nuestra bandera mientras él, al fondo, preparaba copas y discos. Nos había pillado el amanecer muchas veces en aquella casa; nos habíamos quedado a dormir todos juntos, como los ositos del cuento, metafóricamente arropados por el genial cartel de Torre-guion-Bruno, cantante melódico-romántico.

El alcohol traía muchas fosforescencias. Muchas reverberaciones. ¿Suena bien, verdad? Re-ver-be-ra-cio-nes. Como si escuchara todavía el eco flotando en ciertas calles, oscuras y perfumadas. Mucha hermosa música hasta el amanecer. Y también muchas tonterías, dichas y hechas.

Veo la silla más alta del comedor, una silla estupenda, con respaldo rectangular, de listones macizos y al mismo tiempo aéreos, y asiento almohadillado, de tela azul, y me vuelve, como si la viera por primera vez, la reverberación de una noche considerablemente loca de hará más de veinte años, cuando la robamos de un bar al que llamaré Nunca Cierra, por el pretencioso temor de que alguno de los testigos lea esto y la reclame.

Era el cumpleaños de Bel o de Jean-Pierre, para el caso es lo mismo.

Llevábamos bebiendo desde la hora del aperitivo. Yo comenté que me gustaban mucho aquellas sillas, y que Serrat se había llevado uno de los taburetes de Bocaccio, como una firma con mucho ringorrango modernista puesta en pie, un taburete que le acompañó en todas las giras y no sé si todavía. Luego supe que en realidad se lo regaló Oriol Regàs, el dueño de Bocaccio, pero prefiero la leyenda.

Pedid y se os dará. ¿Quieres la silla? Tendrás la silla.

El mercurial Jean-Pierre organizó un despliegue de fuerzas, como Otto Skorzeny planificando el rescate de Mussolini en el Gran Sasso. Recuerdo la frase y cómo se le alargaban las eses al decirla. Lengua estropajosa, voz ronca, ojos muy brillantes, de pilluelo obsesivo. Luego bajó la cabeza, conspirativo, indicó que nos acercásemos y, susurrante, nos dividió en dos grupos. Jean-Pierre me parecía muy mayor entonces, un señor mayor muy vivaz y divertido, pero era más joven de lo que yo soy ahora.

El primer grupo, dijo, «distraería» a los camareros, pero no aclaró de qué forma. El segundo cogería la silla (que pesaba bastante) y la llevaría hasta nuestro coche como quien traslada un cadáver asesinado por la mafia. La operación se complicó porque estábamos todos bastante torpes. Y además la silla no acababa de entrar en el portaequipajes. Llevábamos un rato intentando el encaje, ahora de un lado, ahora de otro, ahora al revés, cuando vimos que los camareros habían salido a la calle y contemplaban en hilera nuestros afanes, los brazos cruzados, como si estuvieran a punto de cantar «Buen menú», con una mezcla de pasmo e indiferencia.

Jean-Pierre y Bel comían allí cada día y cenaban muchas noches, y él siempre dejaba espléndidas propinas, así que la silla, pensamos después, estaba en cierto modo más que pagada, pero los camareros no decían nada, currantes resignados ante una tropelía de señoritos. ¿Salimos por pies tras el latrocinio? No, señor: cuando al fin logramos tumbarla en el asiento trasero, volvimos al bar, con todo el tupé del universo, y pedimos más priva. Aquí hay un hueco sin memoria. Y luego, no sé si al cabo de un rato o bastante más tarde, entré con Bel a hombros en la comisaría que estaba a pocos metros del bar. Triunfantes.

Bel había dicho: «Llévame a la comisaría, que quiero cantarles una canción», así que me agaché para que trepara a mi cuello. Y entramos, ya lo creo que entramos. ¿Yo tenía miedo? Seguro que sí, pero ya se sabe que el alcohol envalentona mucho. Una alegría inconsciente, de ahí nos las den todas, que bien podía haber pasado. El que nos las dieran, digo. En mi estado normal, ni loco hago eso. ¿Qué canción cantaba? Me vienen jirones de *Clopin-Clopant*, como esas mariposas de papel negro que revolotean unos instantes sobre las llamas de una hoguera. Debimos estar como mucho cinco minutos allá adentro, no más. Diría que, cosa extraña, el gris (ya marrón) no estaba en la puerta. Un momento de descuido. Asomó un policía de paisano, eso sí. Muy joven. Hizo un gesto amable con la mano. Un gesto que traducido bien podía decir: «Venga, señorita, a dormirla». Recuerdo a Bel riendo y cantando, la risa aireando la canción. *Clopin, clopant*. La falda corta y floreada de Bel, los muslos de Bel, la canción de Bel. Cuesta creer que esté muerta.

Al mediodía siguiente, Jean-Pierre y ella volvieron al

Nunca Cierra y pidieron lo de siempre: ensalada, solomillo con patatas fritas, y una botella de vino. Su himno era entonces *On the Sunny Side of the Street*. El viejo jefe de camareros no hizo el menor comentario acerca de los desafueros de la noche anterior. Sirvió la comanda, sin decir palabra, muy serio, muy profesional, pero en vez de la botella de tres cuartos de litro le puso a Bel un botellín y a Jean-Pierre un agua mineral. *Pétillante*.

Las noches epifánicas tampoco abundaban, la verdad sea dicha. Ni los encuentros memorables, ni las conversaciones de brillo y enseñanza. Cosa normal. Lo que abundaba era la reiteración. Se fichaba en la noche más que en una fábrica. Veías las mismas caras en los mismos sitios. Sobre todo las de nuestros hermanos mayores. A mí me pasmaba que cada noche, sin faltar una, pudieras encontrarte en el Astoria de la calle París a Vila-Matas y Paula de Parma, a Cristina Fernández-Cubas y Carlos Trías, y a Gonzalo Herralde, y a Vladimir Herrera. Una década más tarde solo Herrera causó baja por imperativo retorno a su Perú natal.

Se comprende la cotidiana reincidencia, porque el Astoria era una delicia, sobre todo en invierno, con su aire de club inglés y de refugio en la tormenta. Como el Cristal puesto al día, con mejores vistas (estaba en un primer piso y los ventanales daban a la calle) y mejores copas. Lo llevaba una pareja. Él se llamaba Aurelio. Y ella… ¿Amelina, Etelvina? Ya me acordaré. Cuando se separaron, Aurelio abrió otro bar llamado Séptimo Arte, en una callecita aledaña a General Mitre, y allí se trasladó la inveterada parroquia del Astoria con armas y bagajes. Hubo espaciadas incursiones en el Boliche de Diagonal, pero ya no se movieron (entonces) de un triángulo más o menos isósceles formado por Séptimo Arte (en cuya esquina vivía Jordi Pujol, que por las noches salía a dar una vueltecita acompañado de su guardaespaldas), Caos Mil, en la calle Berlinés (muy cerca de la discoteca Esser, antes El Papagayo) y Goblins, un pub frente al edificio Alhambra, al pie del parque Monterols.

Pepita me dice que exagero, sobre todo en lo de ser remiso a la mudanza. Si no parabas quieto, si siempre tenías que estar saliendo, me dice. Yo me veía sentado, atornillado casi, a una mesa del Zigzag (las noches que íbamos, que a fin de cuentas no eran tantas), y Pepita me recuerda yéndome siempre de todos lados. Hombre, si te llamaban el Capitán Araña, me dice, siempre embarcando a la gente y quedándote en tierra. El Zigzag de la calle Platón fue tal vez lo más parecido a un bar generacional. De una generación o de una y media: los que teníamos veintitantos en los ochenta, los que todavía decíamos «No seas poética, por favor», y los que a punto estaban de cumplir la veintena.

Pienso en el Zigzag y pienso en hermanas, bella y fieramente acodadas en la barra. Creo que no había visto yo nunca tantas hermanas saliendo juntas a guerrear. Muy Guermantes era aquello, pero con minifaldas de cuero negro y teclados eléctricos. Las hermanas Bermejo, las hermanas Tella, las hermanas Furió (Furió Soul y Furió Funky) cantando a modo de himno el pasacalle de aquella zarzuela atribuida por Monsiváis al duque de Otranto:

> *¡La reina del estanque quiero ser!*
> Coro: *¡Que seas!*
> *¡Eres una chica de malás!*
> Coro: *¡Ideas!*

Y, desde luego, las hermanas Núñez, que eran casi dueñas (o sin el casi) del local. Y Casavella, claro. Francisco Casavella, que entonces frisaba la veintena si no la tenía ya pero parecía tener menos, siempre pareció tener menos hasta que la edad se le echó encima, Casavella en la barra, pidiéndole al *disc jockey* que le pusiera, siempre, *El Watusi* de Ray Barretto, y luego trepando por la ventana de nuestra casa.

¿Cómo fue aquello? Pues una respuesta a tu capitanarañismo, me dice Pepita. Que éramos un montón y embarcaste a todo el mundo para ir a un sitio estupendo que ya no recuerdo, me dice, y cuando los tenías a todos alistados y en cubierta de proa me dijiste al oído: «Casi mejor nos vamos, que me está entrando un sueñecito», y salimos por pies, y por lo visto Francisco dijo «¿Pero dónde se ha ido este malqueda?», y acaudilló a los cuarenta y tres hasta casa, y le dio por trepar por la fachada y aporrear la ventana para que abriéramos y nos sumáramos a la conga. Y en la conga danzaban los hermanos Riambau, y la condesa Teresa, Teresa Algans, y Juanito Bufill (la mejor oreja para captar frecuencias extraterrestres), y María Pilar Tirbió, y Jorge López Gil (en arte DJ Ragnampiza), la mejor oreja al sur de Kingston, y Javier Urréjola (en arte Barracuda, la mejor oreja al sur de Memphis) y Merceditas López Rodriguez (en arte Nefer), y también Mingus, la mejor oreja al sur de Formentor, y mucha otra gente que no recuerdo, pero sí recuerdo que nosotros dormíamos en el sofá del comedor porque habíamos cedido gentilmente la alcoba a unos invitados, que estaban a lo suyo y se llevaron un susto de muerte ante los aporreos de Francisco. Qué risa. También hay que decir que la trepancia fue breve, porque era y es la ventana de un principal, pero tuvo mucho mérito la cosa. Pocas sensaciones hay tan irreales como la de despertar y encontrarse a cuarenta y tres en tu comedor, por cierto.

Ya puestos se decidió no parar. Dormimos algo por la mañana, una hora o dos, cuando el sol empieza a castigar los ojos, y luego nos repartimos en varios coches y fuimos a la playa de Castelldefels, porque todavía hacía un tiempo estupendo. Yo acarreaba un reproductor de casetes que debía pesar varios kilos, con altavoces como cajas de zapatos, y Casavella y Barracuda habían grabado unas cuantas cintas con lo mejor de cada casa. Casavella y Bufill aún tuvieron arrestos para desafiarse a una carrera de ida y vuelta al borde del agua, en plan *Carros de fuego*. Pusimos Johnny Guitar Watson a toda mecha a modo de sintonía: *Gangster of Love*. El primer viento de otoño temblaba ya en la bandera blanca del malecón. Ganó Bufill.

Fue aquel verano que ya acababa, aquel verano en el que volvía a haber poco dinero y, para combatir la asadura, Pepita y yo juntamos los últimos fondos para comprar un ventilador y los discos que Sinatra grabó para Capitol: con eso tirábamos.

Al anochecer actuaba Wilson Pickett en la recta del

Estadio, en Montjuïc, en aquellos sorprendentes festivales gratuitos que se montaban entonces en Barcelona por las fiestas de la Mercè en la recta del Hipódromo, pero varios ya no llegamos a la cita porque estábamos derrengados. A la mañana siguiente, por supuesto, Casavella y Bufill y Barracuda y algún otro llamaron para decir, con regodeo, que Wilson Pickett había estado de fábula, que nos habíamos perdido el mejor concierto de la temporada y de varias temporadas, y no tuvimos la menor duda de que era cierto.

Pienso en aquellas jaranas y pienso en Casavella, es inevitable. En la barra del Zigzag y, eternamente en el recuerdo, en un cielo lujoso cuyo epicentro era y será la barra nocturna del Rívoli, atendido por el broncíneo y elegantísimo Eddy Collins, que había sido barman del Ritz.

Y pienso en la conga, claro.

En la primavera del 83 para bailar la conga bastaba con decir «hola» y sumarse. Él todavía no era Casavella. Se llamaba Francisco García Hortelano («Sí, como el de *Mary Tribune*») y trabajaba en La Caixa pero se estaba quitando y escribía o estaba a punto de escribir crónicas de rock en *Cairo* con el seudónimo de «El Cadete» y era tan imprevisto y divertido y enlazador, justamente, como una conga.

Su ídolo entonces era Nik Cohn y su disco favorito (de aquel mes) era la banda sonora de *Desmadre a la americana* y se daba un aire a Tom Verlaine pero a la gallega. La conga empezaba en cualquier bar, íbamos de concierto en concierto y de casa en casa, del Zigzag al 54, de Los Latinos a los chiringuitos de Castelldefels, y escuchábamos a U-Roy y a Gainsbourg, y a los Ramones, y a Johnny Guitar Watson y a Bambino, y Francisco no dejaba de repetir «*It's too late to stop now*».

Un manotazo te paró antes de tiempo, amigo.

Vuelvo a lo del principio: ¿podía haber acabado yo alcohólico bebiendo de modo tan continuado? Desde luego que sí. Yo y buena parte de mis cuates. Jehová no lo quiso, y desde aquí le doy las más rendidas gracias. De repente, la ingesta de alcohol y porros se paró. La compulsión no paró del todo, qué más quisiera yo, pero sí la ingesta. ¿Motivos del descuelgue? En el caso de la porrusalda, el pánico. Reiterado, tremebundo. Ya lo conté en *Turismo interior*. En lo tocante al alcohol, lo ignoro por completo. No fue el típico «He de dejar de beber porque me sienta fatal». No, no lo fue.

Quizás ayudó mi proclividad emética. Sé que esto puede parecer poco elegante, pero el alcohol también conlleva mucho vómito, y el vómito bien temperado rebaja lo suyo la resaca, y yo, todo hay que decirlo, vomitaba con mucho estilo en aquella época. A la hora de beber, eso todos lo sabemos pero poco se aplica, hay que detectar la copa que te va a enviar a la lona. A mí me lo decía el vómito, pocos segundos antes. Era mi regulador. Vomitaba y me olvidaba de tomar la copa fatal. A veces me lo decía con mucha reiteración porque no acababa de escucharle. Ocho o diez veces vomité a las puertas de un restaurante libanés, en un alcorque. El dueño del restaurante, un hombre amabilísimo, salió para decirme que aquello daba mala imagen de su cocina y que si, por favor, podía hacerlo en el alcorque del restaurante vecino, que a mí qué más me daba, y tenía toda la razón.

Otra vez vomité en una rata. Como suena. No era una alucinación simbolista. El animalito tenía su residencia en los bajos de una fuente situada en la esquina de la Ronda de San Pablo y el Paralelo, frente al Molino. Digo animalito pero era una señora rata. Tras la rociada, alzó los ojos, muy negros y brillantes, y me miró con cara de ya está bien. Chilló un poco, incluso. Un chillido ronco, que, traducido, me recordó a Paco Rabal diciendo «Por las noches hay que tener con-duc-ta». Quizás tomé nota entonces, como diría Juncal. Quizás fue el vómito definitivo.

O simplemente dejé de necesitar los alcoholes. Y no supuso esfuerzo grande, por lo que de nuevo doy las gracias. Haciendo un chiste de bajísima graduación podría decir: como vino se fue. Pero no diré que algunas noches no lo eche de menos.

Alguien no puede más

Alguien no puede más
alguien estalla de un modo rotundamente inesperado
y todos los que le conocían tiemblan al ver su nombre y
[su foto
y se preguntan cuándo y por qué y de qué manera
y cómo pudieron no darse cuenta.
Quizás todo empezó con el insoportable retorno de la
[primera luz
o, según testigos, a la caída de una tarde reiterada
cuando sobrevenía la oscuridad, como también es su
[costumbre.
Todo son hipótesis, conjeturas.
Al parecer el hombre en cuestión no había bebido nada.
al parecer pidió tan solo un bocadillo, un agua y un café.
Pero alguien cae por agua o por fuego
por un gran calvario o un juicio común
alguien cae por avalancha o por un único error
como cantó el rabino, que sabe de estas cosas.
Habría que preguntarse cuánto tiempo hacía que el hombre
[esperaba una llamada
o cuánto tiempo desde que decidió no llamar más

pero obviamente estaba llamando.
Habría que preguntarse cuándo las cosas comenzaron a
[torcerse
pero quizás las cosas no le iban demasiado mal
quizás no era cuestión de dinero
quizás alguien advirtió ciertas señales
quizás alguien le escuchó una madrugada
romper a cantar como quien patea una farola
y miró sus ojos fríos y le dijo
amigo, a ti te ocurre algo.
Quizás fue, simplemente, una cuestión de hartazgo
quizás no pudo aguantar más el bramido de los engaños
la sobredosis de abuso, las muecas impunes.
Quizás por la multiplicación de las enfermedades y el
[dolor
quizás por la gente que había visto o estaba viendo caer
quizás por una soledad fiera
quizás por un intragable ataque de asco
y se juntó su miedo con el miedo de quienes le rodeaban
y el miedo de quienes llegaron para reducirle
demasiados miedos juntos cuando cae la tarde.
Qué miedo terrible ver que alguien a tu lado se sale de
[la vía
quien por accidente, quien ante el espejo
quien, amenazando tu alegre mes de abril
como sigue cantando, desvelado, el rabino.

Pero este hombre no era un mendigo sin nombres ni
[apellidos
una sola y misma cara sucia en la fugaz memoria de la
[gente.
De serlo no estaríamos hoy hablando de él.

El hombre iba bien vestido
parece que de buena familia
y era actor.
No sabemos apenas nada de lo que sucedió esa tarde de
[primavera
en la terraza de ese bar, en la atildada plaza Molina de
[Barcelona.
Se dice que voceaba el fin del mundo
se dice que agredió a los hombres que vinieron a detenerle.
Ahora hay velas y lirios y testimonios de afecto
fotos y recordatorios en el lugar donde cayó.
No sabemos lo que estalló en la cabeza de ese hombre
Alfonso Bayard, actor, hermano
solo sabemos que son muchos seis hombres para reducir
[a un hombre
y aunque puedo imaginar el peso de encarnar el No
y el cansancio de turnos encadenados y noche acumulada
y de calcular en segundos y tener siempre la cabeza fría
cuando a veces la cabeza arde como los ojos arden
esa no es forma de morir
esa no puede ser forma de morir
nadie merece caer así, con el corazón roto, y solo y aterrado
una muerte tan de ahora, tan oscuramente de ahora mismo.
La autopsia dijo que no recibió golpes externos.

El chico que leía la revista *Fans*

Ayer volví a pasar por donde estuvo mi antiguo colegio. El aire dulcísimo era ya de verano en puertas, y me llevó en volandas a otra mañana de entonces, en vísperas de vacaciones, porque en mi recuerdo el patio estaba casi vacío, y en vez de silbatos y rebotes y revoloteos de sotanas negras, cantaban, como ayer, los pájaros en la enramada, y había una luz limpia y centelleante, tan distinta de la que suele bañar mis recuerdos escolares.

Esta es una historia muy breve. Yo tengo diez años, y esa mañana veo algo que me deslumbra, que está a punto de encarnar un anhelo repentino, todavía impreciso pero muy poderoso.

Ante mí se alza, literalmente, un alumno de un curso superior. Debía de tener, calculo, unos quince, o sea que para mí era casi un adulto, y además era altísimo, descomunal, pero el término «adulto» quedaba reservado para padres y figuras de autoridad.

Lo dejaré en «un chico», aunque a mis ojos fuera un gigante.

El chico que leía la revista *Fans*.

Me gusta, casi parece un título para Celentano. La cantaremos.

No jugaba en nuestra liga, estaba claro. Nosotros, el batallón de los pipiolos, gastábamos humillantes pantalones cortos y corbata de gomita, pero él llevaba tejanos, camiseta a rayas, y bambas blancas. Ese era, podría decirse, su uniforme de salir a bailar, aunque yo no lo supiera entonces.

Intentaré mejorarlo con mis ojos de hoy: como si bailara sin moverse.

Ese chico, al que apenas veré treinta segundos en mi vida y al que no he vuelto, que yo sepa, a ver más, está apoyado en el pretil de una fuente del patio, una fuente con varios caños y azulejos verdiamarillos. La sombra de las hojas juguetea en su cara.

Lleva también unas gafas de montura negra, enormes, pero ni me ve. No puede verme porque estamos en planetas muy distantes. Y, además, hay una frontera de papel entre nosotros.

No me pareció que esperase a alguien ni que esperase nada. Ajeno a todo, con una completa placidez, está leyendo algo que yo nunca había visto: la revista *Fans*, «para seguidores de la música de hoy». Así que, pensé, existen revistas «para ellos». Porque ellos, los seguidores de la música de hoy, selecta secta, no leen ya tebeos, como nosotros, ni diarios, como nuestros padres: leen la revista *Fans*. Esa es su contraseña, su signo de pertenencia. Ahí leen noticias de su mundo. Un mundo propio, inalcanzable.

Era, pienso ahora, como si yo contemplara a un *mod* londinense desde un pueblo de Ohio. Porque de algún modo debí de sentir entonces, quizás por primera vez, que el chico que leía la revista *Fans* encarnaba para mí la vida deseable. La modernidad, aunque ni de lejos podía yo saber lo que era aquello.

Los tejanos, las bambas blancas, la camiseta a rayas. Las gafas, la revista.

La sombra de las hojas se ha calmado en su cara.

Treinta segundos, eternizados en el recuerdo.

Adiós, muchacho. Hazme un hueco en tu mundo.

Quizás tarde algunos años en llegar.

Veo ahora que la revista *Fans* la editaba Bruguera, con periodicidad semanal. Costaba seis pesetas. Duró apenas tres años, del 65 al 67. En sus portadas aparecían por igual Eric Burdon y Gianni Morandi, los Stones y Sylvie Vartan. En la que he elegido mezclan a los Tres Sudamericanos con Sandie Shaw: y, sí, de algún modo serían para mí igualmente pop *Corazón de melón* y *Marionetas en la cuerda*. Un titular: «Un nuevo estilo: el Folk-Rock». Parece que los tiempos están cambiando. Anuncian entrevistas con Simon & Garfunkel y Los Overlanders. Nunca escuché a Los Overlanders: parece que su único gran éxito fue una versión de *Michelle*. A propósito: otro destacado de la portada proclama una gran verdad, un mensaje radiante: «La música de los Beatles ¡es curativa!».

Ahora es fácil guasearse de una revista como aquella. Ahora todo es muy fácil.

Los misterios de Parque Chas

Hablaba con Pittaro y no sé cómo desembocamos en Parque Chas.

«¿Por qué Parque Chas? ¿Estuviste?»

Fernando Pittaro es un amigo, periodista en *Tiempo Argentino*.

«¿Allá? No, nunca.»

«¿Entonces?»

«No estuve, pero vi *Roma*, la película de Aristarain.»

Le dije que había soñado con Parque Chas. Literalmente. Varias veces. Me salió una frase un poco sentenciosa pero cierta. Ahí va.

«En Parque Chas está la luz de mi infancia, de parte de mi infancia. Mi infancia en la zona norte de Barcelona», aclaré, «en los primeros sesenta. Paseos de domingo, en primavera y verano, entre Vía Augusta y San Gervasio. Esa luz concreta».

Lo que no le dije, porque no lo sabía, porque no me acordaba, era si comencé a soñar en ese territorio —que no era Barcelona ni Buenos Aires sino un compuesto— antes de ver la película de Aristarain, nacido y crecido en Parque Chas. Es decir, si reconocí la luz de esos sueños al ver *Roma*, o sucedió a la inversa.

Pittaro quedó pensativo, como si chupara una bombilla de mate imaginaria.

«Curioso.»

«¿El qué?»

«Las conexiones. Parque Chas, infancia... Dicen que es el barrio donde está todo lo que alguna vez se perdió.»

En ese momento se le puso cara de psicoanalista argentino.

«Dicen también que en Parque Chas se puede entrar pero no se puede salir porque es una telaraña, un laberinto circular, no hay más que ver el mapa. Mirá si tenés temas. Aunque se ha escrito mucho sobre ese barrio. Está lleno de historias. Es raro que Borges apenas escribiera sobre Parque Chas, por cierto. Es el barrio más borgeano de Buenos Aires.»

Busqué. Se dice que Borges vio nacer el barrio, en la década de los veinte, pero en la cercana zona de Villa Urquiza tuvo un gran amor contrariado (Concepción Guerrero, a la que conoció en la casa de Norah Lange) y prometió no volver a pisar aquellos parajes ni escribir sobre ellos. Hay una mención, muy breve y lateral, en *Evaristo Carriego*, donde parece aludir, con su retórica juvenil, a la peculiar forma en que transcurre el tiempo en esa zona:

«Yo no he sentido el liviano tiempo en Granada, a la sombra de torres cientos de veces más antiguas que las higueras, y sí en Pampa y Triunvirato: insípido lugar de tejas anglizantes ahora, hornos humosos de ladrillos hace tres años, de potreros caóticos hace cinco. El tiempo —emoción europea de hombres numerosos de días, como su vindicación y corona— es de más imprudente circulación en estas repúblicas. Los jóvenes, a su pesar lo sienten. Aquí somos del mismo tiempo que el tiempo, somos hermanos de él.»

Encontré vínculos sugestivos entre Barcelona y Parque Chas. El poeta Luis Luchi, que quería fundar la República Independiente de Parque Chas y murió en mi ciudad, siempre dijo que el dedo de la estatua de Colón apuntaba directo a la plaza del Trébol, corazón del barrio. Hay vínculos y, al parecer, pasajes: sus amigos fantasearon con la posibilidad de que Luchi hubiera entrado una tarde de domingo por una calle de Parque Chas para aparecer directamente en Barcelona, porque nadie le vio marchar, pero no especifican la calle. Bien podría ser la de su propio domicilio, Bauness esquina Bauness, la única calle del mundo que se esquina a sí misma.

«Leé a Dolina. Alejandro Dolina», me dijo Pittaro. «Tiene una especie de leyenda fundacional, creo que en *Crónicas del Ángel Gris*. Con catalanes incluidos, por eso te digo.»

Transcribo un fragmento del texto de Dolina, titulado *Historia de la manzana misteriosa de Parque Chas* (Editorial Colihue, 1996).

«Existe en el barrio de Parque Chas una manzana acotada por las calles Berna, Marsella, La Haya y Ginebra. No es posible dar la vuelta a esa manzana. Si alguien lo intenta aparece en cualquier otro lugar del barrio, por más que haya observado el método riguroso de girar siempre a la izquierda o siempre a la derecha. Muchos investigadores han intentado la experiencia formando grupos numerosos. Los resultados han sido desalentadores. A veces sucede que el paseante sigue en la misma calle aún después de doblar una esquina. En 1957, un grupo de exploradores franceses desembocó inexplicablemente en la estación de Villa Urquiza. Urbanistas catalanes probaron suerte formando dos equipos y partiendo cada uno en dirección opuesta. En cualquier manzana de la ciudad los grupos suelen encontrarse en mitad del recorrido, pero en este lugar no sucede tal cosa, y hasta se han dado casos en que un equipo alcanza al otro por detrás. Los más pertinaces han realizado excursiones a través de los fondos de las casas, con el resultado de aparecer siempre dejando a sus espaldas calles que no habían cruzado nunca.»

Las teorías sobre el extraño diseño de Parque Chas son numerosas. Al parecer, el primer trazado fue obra del ingeniero Julio Dormal, que planeaba alejarse de la habitual cuadrícula bonaerense: «Procuraré», dijo, muy porteño, «lograr un efecto pintoresco con un trazado radiocéntrico». Su proyecto fue desechado por el consistorio, pero reivindicado, en septiembre de 1925, por sus colegas Armando Frehner y Adolfo Guerrico, quienes lo llevaron a cabo bajo la eufemística propuesta de «evitar la monotonía de las líneas rectas».

Al día siguiente de nuestra charla, Pittaro me envió por mail el penúltimo capítulo de *El cantor de tango* (Planeta, 2004), de Tomás Eloy Martínez.

Para el novelista, el diseño de Frehner y Guerrico «copiaba el dédalo sobre los pecados del mundo y la esperanza del paraíso que está bajo la cúpula de la iglesia San Vitale, en Ravenna». Un personaje, Bonarino, conjetura «que el trazado circular del barrio obedecía a un plan secreto de comunistas y anarquistas para proporcionarse refugio en tiempos de incertidumbre... ¿Cómo explicar, si no, que allí la diagonal mayor se hubiera llamado La Internacional antes de ser la avenida General Victorica, o que la calle Berlín figurara en algunos planos como Bakunin, o que una pequeña arteria de cuatrocientos metros se llamara Tréveris, en alusión a Trier o Trèves, la ciudad natal de Karl Marx?».

El narrador no halla rastro de centros anarquistas ni comunistas, pero advierte varios agujeros negros (o puntos de fuga) en los que el tiempo parece avanzar del modo intuido por Borges.

El primer agujero se abre «en la esquina de Ávalos y Berlín»: un vecino del barrio insiste en que se aleje cien metros en cualquier dirección y regrese luego por la misma senda: «Si tardaba más de media hora, me dijo, prometía ir en mi busca. Me perdí, aunque no sabría decir si fue a la ida o a la vuelta. Ya el blanco sol intolerable de las doce del día era el sol amarillo que precede al anochecer, y por más vueltas que daba no conseguía orientarme. Oscurecía cuando me encontró por fin en la esquina de Londres y Dublín, a pocos pasos del sitio donde nos habíamos separado».

El segundo punto (y más peligroso) se encuentra, a su entender, «en el rectángulo limitado por las calles Hamburgo, Bauness, Gándara y Bucarelli». En una vieja guía telefónica descubre que «algunas casas del rectángulo fueron habitadas, hace siete décadas, por las vecinas Helene Jacoba Krig, Emma Zunz, Alina Reyes de Aráoz, María Mabel Sáenz y Jacinta Vélez, convertidas luego en personajes de ficción»* y acaba concluyendo que en Parque Chas «parece estar situado el intersticio que divide la realidad y las ficciones de Buenos Aires».

Dos días más tarde, una nueva imagen vino a sumarse al carrusel. En otra correspondencia porteña, esta vez con mi amigo Agustín Mendilaharzu (dramaturgo, actor, cineasta), Parque Chas volvió a aparecer en la conversación (o nosotros en Parque Chas). Yo acababa de ver *Los talentos*, la premiadísima obra de Agustín y Walter Jakob, e *Historias extraordinarias*, de Mariano Llinás, de la que era actor protagonista, director de fotografía y coproductor, y me entusiasmaron ambas.

Su correo decía:

«Si el material de *Los talentos* hubiera desembocado en una película y no en una obra de teatro, esta habría incluido seguramente las calles de Parque Chas. En esa época de nuestras vidas (que con Llinás llamamos «los tiempos heroicos») veíamos la ciudad como un territorio fabuloso y salíamos a redescubrirla: era nuestro propio *Fervor de Buenos Aires*. Parque Chas era un barrio desconocido para mí, y con Llinás y algún otro tomamos el hábito de ir a recorrerlo en bicicleta. A menudo nos perdíamos, pero siempre recobrábamos el norte. Y es cierto que es un lugar con un aura especial. Sobre todo los domingos a la tarde, que es cuando íbamos nosotros, y particularmente en los atardeceres de invierno. Cuando finalmente logramos "tener novias", pasados los vein-

---

* Por Bioy, Borges, Cortázar, Manuel Puig y José Bianco, respectivamente.

tiuno, las llevamos ahí, un par de veces, con las bicicletas, y al poco tiempo no fuimos más. Y estuvimos más contentos, pero no fuimos necesariamente más felices.»

Nos hemos alejado mucho. Se encienden las farolas y de repente parece que estemos en una novela de Modiano: unos chicos y chicas en bicicleta entran en un barrio misterioso y alejado, un domingo por la tarde, al anochecer.

Para volver a Parque Chas volví a ver *Roma*, de Adolfo Aristarain.

Quería averiguar por qué ese barrio bonaerense que no he pisado jamás estaba tan cerca de los barrios de mi infancia. Entro de nuevo y lo primero que me atraviesa es la luz, aquella luz de primavera avanzada desembocando en un verano eterno. Luz incólume, que atribuyo a la escasa contaminación del aire en los primeros sesenta, pero la película, obviamente (y tardo un rato en caer en la evidencia) no está rodada entonces sino en 2003, de modo que hay un mago que ha atrapado esa luz de entonces, solo un mago puede haber reinventado esa luz increíblemente nítida, en las calles del barrio bajo los árboles desbordantes de verdor, en los perfiles redondeados de las casas blancas, en esos interiores que parecen bañados por una brisa perenne danzando a través de las ventanas abiertas, y ese mago se llama José Luis Alcaine.

Luego está el tiempo narrativo, dos horas y media que fluyen como un río majestuoso, y ese es también un río de entonces, de las películas de la infancia, cuando íbamos al cine sin prisa para ver enormes veleros deslizándose por el agua calma de aquellas tardes navegables, y no hace falta que se cumplan las dos horas y media para percibirlo porque ese ritmo épico, el ritmo de los grandes relatos, te empapa en seguida, a los pocos minutos sabes que estás dentro, que vuelves a estar dentro, y que estás en buenas manos: es el ritmo de Lean y Hawks, el ritmo de *Hatari!* y de *Lawrence de Arabia*, aunque aquí no haya elefantes ni desiertos.

Y está la mirada, por supuesto, la mirada de Joaco niño, interpretado por Agustín Garvíe. Ese niño soy yo, ese niño mira como yo miraba, y tiene algo vertiginoso el hecho de mirarte mirando.

Y entonces vuelve a pasar, otra vez me parte el alma la escena en la que el padre, Gustavo Garzón, toca *Alma de bohemio* para su hijo, y ese es su legado literalmente grabado en piedra, porque están en un pequeño estudio y salen de allí con un disco que les dan al instante, nunca van a estar más cerca ese padre y ese hijo, y ese momento de plenitud orilla peligrosamente el abismo de la pérdida.

Hay otra escena de intensidad semejante que también me hace polvo: Omero Antonutti en *El Sur*, de Erice, alzando el dedo como una antena para atrapar la melodía del pasodoble *En er mundo* y detener el tiempo, volver al tiempo del amor con su hija ya crecida, ajena, y todo eso confluye para provocar el llanto, y también el sorprendente vínculo, el pasaje subterráneo que enlaza Parque Chas y Barcelona.

Misma época: mitad de los sesenta. Una tarde, mi padre me lleva a un mágico «estudio callejero», una cabina como una máquina de fotomatón, con cortinita incluida, donde por veinticinco pesetas podías grabar un disco de cuatro o cinco minutos. La cabina estaba a la entrada de un flamante supermercado en Travesera de Gracia, muy cerca de Tuset, en la zona de la modernidad inminente, de la brisa nueva, y mi padre hizo girar el taburete como la escotilla de un submarino para que yo pudiera llegar al micrófono y recitar un poema, qué casualidad, argentino, *Setenta balcones y ninguna flor*, de Baldomero Fernández. La red se encarga de cerrar el bucle: resulta que su nieta, Inés Fernández Moreno, escribió el cuento *Milagro en Parque Chas*, y ahora, leo, vive en Barcelona.

Un saludo, Inés, desde ese pasaje.

Vuelvo a la película, una historia terrible y amarga, la historia de un hombre al que no le pasó nunca nada tan grande como lo que le pasó en la infancia y la adolescencia: felizmente no es mi caso, ahí acaban los parentescos. *Roma* es un río surcado por grandes intérpretes, porque uno de los lemas de Aristarain es esta gran frase del maestro Ford: «Las historias se cuentan con las caras de los actores», y ahí están José Sacristán, Juan Diego Botto, Vando Villamil, Marcela Kloosterboer, Maximiliano Ghione, hasta los actores con media cuartilla de texto están soberbios, como Marcos Mundstock, de Les Luthiers, en el rol del librero Smirnoff, hablando de los fraseos de Coltrane y Parker.

Y luego, por supuesto, central, está Roma, la madre, una mujer con una capacidad de amar y una inteligencia fuera de lo corriente, un personaje extraordinario que Aristarain construyó retorciéndole el cuello al cliché de la *mamma* ególatra y devoradora a que nos tiene acostumbrados el cine argentino, y así lo interpreta la inmensa Susú Pecoraro, sin exuberancias pegajosas ni abrazos asfixiantes, con una esencial discreción, desde la calma y el silencio de quien no necesita exhibir sus sentimientos.

Roma habla poco, pero cuando habla sus palabras se graban en piedra, como la música de *Alma de bohemio*. Sus palabras me gustan tanto que esta segunda vez hice algo que no hacía desde la adolescencia: me senté delante del televisor con lápiz y papel y transcribí mis momentos favoritos.

En el primero, Roma trata de sacar a su hijo adolescente (Juan Diego Botto) del pozo en el que se encuentra tras una ruptura sentimental y le habla así:

«No te voy a decir qué hacer porque no lo sé. Nadie puede decirle a otro cómo hay que vivir. Lo que tenés que saber es que va a haber mucho dolor. Mucho dolor y mucho tiempo. Si se siguen viendo, si seguís siendo amigo de ella, no te hagas su confidente. Que no te cuente sus penas de amor con otro tipo porque te va a destruir. Ya que estamos te lo digo, aunque sé que ahora no me vas a dar bolilla. Hay que seguir, Joaco. Hay que seguir. Todo lo que nos pasa es mucho menos importante de lo que a uno le gusta creer. No hay una sola vida. Hay una sola vida, pero dentro de esa vida uno vive muchas vidas, todas diferentes. Algunas mejores, otras peores. Ninguna tiene mucho sentido. Hay que seguir, pichón.»

Y este otro momento inolvidable, cuando se despide de Joaco:

«Quiero que sepas que yo nunca perdí la confianza en vos. No porque sea tu madre, sino porque te conozco muy bien. Porque sé que sos muy capaz y que vas a salir adelante. Te equivocaste mucho como todo el mundo, nada más. Tenés que perderle el miedo al fracaso y empezar a vivir. No hagás las cosas por mí, ni te sientas mal porque no hacés las cosas que se supone que espero de vos. Yo espero que seas feliz. Que hagas lo que te guste. Que te sepas defender en la vida. Que el mundo no te destruya. Yo soy tu madre, Joaco. A mí no me debés nada. Todo lo que hice por vos lo hice por mí, porque sos una parte mía. Ni siquiera me debés la vida. Yo te debo mi vida, pichón, porque vivo por vos.»

Yo le debo muchas cosas a Aristarain y a *Roma*. Entre otras, también caigo ahora definitivamente en la cuenta, le debo parte de *Detrás del hielo*, mi novela más argentina (aunque suceda en un país imaginario): volviendo a ver la película descubro que el germen del libro estaba ahí, en el pasado lleno de vida y el horror que sobrevino después, y por eso el personaje de Jan Bielski tendrá para siempre el rostro de Juan Diego Botto, y Klara Liboch el de Marcela Kloosterboer, y las calles más soleadas de Moira tendrán la luz de Parque Chas, del Parque Chas reinventado por Aristarain y Alcaine, y por Mario Camus y por Kathy Saavedra. Gracias a todos ellos.

Después de la noticia de su muerte

¿Veinticinco años ya? Sí, esa es la cifra: 8 de enero de 1990. Voy más atrás, porque para mí la historia comienza antes. En 1975 cae en mis manos la primera edición de *Las personas del verbo* de Jaime Gil de Biedma. La portada en dominante granate, el tacto casi aterciopelado en mi recuerdo, la liviandad. Un libro breve, y sin embargo ahí estaba todo lo que mi adolescencia necesitaba. Subo a un autobús con la mirada hundida en sus páginas. Comienzo a leer y se difumina todo lo que hay alrededor, la lluvia emborrona el paisaje gris, anochece. Relumbra y perdura aquella alegría de vivir, aquella especial disposición del espíritu para olfatear la vida en un olor a cocina y cuero de zapatos; aquel don para atrapar al vuelo la visión de una cría bajo la tormenta, alzando unos zapatos rojos, «flamantes como un pájaro exótico» en una esquina del año malo; aquella fabulosa resolución de ser feliz «por encima de todo / contra todo / y contra mí de nuevo», pese al dolor del corazón.

Alzo la vista, el autobús está vacío, embebido en la lectura me he pasado mi parada y todas las paradas y estoy, literalmente, en las afueras, pero ahora tengo un guía. Hacía mucho tiempo que no me pasaba con un libro lo que acababa de pasarme con *Las personas del verbo*. Hacía mucho tiempo que no me encontraba con una voz semejante. Como escribió su cofrade Gabriel Ferrater hablando de Josep Carner: «Palabras que duran mientras varían los días y se nos mudan los sentidos, ofrecidas para que las entendamos de nuevo: como una patria».

Lo que a mí me pasó con *Las personas del verbo*, descubriría luego, fue muy semejante a lo que le había pasado a Jaime Gil con *Cántico*, de Jorge Guillén: «*Cántico* parecía estar escrito pensando en mí. Me hizo un gran servicio, que fue instalarme en el mundo habitual, hacerme abrir los ojos y mirar bien alrededor. ¡Con qué alegría se descubre que, por mal que uno ande, hay cosas en este mundo que están francamente bien! Aunque sean diminutas no importa: basta que existan y se les dé un ardite lo que a mí me ocurre. Así, cuando yo advertía que empezaba a perder el sentido de las cosas, que iba a caerme dentro de mí, tomaba *Cántico*».

Segundo encuentro: 1980. Visito al poeta en su lujoso apartamento de la calle Maestro Pérez Cabrero número 6, el edificio construido por Ricardo Bofill, entre el Turó Park y la iglesia circular de San Gregorio Taumaturgo. Hubiera preferido que me recibiera en el sótano negro, «más negro que su reputación», en el 518-520 de la calle Muntaner, pero esa isla está cubierta por el mar de los sesenta. Voy a hacerle una entrevista para *Diagonal*, una revista que podría calificarse de *high underground*.

El poeta acaba de publicar *El pie de la letra*, una recopilación de sus ensayos: brillantísimos, sensatos, esencialmente divertidos, corteses. En medio ha habido otro libro, publicado en 1974 y sobre el que me abalancé después de los poemas, *Diario del artista seriamente enfermo*, en la versión automutiladísima de «Palabra Menor», en Lumen, y me dejó verde de envidia. Jaime Gil tenía veintiséis años cuando lo escribió, y me parecía increíble que alguien tan joven pudiera ser tan inteligente y tan culto. Me desesperé, porque me faltaban pocos años para tener su edad de entonces. Muy poco tiempo, calculé, para llegar a pensar y escribir cosas parecidas.

La entrevista, por alguna razón, no llegó a publicarse. Yo no la recuerdo publicada, al menos. Sé que la escribí y que algo pasó. Probablemente sería larguísima. Tampoco he encontrado la grabación; solo unas hojas con algunas notas.

Lo primero que me vuelve, al abrir él la puerta, es un perfume un tanto avasallador que reconocí, de golpe, años después: *Eau Sauvage*, de Dior. Veo que le pregunté por algunos de sus temas esenciales, con los que yo más conectaba: el paso del tiempo, su noción del pasado como un magma en continuo movimiento, y la «incurable propensión al mito». Estuve un tanto insistente con su trabajo en la Compañía de Tabacos de Filipinas y sus quehaceres diarios, intentando seguir la pauta de la estupenda entrevista que le había hecho Ana María Moix en *24 x 24*, su serie del Tele-Exprés, «veinticuatro horas en la vida de veinticuatro personajes». Le pregunté también sobre la Barcelona de su juventud (sonrió cuando dije «su primera juventud»), sobre su casa de Nava de la Asunción, sobre el sótano negro. Yo intentaba buscar entonces (sobre todo en las entrevistas) una relación entre lo escrito y lo vivido, y él me explicó con mucha paciencia y mucha claridad que era incapaz de discernir, en cualquier poema suyo, lo que le había sucedido y lo que era producto de la imaginación: era difícil reflejar algo tal como fue vivido, me dijo, por las muchas capas de la memoria y la necesaria concreción estética del poema. «Y lo autobiográfico», concluyó y anoté, «no siempre son los hechos sino los sentimientos, o su reinvención».

Hay otra nota que también me gusta mucho. Dijo algo parecido a esto: «Para un adolescente que comienza a conocerse, su carné de identidad más fiable son las emociones, aunque suele vivirlas con más intensidad que los estímulos que las provocaron. La escritura es un intento de equilibrio entre el estímulo y la emoción».

No le dije lo mucho que había supuesto para nosotros, para mí y para los de mi generación, su poesía y su manera de sentir y de vivir. No le dije que me parecía un maestro, de escritura y de vida. Hoy se lo diría; entonces me dio mucho apuro.

Cometí la torpeza de preguntarle acerca del tema que, por reiterado, más podía aburrirle, aunque yo entonces no lo sabía y sentía verdadera curiosidad: su silencio poético. «Algunos poetas duramos poco», contestó, sonriente, y con esto se refería a la época de fertilidad.

La noche del 8 de enero del 90 la frase regresó con otro eco.

Lo fundamental de aquella tarde es que entré a las cuatro y salí a las ocho, quizás más tarde. Salí de allí casi flotando, con una gran fatiga física, porque tratar de estar vagamente a su altura me había provocado una considerable tensión, y al mismo tiempo una desbocada energía mental zumbándome «como cable en descampado», para decirlo con una frase suya. Creí percibir también una sensación de soledad, de no querer estar solo, de temer la llegada de la noche, de querer seguir hablando, conmigo o con cualquier otro. Un profesor de Bellaterra contó en clase una anécdota indiscreta: se había encontrado a Jaime Gil en la barra de Bocaccio, llorando a chorros porque su amigo de entonces acababa de irse a la mili y él no quería volver a la casa vacía. Me sorprendió mucho descubrir así, de golpe, que era homosexual: ni por asomo lo había percibido yo en sus poemas.

Recuerdo la generosidad que mostró en aquellas horas, en su piso junto al Turó Park, mientras caía la tarde.

Tenía una habilidad superlativa, cercana a la magia, para hacerte sentir inteligente, aunque, claro está, él hubiera llevado todo el rato el peso de la conversación. Le regaló la ilusión de un diálogo a aquel jovenzuelo enmudecido, le trató como si fuera un amigo, alguien de su edad. Hablaba con extrema precisión, como si dictara, pero lo que decía era, al mismo tiempo, muy vivo, con una fascinante gracia expresiva. Conversaba «artísticamente», cierto, con «intenciones estéticas, creando efectos, por divertirme y divertir a los demás». Eso es lo que permanece, eso es lo que importó y sigue importando.

1990: la noche de su muerte. Estábamos jugando al póquer cuando sonó el teléfono con la noticia. Recuerdo a mucha gente en casa. Habíamos ido a ver una función y luego vinieron todos a escuchar discos, a jugar y a tomar unas copas. Recuerdo que estaba Sagarra, que estaba Ollé, que estaba Anguera. Sagarra me dijo al llegar, sombrío y lacónico: «Está muy mal». No sé si fue él o Marsé quien me contó luego los últimos días, quizás un año, en la casa de los Marsé, en Calafell. Jaime Gil ya andaba con la cabeza perdida por la medicación, pero a veces había repentinas ráfagas de recuerdo. Como aquel día de primavera. Joaquina, la mujer de Marsé, estaba preparando la comida, con la radio puesta. Comenzó a sonar una canción de la Piquer. *Ojos verdes*, diría. Y Jaime Gil, en el jardín, alzó la cabeza, alzó el dedo, atrapó o creyó atrapar el relámpago, su dedo como un pararrayos. No recuerdo si fue exactamente así, pero así me viene a la memoria. Joaquina llorando, sus lágrimas cayendo sobre los tomates de la ensalada, y a mí se me saltaban también imaginando la escena, la canción como el heraldo de una vida anterior, la imagen del noble arruinado entre las ruinas de su inteligencia. Qué atroz profecía.

Canta la Piquer pero yo escucho a Kiko Veneno en el altavoz del descampado, entre chispazos de los autos de choque:

> *Viene desde muy lejos y ya*
> *no le queda ni memoria*
> *dice que un duende se la cambió*
> *por un ratito de gloria.*

Yo estaba en ABC en aquella época. Llamaron hacia medianoche. Abandoné la partida (iba perdiendo, siempre se me ha dado fatal el póquer) y me planté en el periódico para escribir sobre Jaime Gil.

Estaba triste y al mismo tiempo me sentía orgulloso por el encargo imprevisto, cruzar la ciudad para hablar del maestro recién fallecido.

En el taxi pensaba en la primera vez que le vi, con abrigo y sombrero, un anochecer de invierno, saliendo de la Compañía de Tabacos de Filipinas. Estaba parado en las Ramblas, mirando hacia el rey mago que parecía tiritar en la hornacina de los almacenes Sepu. Creo que en el *Retrato del artista* hay una entrada en la que se pregunta a qué se dedicaría aquel hombre pequeño y helado el resto del año.

Releo sus diarios y veo de nuevo a aquel chico de «sonrisa soñolienta, seguro de gustar». De gustar es poco: de encantar, de arrebatar con su encanto y su brillantez. Le veo tanto tiempo después, en un bar al final de las Ramblas. Le veo desde el descampado, entre relámpagos, bajo las primeras gotazas de lluvia. Canta, Kiko, canta tu elegía.

¡Qué pena de muchacho!
le dice la gente en los bares...

Lo tenías todo. Gracia, talento, dinero. Amor, incluso, si he de creer lo que anotas. ¿En qué momento comenzaste a perder el gusto por la vida y el sentido de las cosas, a caer sin salida dentro de ti, a dejar escapar tu don como arena entre los dedos? Sé que no tengo derecho a tutearte ni a hacerte esa pregunta, pero me recuerdas demasiado a otros amigos.

Qué escalofrío. Qué miedo más grande.

¿Para qué pregunto? Los diarios muestran bien a las claras, y desde antiguo, tu extrema lucidez y tu no menos extrema capacidad para la desdicha y el desastre. «Ahora, cuando examino la serie de accidentes y de crisis sucedidos durante ese tiempo, se me despierta la sospecha de hasta qué punto no habré provocado yo mismo alguno de ellos y agravado otros, inconscientemente. Y me parece como si hubiera estado huyendo —huyendo de algo o huyendo de mí.»

Me ahogo, se me agolpan las preguntas. ¿Conseguiste demasiado pronto lo que querías? Te veo galopando con tu cofrade Ferrater y parando los dos en seco. Tres libros cada uno, cosa curiosa, y a colgar los hábitos. Ferrater: *Menja't una cama*, *Da nuces pueris*, *Teoria dels cossos*. Vuecencia: *Compañeros de viaje*, *Moralidades*, *Poemas póstumos*. ¿Qué diablos pasó, maestro? No te oigo, habla más alto, hay mucho viento en el descampado.

Ahora te veo desde lejos, muy señor, muy alto ejecutivo. Estás parado frente a un quiosco, desplegando *Le Monde Diplomatique* como las alas de una mariposa señorial. Parecías radiante aquella mañana, y yo pensé en Frederic de Lloberola, el protagonista de *Vida privada*, aquel hombre «de edad indefinida, con el estómago lleno de whisky y el corazón lleno de rosas rojas». Más imágenes: la foto con los perros, los cachorritos que trepan por tu cuerpo, tendido en una hamaca en el jardín, en La Nava de la Asunción. Un rostro de absoluta felicidad. Eso fue, debió de ser, en el último verano de tu juventud. Y el recuerdo de aquella periodista que cometió la zafiedad de preguntarte acerca de la muerte cuando ya estabas irremediablemente enfermo. La respuesta sabia, educada, ya casi desde el otro lado: «No haga preguntas ociosas. Consúltese a sí misma y tendrá las respuestas». Todo eso volvía en aquel taxi.

Escribí el artículo de un tirón, sin levantar la cabeza del teclado, como cuando leí por primera vez *Las personas del verbo*: un torpe intento de devolución. Escuché una voz que decía: «Venga, que hay que ir cerrando». Luego volví a casa. Seguía la partida. Llevaba en la mano la doble página, recién impresa, todavía caliente.

Ahora estás de pie, muy jaque, junto al Mercedes blanco. Te anudas el pañuelo al cuello. Pañuelo rojo, con lunares negros, gitanísimo. Con tu sombrero pareces un patriarca. Me miras, sonríes. Vuelvo a repetir la pregunta de los tres libros. Por toda respuesta das unas palmas, cantas esa copla circular y sin argumento, «Uno, dos y tres, uno dos y tres», taconeas a compás, te levantas los faldones de la chaqueta, y desapareces con el viento de la tarde. Queda una sonrisa flotante, como la del gatazo de Cheshire. Y tu música.

Canta, Jaime, sigue cantando. Ponme la cinta otra vez, «pónmela hasta que se arranquen / los cachitos de hierro y cromo / al cantar como tú sabes».

Solo para amantes de gatos

I

Salvo los mosquitos y las serpientes me gustan todos los animales, pero los felinos están en lo alto del podio. Quien no sienta una pasión semejante pensará que lo que viene a continuación es una sinsorgada, o sea que puede dejar de leer en este mismo momento.

En los ojos de los perros y los caballos hay una profunda humanidad, una forma de vínculo. En los ojos de los gatos hay un misterio abismal. Ambas cosas se han dicho infinidad de veces, pero no por repetidas son menos ciertas. Los perros y los caballos han acompañado al hombre desde sus orígenes. Los gatos llegaron, probablemente, de un planeta muy lejano.

Uno puede elegir a un perro o un caballo y convertirse, palabra horrible, en su amo, o en su jefe de manada. Un gato te elige a ti para que le sirvas y le adores. Con un gato se establece la misma relación que hay entre un humano y una deidad. Nosotros hemos tenido dos perros y una docena de gatos, y lo que yo sentí por uno de ellos, el gato Bigún, no lo he sentido jamás por ningún otro animal. Cuando murió estuve llorando una semana y no pasa otra sin que me acuerde de él.

Con los gatos que precedieron a Bigún no establecí vínculos profundos. ¿Era yo un descastado entonces? No diría que no.

Mi primer gato se llamaba Mugas y me acompañó mucho durante un periodo de soledad, a finales de los setenta. Era un gato abisinio, o naranja, o Ginger Cat, como les llaman los ingleses, un nombre muy bonito porque suena a galleta. No sé de dónde salió y apenas recuerdo sus costumbres. Y es raro, porque en aquella época, ya digo, pasábamos largas horas juntos. Lo único que me viene a la cabeza es el día en que devoró hasta la última hoja de una planta de marihuana que yo tenía en usufructo. No es que le hicieran mucha falta los alucinógenos, como a ningún gato, porque solía entrar en trance escuchando música, aunque solo le pasaba con dos discos: *La Catedral*, de Sisa, e *In the Court of the Crimson King*. Pink Floyd, el paradigma de la lisergia, le resultaba indiferente, pero con aquellos dos se quedaba inmóvil, los ojos muy abiertos y las orejas aguzadísimas. Probablemente conectaba con una frecuencia alienígena (su planeta originario) o captaba un mensaje oculto entre los surcos.

No sé si la marihuana afecta a los gatos, pero desde aquel día comenzó a hacer unas acrobacias insólitas. Corría por el piso, que era pequeño, a gran velocidad, y al enfilar el pasillo lograba el prodigio de rampar durante unos segundos por la pared, como si fuera un peralte y él un campeón de *bobsleigh*. Esas tres cosas son lo que más recuerdo del gato Mugas.

Unos años más tarde, en La Floresta, llegó el gato Fermín.

Le llamamos así porque habíamos bautizado Piker a nuestro perro, para mosqueo de la agente de prensa Mónica Piquer, a la que en el transcurso de una fiesta hubo que convencer, tebeo en mano, de que los nombres de Piker y Fermín eran un homenaje a los Garriris dibujados por Mariscal. Y, en lo tocante al gato, se trataba de una mención honorífica (cambiando la «e» por una «i») al cónsul de *Bajo el volcán*.

Fermín asomó una mañana de entre un montón de leña recién cortada, en una loma que había frente a la casa. La convivencia con Piker no fue plácida. Cuando volvíamos por la noche los encontrábamos siempre igual: Piker al pie de un pino, con las fauces abiertas y en posición de firmes, y Fermín maullando desesperadamente en la copa del árbol, oculto entre el follaje. Aquello, estaba claro, no podía durar. Y no duró: Fermín desapareció de un día para otro.

¿Se lo cargó Piker, se largó él, harto de pasar días enteros en las ramas, como un personaje de la Duras? La segunda opción nos pareció más llevadera. Tan pronto partió Fermín (en el sentido que fuera), llegó la perra Amparito, y ella y Piker reinaron durante una década. Nos fuimos a Barcelona en el 83. Tuvimos que buscar una casa con jardín, porque hubiera sido un engorro tenerlos en un piso. Entonces todavía se encontraban casas con jardín por un alquiler razonable. Algún día contaré las mil historias de Piker y Amparito. Hoy toca felinos.

Con las Olimpiadas comenzaron a desaparecer muchas cosas. Entre ellas, nuestros perros. No fue una relación causa-efecto: pura coincidencia cronológica. Y fue esfumarse ellos y comenzar la dinastía felina.

Enumero rápidamente la genealogía. Bigún tardará un poco en hacer su entrada: más tardó Brando en *Apocalypse Now*.

Los padres fundadores fueron la gata Marra y el gato Pompón.

Marra era, nos contaron, la única superviviente de una cacería municipal en los jardines de la zona. Le pusimos ese nombre por razones puramente onomatopéyicas: la sonoridad de su ronroneo. A Pompón le llamamos así por un motivo más prosaico: le habían cortado la cola.

De Pompón se dice que procedía de una casita de la calle Septimania, cuya dueña tenía muchísimos felinos, algunos de los cuales se diseminaron por el barrio. Marra y Pompón se afincaron en los jardines recién despoblados (o desgatados) y engendraron una vasta progenie. Tuvieron cuatro hijas, tres Russian Blue o Chartreuse (Zorrune, Desperada y Grisbi), una Mexican Black, Scully, que salía, claramente, al padre, y un hijo, Dospelos, también negro y con un diminuto mechón blanco en el pecho (de ahí su nombre). Lo de Russian Blue y Mexican Black suena un tanto pomposo, pero también muy eufónico, como marcas de perfume o chocolate caro: en todo caso, nosotros quedamos encantados cuando así las definió el veterinario. Mexican Blacks habíamos visto muchos (negros, lustrosos); las Russian Blue eran entonces, para nosotros, una absoluta novedad.

Con Marra y Pompón llegaron también el atigrado, torvo y despeluchadísimo Nicklas (ocasionalmente llamado Pedregullo), del que más tarde hablaré, y otros dos Mexican Black a los que denominamos, sin excesiva originalidad, Gato Negru y Gato Rabu. El porqué de la terminación en *u* es un misterio, atribuible —se me ocurre ahora— a que tal vez los bautizó así un niño visitante. Negru y Rabu eran idénticos, salvo por el detalle de que el segundo tenía rota la cola y en forma de ele. Estaba claro que no pertenecían a la familia Pompón-Marra, porque iban a su aire y eran netamente mediopensionistas: a diferencia del insistente Nicklas, solo venían a comer de vez en cuando.

Estudiemos la tríada Russian Blue.

En una vida anterior, Zorrune (también llamada Mrs. Zorrangles, porque luego viajó a América) se llamó Natasha Ivanova. En los días de la revolución huyó a Crimea, lo que explicaba su afición a los desayunos lujosos. Intensamente neurótica y con ramalazos místicos, a veces desaparecía durante días e incluso semanas.

Desperada recibió ese nombre porque era muy temerosa y trepaba cada mañana al palosanto que hay frente a la ventana del comedor, desde donde maullaba sin sonido, como la madre en las escalinatas de Odessa en *El acorazado Potemkin*.

Grisbi y Scully tuvieron corta vida: un vecino cabrón las envenenó.

Como la gata Marra era la quintaesencia de las madres desnaturalizadas, Pompón fue el adiestrador de las tres rusas, y de pequeñas andaban tras él a todas horas. Más tarde, Zorrune se hizo cargo de su hermana Desperada: fue ella quien le enseñó (entre otras habilidades) a subir a los árboles. Cuando decidió que el aprendizaje estaba completo, la apartó de su lado con fieros bufidos, evidenciando que había heredado el talante arisco de Marra. Y mientras la delicadísima Desperada cumplía con el rol de la tía soltera, cantada por Serrat, Zorrune engendró a Kabuki y Ninette, que nacieron raquíticas, lo que las dotó de una agilidad portentosa. Lo del doble alumbramiento, por cierto, nos confirmó que no funcionaban en absoluto las píldoras anticonceptivas que les estábamos dando.

Kabuki era Mexican Black, pero tenía cara y ojos de máscara japonesa, y estaba claro que en su vida anterior había sido geisha, tan refinada como Maggie Cheung en *In the Mood for Love*, lo que explicaba sus andares elegantísimos y su gusto por los trocitos de carne pinchados en palillos, que atrapaba sin apenas rozarlos con los dientes.

Ninette era atigrada (o Romana, según el veterinario) y, por tanto, de superlativa inteligencia: a más rayas, mayor cacumen, nos dijo, teoría que alcanzaría su máximo cumplimiento con Bigún y Rosalía. Como diez gatos comenzaban a ser muchos gatos (recuento, en época álgida: Marra, Pompón, Zorrune, Desperada, Dospelos, Kabuki y Ninette, en el equipo local, y Negru, Rabu y Nicklas en el visitante) intentamos encolomarle Ninette a mi madre, pero se escondió bajo un sofá (la gata, quiero decir) y no salió durante un mes. Por las noches exploraba el piso y comía, para volver a su refugio al menor ruido. Cuando regresó al paraíso parecía haber olvidado por completo la desagradable experiencia porque no nos guardaba ni una sombra de rencor, aunque salía a escape cada vez que oía llegar a mi madre.

Cuando nacieron Kabuki y Ninette, y los envenenamientos se llevaron por delante a Negru, decidimos que se imponía una esterilización urgente. No fue un trabajo fácil ni rápido. Pepita utilizó lo que llamaba «sistema Eustaquio Morcillón», en homenaje al legendario cazador del tebeo. Consistía en sentarse a leer en el jardín, colocar un plato con comida en una jaula (el tradicional transportín), y sostener con una cuerda la portezuela, para dejarla caer tan pronto acudía una gata al reclamo alimenticio. Nos sorprendió mucho observar cómo picaron una tras otra, pese a haber visto, literalmente, que allí había gata encerrada, y así comprobamos el elevado coeficiente de Ninette, que entró la última y tras infinitos rodeos. El procedimiento le permitió a Pepita leerse dos volúmenes de la *Recherche* y las salvó de una muerte cierta, porque el vecino cabrón, fuera quien fuese, no cejaba en el suministro de ponzoñas.

Como Dospelos creció rodeado de gatas esterilizadas, el sexo fue para él un concepto abstracto, y nunca le vimos salir a por lío. Fue un príncipe virgen y melancólico, en la línea de Luis de Baviera, de sensibilidad extrema y líricos maullidos. Rehuía cualquier asomo de pelea y pasaba largas horas en tendederos, macetas y demás atalayas para prevenir posibles ataques.

Por su parte, Nicklas acabó encajando plenamente en el perfil del bastardo shakesperiano. El apodo le vino por lo mucho que nos recordaba a Nicholas Ray en su última época: era patilargo, tuerto, y de andares lentos y tirando a descoyuntados. Nuestros amigos, en cambio, lo consideraban más bien cercano a Ricardo III, opinión que las gatas parecían compartir, manteniendo una distancia a caballo entre el desdén clasista y la prudencia temerosa, con un trasluz de secreta atracción.

Nicklas se fingía humilde y reverencial, pero, como cualquier gato macho, planificaba desde su rincón la conquista del territorio. Destronó al viejo Pompón ganando terreno milímetro a milímetro, como si fuera una estatua, convencido (y había algo conmovedor en ello) de que al ponerse de perfil se invisibilizaba. Tenía otro talento más constatable, prueba de su doblez: imitaba el zureo de las palomas para saltar sobre ellas y zampárselas. Así, derrocado Pompón y tras la abdicación manifiesta de Dospelos, que nunca codició cetro alguno, Nicklas se convirtió en monarca absolutista.

Hasta que llegó Bigún, claro.

II

Bigún era un gato atigrado, de panza blanca, gran tamaño y excepcionales cualidades. Antes de que fuera definitivamente Bigún tuvo una larga sucesión de nombres. Al principio fue bautizado como Almudenita Mordecai, porque a mí me recordaba a José Bódalo, más concretamente a Bódalo en el papel que interpretaba en *Misericordia*, pero allí Bódalo era ciego y Bigún tenía una vista de lince. Poco después fue *Boule-de-suif*, apelativo pronto desechado porque sonaba denigratorio, y luego creo que fue Apapuchar Primero, por su imponencia de emperador asirio, y luego Wiguncio, porque tenía un aire al jefe de policía de los Simpsons, pero se descartó rápido: el jefe Wiggum (ya estábamos rozando su nombre definitivo) era gordo y encantador, pero tonto del culo, y Bigún era un gato sabio y majestuoso.

Y gordo también, gordísimo. Entre el impronunciable Wiggum (Hui-gam, según nuestro sobrino Alan, que casi lo japonizó) y Bigún hubo varios pasos intermedios: me vienen a la cabeza Bigorras, que intentaba ser un eco de Marra por la doble erre de sus ronroneos, y Rigodón, nombre más eufónico y ocurrente, a juego con sus bigotes estilo Clemenceau, gentileza de una amiga, Ane Elizalde, que así le llamaba cada vez que venía a casa, pero acabamos optando por Bigún, que nos pareció poderoso, rápido y de mucho respeto, y con Bigún se quedó.

Llegó en su tercera edad (o su séptima vida) y estuvo pocos años con nosotros. Calculo que cinco: del 99 al 2003. Malos años, que él supo ventilar un poco. Como Pompón, venía de la casa-vivero, entonces recién derribada, de la calle Septimania. Saltó la tapia de los jardines e instantáneamente y sin violencia alguna se hizo el amo. Antes he dicho que le comparábamos con Bódalo, pero acabamos descubriendo que a quien en verdad se parecía (por su autoridad benévola, por sus andares lentos, por sus ojos claros, verdiamarillos al sol) era a Jean Gabin.

Durante varias semanas se instaló, a modo de observatorio, en la mesa del jardín vecino. Comía el pienso que le dejábamos, en compañía de los otros gatos, y al terminar volvía tranquilamente a aquella mesa, desde donde miraba hacia nuestra casa, paciente como un buda.

El previsible enfrentamiento territorial con Nicklas tardó en llegar. El tuerto, que no era tonto, calibró en el acto lo imponente de su volumen y la longitud de sus zarpas, y desapareció del mapa. También supo esperar, pero con felonía, hasta pillarle cuesta abajo en su rodada, igual que hizo con Pompón.

Las gatas (y el lírico gato Dospelos) le reverenciaron desde el primer día. Sobre todo Desperada, que cada mañana subía la escalera del jardín como quien va hacia un trono, y bajaba la cabeza para que Bigún la tocara con el morro (o le pegara un paternal lametazo) a modo de bendición. Con Ninette, atigrada como él, mantuvo un casto romance otoñal, muy parecido al de John Wayne con Angie Dickinson en *Río Bravo*. Zorrune le contemplaba admirativa pero distante: quizás era demasiado plebeyo para sus aristocráticos gustos (o no le bastaba su aristocracia espiritual).

Recuerdo perfectamente la tarde en que me eligió. Porque fue así, una elección manifiesta. Fue el Viernes Santo de aquel año. Comenzaba a hacer calor y la puerta del jardín estaba abierta. Yo estaba leyendo en el sillón. Un libro de Bernard Frank, *Solde* o tal vez *Un siècle debordé*.

Bigún entró sin que me percatara, con extrema levedad, y trepó de un salto a mi regazo. ¡Pedazo de epifanía! Empecé a hacer espasmódicos gestos de gran alborozo, similares a los que debió ejecutar Edison cuando descubrió el bombillismo, pero eran señales mudas, para no espantar al resplandeciente felino (pues para mí brillaba en mis rodillas como un dios alienígena recién aterrizado).

Pepita estaba enfrente, en el sofá (o sea, a dos pasos), leyendo también con su habitual concentración, así que no se enteró de mis aleteos.

Alcancé a susurrar esta frase demente:

«¡Sssh, ssh, mira, eh, has visto, eh, el gato, el gato, se me ha subido el gato! ¡Soy el elegido!»

Pepita alzó la mirada del libro y, descreída, dijo que debía contemplar la posibilidad de que no me hubiera elegido a mí sino al sillón. Al ver mi cara de desconsuelo cósmico añadió, para quitarle hierro:

«Lo que está claro es que se trata de un gato sobrehumano.»

El emperador solo impuso un par de normas. Primera: a la hora del desayuno no comía si no le cepillábamos vigorosamente al mismo tiempo, lo que le producía una felicidad superlativa. Tardó algo más en imponer la segunda, pero le cogimos tanto cariño que acabamos rindiéndonos: quería dormir con nosotros, y extendió así la sobrehumanidad a Pepita, que casi acabó con el brazo dislocado, porque era justo allí donde Bigún depositaba sus —a ojo— trescientos veintisiete kilos.

Una tarde, a los pocos días de su entrada, le miramos y tuvimos la sensación de que llevaba toda la vida con nosotros y que eso no nos había pasado nunca con ningún gato.

Antes he mencionado sus excepcionales cualidades. Decir que era inteligente es quedarse muy corto. Sus dotes de percepción eran portentosas. Todos los gatos saben cuándo alguien está a punto de llegar, incluso cuándo ese alguien se encuentra a considerable distancia, pero Bigún llegaba a anticipar, con un maullido o un alzamiento de orejas, la inminencia de las llamadas telefónicas.

Es muy difícil intentar explicar la naturaleza de la conexión que estableció conmigo. Ignoro el porqué y, sobre todo, el cómo: hay amistades y amores que tampoco se explican.

Aún a riesgo de ponerme demasiado esotérico, diré que en la trilogía *La materia oscura*, de Philip Pullman, cada personaje tiene un *daemon*, esto es, «el reflejo del alma humana que camina al lado de las personas adoptando formas animales de acuerdo a su personalidad». Durante nuestra intensa relación quise jugar a creer que Bigún era mi *daemon*, pero era un puro deseo: ya me hubiera gustado a mí tener una cuarta parte de su bondad y su cerebro. Acabé pensando que la cosa funcionaba a la inversa: lo más probable es que yo fuera su *daemon* en periodo de prueba y aprendizaje.

Asocio a Bigún con Pepita en invierno, ambos en el sofá rojo, leyendo o escuchando música (sí, como si lo hicieran juntos), y conmigo le veo en verano, un verano que es una síntesis de los cinco que pasó con nosotros, yo leyendo en la cama, las ventanas abiertas, la brisa moviendo las cortinas, y él a mi lado como un animal de infancia, porque era allí donde me transportaba. Me vuelve otra imagen de placidez absoluta: Bigún tumbado boca arriba en el jardín, sobre la gravilla caliente, pero con las patas traseras elevadas, sobre el travesaño de una silla metálica, para no quemarse. O para activar la circulación, quién sabe.

Pero miento, miento por autoprescripción facultativa.

He dicho que ese verano recordado fue una síntesis de los cinco y caigo en la cuenta de que debería dejar fuera el último, el horrible verano del horrible 2003, un verano atrozmente caluroso, asfixiante, con el aire incendiado desde la mañana a la noche, sin tregua, no en vano Marte estuvo más cerca que nunca de la Tierra, como la apocalíptica Estrella Misteriosa de Tintín.

Llevamos la cama al comedor, porque estaba al lado del jardín y allí entraba algo más de fresco, o al menos eso queríamos creer.

A principios de aquel verano Bigún comenzó a estar mal. Comía y comía y seguía comiendo, pedía comida a todas horas y la devoraba porque, comprendimos, notaba que sus fuerzas le estaban fallando.

Intuíamos que el final estaba cerca y le dábamos todos los caprichos. En similar trance, Piker había desarrollado unas apetencias pasmosas: enloquecía con los berberechos, las naranjas y los helados de fresa. Bigún desarrolló una pasión (nada módica) por los langostinos. Congelados, pero langostinos al fin y al cabo. Caviar le hubiéramos dado si le hubiese hecho feliz.

En agosto tuvo lugar el brutal enfrentamiento con Nicklas, que abandonó sus cuarteles para ir a por todas. No vimos nada, porque fue un duelo nocturno y alejado. Escuchamos durante largo rato los roncos maullidos de amenaza, como los tambores que anuncian la batalla. Agarramos la manguera y disparamos sin diana clara, a sabiendas de que no hay quien separe a dos gatos que han decidido follar o pelear. Luego vino un silencio erizado (nunca mejor dicho) de amenaza. Y de pronto, porque los asaltos felinos suelen ser relampagueantes, estalló el estrépito del follaje agitándose y las ramas bajas tronchadas por el peso de los cuerpos trabados en combate.

Ganó Bigún, pero por puntos, y a costa de un feroz zarpazo (o bocado, no estaba claro) que le surcó media cara.

Le llevamos al veterinario y nos dijo que la cosa pintaba mal, muy mal.

La herida era seria, pero el problema, añadió, no estaba fuera sino dentro: se le había echado la edad encima y comenzaban a fallarle el estómago, el corazón, los riñones, el páncreas, todo a la vez.

Habíamos trasladado los sillones a la alcoba y allí se instaló. Se retiró, se apartó, como suelen hacer todos los gatos cuando olfatean la salida. Pero antes de que llegara septiembre, justo el 31, Bigún hizo algo sorprendente. Bueno, sorprendente en otros, no en él: intentó suicidarse como un patricio romano, ir hacia la muerte por su propio pie antes de que la muerte le atrapara. Es difícil de creer, lo sé, pero yo no podía interpretar de otro modo aquel duelo en el que tenía todas las de perder.

En el jardín vecino había un dogo canario enorme. Aquella tarde, cuando Bigún apenas podía moverse, le vimos bajar las escaleras y hacer algo que nunca había hecho: cruzó la valla que separaba las dos casas y fue hacia el perrazo, con paso lento, como Daniel Dravot en el Kafiristán, avanzando por el puente colgante que le llevaba al abismo. No pudimos pararle, ni lo intentamos.

Nos quedamos petrificados, conteniendo la respiración.

El dogo podía haberle tronzado el cuello igual que una barra de pan pillada al vuelo, pero también se quedó quieto, mirándole como quien ve una aparición. Quizás olió en él su muerte inminente, porque dio media vuelta y le perdonó la vida. Bigún permaneció milagrosamente solo por unos instantes en el jardín vecino y luego, como un juguete al que se le acaban las pilas, volvió por donde había venido.

Prefiero dejarlo ahí, olvidar los malos sueños, quedarme con esa imagen. Comienza a llover y Bigún sale de plano, como borrado por la lluvia, la lluvia que llevábamos esperando todo el verano, una lluvia casi tropical, de gotas cargadas de barro; un telón de agua que caía de un cielo verde, y yo llorando a juego con aquella lluvia, y el idiota de turno que siempre te dice «A fin de cuentas, un gato no es más que un gato», y las ganas de cogerle por las solapas y gritarle «Vuelve a repetir eso y te baldo a hostias, gilipollas».

Prefiero dejarlo ahí, pero quiero añadir que cometí un grave error, del que todavía me arrepiento. El veterinario nos había aconsejado sacrificarlo cuanto antes. Alguien, no recuerdo quien, nos recomendó una clínica. Nos aferramos a esa última oportunidad. Pésima decisión: eran una banda de miserables. Durante una semana le sometieron a análisis innecesarios. Me di cuenta de que eran unos canallas cuando nos dijeron, con voz meliflua, que podíamos pasar a verlo de tal hora a tal otra. Humanizarle era una forma de chantaje emocional. Y prolongar su agonía un negocio como otro cualquiera. Lógico: si se hace con los humanos, era solo cuestión de tiempo que lo hicieran con los animales que más quieres.

Jugaban con el dolor y la culpa. Fuimos a verle y se nos partió el alma. A la mañana siguiente determinamos que era mejor acabar cuanto antes. Aquellos cabrones se resistían. «Bajo su responsabilidad», dijeron. Casi llegamos a las manos. Lamento no haber llegado plenamente. Tiempo después pasé por allí: la mal llamada clínica había desaparecido. Pocas veces me he alegrado tanto de un cierre. Ojalá estén vendiendo pañuelos en un cruce.

Ahora miro a Rosalía, antes Anushka y luego Cosa Mala y después Sinforosa, y varios nombres más, según costumbre de la casa, sentada en el mismo sillón donde se sentaba Bigún. La miro, atigrada, enorme, la misma gama de colores, blanco, negro, gris, y pienso que se parece cada vez más a él. Como si fuera su hija. O su nieta. No, para empezar habría que saber cuándo castraron a Bigún, y por otro lado son muy distintos, Rosalía siempre ha sido más arisca, detesta que la cojan en brazos, aunque de un tiempo a esta parte... Y las tardes de verano también duerme en los mismos lugares del jardín, y con las patas alzadas sobre el mismo travesaño...

Las fechas tampoco coinciden, es absurdo. No logro recordar cuándo entró en la casa. Diría que han pasado demasiados años entre la salida de Bigún y su llegada... Y sin embargo...

Un viejo amigo

Vuelvo a ver a Jep Gambardella, vuelvo a escuchar sus palabras:

«*A questa domanda, da ragazzi, i miei amici davano sempre la stessa risposta: "La fessa". Io, invece, rispondevo: "L'odore delle case dei vecchi". La domanda era: "Che cosa ti piace di più veramente nella vita?". Ero destinato alla sensibilità. Ero destinato a diventare uno scrittore. Ero destinato a diventare Jep Gambardella.*» *

El mejor comienzo de novela italiana en mucho tiempo está en esas frases de *La grande bellezza*, de Paolo Sorrentino. Eso podría haberlo escrito Moravia o Natalia Ginzburg, aunque quizás ellos no hubieran utilizado la palabra *fessa*. Y en una novela sería difícil atrapar la mirada, la sonrisa, la elegancia y los andares de Toni Servillo en el rol de Jep.

---

* «De pequeño, a esta pregunta, mis amigos daban siempre la misma respuesta: "El coño". Pero yo respondía: "El olor de las casas de los viejos". La pregunta era: "¿Qué es lo que realmente te gusta más de la vida?". Estaba destinado a la sensibilidad. Estaba destinado a convertirme en escritor. Estaba destinado a convertirme en Jep Gambardella.»

Pienso mucho en él, sobre todo en verano. McCartney quería una postal escrita con claridad y una botella de vino cuando cumpliera 64. A mí me gustaría tener la elegancia y la sonrisa de Gambardella a los 65, que tampoco falta tanto. Una sonrisa fatigada y todavía cálida, capaz de mostrar fervor y embeleso. Me gusta el sonido de esas dos palabras, pero me gusta aún más lo que significan. Lo de su fiesta tampoco estaría mal, aunque no con esa gente. Uno de los problemas de mi amigo es la gente de la que se rodea, y de la que, al parecer, no puede prescindir. Mil veces se lo he dicho. Buena parte de esa gente, le digo. El resto no estamos mal.

Sorrentino le ha retratado muy bien. Las frases iniciales de su biografía no apuntan a un cumplimiento sino a la constatación de un desvío. Gambardella las dice *in mente*, rodeado de bullicio y de música, en el justo centro de la fiesta. Todo parece indicar que se encuentra en la cima del mundo, pero pronto veremos que no es exactamente así. Y que en esas frases está parte de la clave de lo que le ha sucedido.

Si se piensa un poco, lo que dijo Gambardella de niño es una soberana memez. Podemos estar de acuerdo en que indica una cierta sensibilidad, pero a nadie puede gustarle «más que nada en la vida» el olor de las casas de los viejos. Mi amigo no tiene un pelo de tonto, y no parece que lo tuviera de pequeño. Esa es una frase dicha para distinguirse de los otros, una frase para figurar. Y es en eso en lo que se ha convertido.

Creía estar destinado a ser un escritor, pero tras escribir un primer libro muy aclamado se cortó la coleta y optó por convertirse en «el rey de los mundanos». Un figurón. O una figuración. Eso es lo que parece constatar, con un gajo de melancolía, en lo alto de la fiesta. A veces la melancolía es una puerta entreabierta, un fragmento de piel viva bajo la máscara.

Me he encontrado con bastante gente que detesta a Gambardella. Que le considera cínico, arrogante, vendido. Como alguien hizo correr que *La grande bellezza* era una puesta al día de *La dolce vita*, Gambardella tenía que ser, por fuerza, un emblema de la decadencia berlusconiana, de la corrupción periodística, del vacío repintado de purpurina e hinchado de bótox. Solo que yo nunca he creído que Gambardella fuese un periodista del corazón (o de la *fessa*) ni que estuviera vacío: mi amigo es demasiado refinado, demasiado sensible, aunque su corazón a veces esté lejos, como canta la sibila Else Torp, ese agua que sube y amenaza desbordarse: «*My heart is in the Highlands, my heart is not here*». Algunos se preguntarán a qué Highlands se refiere. Da igual: están lejos, siempre están lejos. Apunto que tampoco la directora de su periódico parece, ni muchísimo menos, una cretina al uso. ¡Ah, tener una directora que te invita a comer arroz en su despacho, mientras te insta a que sigas escribiendo: «Lo que quieras, Jep, lo que quieras. Y cuando y como quieras»! Gambardella siempre ha estado rodeado de vaciedades, pero su actitud hacia ellas no ha sido complaciente. Basta ver lo que le pregunta a la supuesta artista de vanguardia que finge pegarse testarazos contra un muro: quiere realmente entender (y desmontar) lo que hay tras su jerga impostada.

Yo adoro a Jep Gambardella. Adoro la *nonchalance* de su deriva, que nada tiene que ver con la indiferencia, y su irreductible vocación de llevarse bien con la vida. El diccionario define *nonchalance* como «displicencia elegante». Antes he mencionado a Moravia y Ginzburg, pero también podría ser un personaje de la Sagan, como casi todos los que modeló sobre su gran amigo Bernard Frank, el último gran cronista parisino, a quien tanto echo de menos. Bernie y Jep tendrían que haberse conocido.

Manuel Jabois escribió que Gambardella es un hombre que todavía puede ver el mar en el techo de su cuarto, como Mina veía *il cielo in una stanza*, y el único capaz de hacerse con las llaves del tesoro para mostrarle a una mujer súbitamente entristecida la ruta secreta y nocturna de los grandes *palazzi*; un hombre que conoce (periodista, siempre) la importancia de la desaparición de una jirafa entre las ruinas del imperio, siempre orgulloso de que en su casa se haga la mejor conga de Roma: la única que no lleva a ningún sitio.

Pero *La grande bellezza* sí va hacia algún sitio: dibuja un camino hacia la luz, hacia la puerta entreabierta, hacia un vislumbre de lo sagrado, hacia el «Yo mismo, pero cumplido», aquella soberbia respuesta que dio Montherlant cuando le preguntaron lo que querría ser de mayor. Estamos ante una historia clásica: Gambardella atrapó la gran belleza en su primera juventud y luego se salió del camino. Por indolencia, por ambición, por cobardía, por una mezcla de todo eso: le iba más el lujo y el poder, «no solo de asistir a fiestas sino, sobre todo, de derribarlas», y pasó el resto de su vida vengándose de sus sueños «por cobardía, corrompiéndolos».

No es ese su único problema. Es inteligentísimo pero no quiere a nadie y nadie le quiere a él, salvo la sabia asistenta que le cuida (y que, por cierto, le da un talismán que se revelará muy útil) y su amigo el dramaturgo, tan parecido a Ennio Flaiano, que le venera. Por eso Jep se queda de piedra cuando le dicen que una mujer que acaba de morir le quiso con locura y él fue incapaz de darse cuenta. Mejor dicho: ahí es cuando la piedra comienza a quebrarse.

He conocido a unos cuantos tipos como él: enormes sentimentales que no saben qué hacer con el sentimiento.

Más problemas: se le está acabando la gasolina, está cada vez más harto (sin aspavientos) de lo que le rodea, y empieza a alejársele, desconsideradamente, en un veloz *travelling retro*, la Roma de su plenitud, una ciudad y unas gentes que ya no están ahí. Es posible, en fin, que para comprender a Gambardella haya que tener «una cierta edad», pero otra prueba de su buen talante es que, como Bernie Frank, solo blande el hacha cuando el grado de falsedad o cretinez cruza la línea roja de lo ofensivo. Le retrata muy bien la escena en la que se ve obligado, por requerimiento expreso, a cantarle las verdades a una de sus amigas, que pretende dárselas de escritora comprometida, y entonces él golpea «*sans haine et sans colère, comme un boucher*», que decía Baudelaire. La golpea calmadamente, con palabras tranquilas, feroces, certeras, por su ego desmedido pero, sobre todo, por su mala educación, por romper un pacto tácito y sensato: «Nos conocemos todos desde hace muchos años», viene a decirle, «y no nos vanagloriamos de lo que no somos. Sabemos perfectamente cuáles son nuestras debilidades pero nos tenemos afecto».

A medida que avanza su biografía, Gambardella comienza a recibir varios disparos (con silenciador) en su línea de flotación. Hay un último amor, a cuyo doloroso final, elegantemente, no asistimos. Pero sí nos hace ver Sorrentino un funeral en el que Jep rompe a llorar a chorros, después de habernos dicho que los funerales son un gran teatro, un espacio idóneo para la representación. La pregunta servida tiene tres patas: ¿llora sacudido por la emoción (aunque tal vez no por ese muerto), llora representando, o, como el famoso dicho de Pessoa, «finge tan perfectamente / que hasta finge que es dolor / el dolor que en verdad siente»?

El último tercio va a mostrarnos la irrupción de lo sagrado, que Jaime Gil definía como «aquello que nos devuelve una imagen completa y perdida de nosotros mismos». Llamémosle sagrado, llamémosle epifanía o llamémosle, directamente, milagro, según la espiritualidad de cada uno. Lo sagrado puede brotar en cualquier parte para quien sepa verlo. Puede encarnarse, a la manera de la niña bajo el emparrado de *La dolce vita*, en una monja centenaria y desdentada que masca raíces y es capaz de conjurar una bandada de flamencos rosa al amanecer, a los que puso nombre, uno por uno, en otro tiempo. Lo sagrado puede ser una revelación o un empujón. Para escribir, por ejemplo, al fin, la novela tanto tiempo esperada, una novela de la que le acaba de ser entregada a Gambardella su perfecta escena inicial. O su colofón.

Es muy posible que acabe de encontrar también la mejor manera de llenar sus mañanas y, de rebote, el tiempo que le queda.

Ahora vamos a dar una vuelta, viejo amigo. Ya es otra vez verano, y parece que a medianoche refrescará un poco, que ya iba siendo hora. No hace falta que hablemos mucho. Compartiremos alguna frase, algún recuerdo. Hablaremos de lo que estamos leyendo. O de camisas, camisas de Bel o camisas de Xancó, de seda y a medida. Algún chisme, sin violencia. Alguna canción antigua: *Love in Portofino*, de Fred Buscaglione; *Una giornata al mare*, de Paolo Conte. Caminaremos acompasados como dos perros, con las cabezas bajas pero atentos a lo que se cruce en el camino, o a esa luz tamizada que sigue brillando en una ventana alta. Podríamos charlar un rato con Jaime en la barra del Sandor, y acercarnos luego hasta aquel bar que todavía sigue abierto a las tantas. ¿Cómo se llamaba el dueño? Y luego, después de despedirnos, intentaremos esquivar el espejo de los respectivos ascensores: ya se sabe que adelantan.

Mi mensaje de madrugada: cuando amanezca, antes del calor, siéntate de nuevo ante la Olivetti.

Tienes tu escena. Tienes tu primera frase,

Mientras la luz limpia y fresca baña los tejados de la ciudad, escribe:

«*A questa domanda, da ragazzi, i miei amici davano sempre la stessa risposta…*».

Esqueleto

En la mañana fue la agitación
ecos de la boca que nunca se sacia
y velando por tu bien repite órdenes
danos lo que tengas
te queremos útil hasta los setenta
muérete deprisa y déjanos la cama.

A media tarde, un rayo de sol
tomó prestado su amarillo
de los limones sobre el mármol.

Al anochecer el cielo azul turquesa,
aquel batir antiguo de tortillas
reliquias
las ventanas de claridad humilde.

Llegó luego el regalo de reunirse
junto al fuego de una historia
y la noche cerrada
cuando sobreviene
lo soslayado entre las horas

lo que hiciste mal o dejaste de hacer
oscuros bultos
las informaciones absorbidas como hollín
y sobre todo esa
la capital
que te despierta siempre
con puntualidad inexorable
a las cinco de la mañana.

He aquí el esqueleto de este día que acaba.

La carne que recomienza es el amor
y la vida llevada, como dijo el poeta,
sobre el deseo que tengo de vivir.

La bandera de Sharon Tate

Me ha vuelto Sharon Tate (unida a un destello del color californiano de aquellos años: el naranja) mientras leía *El álbum blanco*, de Joan Didion. Sharon Tate con tres colores como los de una bandera: dorado, naranja, blanco. A menudo brotan cadenas de cosas, constelaciones, migas de pan que llevan al tesoro o a la casa de la bruja. En el Doble Blanco de los Beatles (que en inglés se llama *The White Album*, a secas) está *Helter Skelter*, que, según se dice, fue la canción detonadora de los horribles crímenes de Cielo Drive. No lo creo, como tampoco creo que *El guardián entre el centeno* despertase voluntades homicidas. Cualquier cosa puede hacerlo, la luna llena, una palabra más alta que otra, una cefalea, el grosor de la guía de teléfonos, y al maníaco siempre le resulta muy conveniente esa voz presuntamente exterior, esa figura que creen ajena y que impulsa, obliga, dicta. Podía haber sido *Helter Skelter* y podría haber sido *Piggies*, donde Harrison canta «*what they need is a damn good whacking*» (y *pigs* fue la palabra que apareció en los muros de Cielo Drive), y podría haber sido... Da igual: el viento de la locura sopla donde quiere. O no sopla sobre lo que podrían ser campos abonados para la semilla maléfica. Pensemos en los Stones, por ejemplo. Que si *Let It Bleed*, que si *Their Majesties Satanic Request*, que si *Sympathy for the Devil*, y ningún asesino les tomó (y a Dios gracias) como suministradores de mensajes cifrados y fatales. Vale, pasó lo de Altamont, pero eso era otra cosa: a los Hells Angels no les hacían falta mensajes para pegarle a alguien una puñalada. El Doble Blanco, en cambio, generó incontables teorías delirantes, todavía más que *Sergeant Pepper's*: la felicidad es una pistola caliente, la revolución está a la vuelta de la esquina, lo que esos cerdos necesitan es una jodida paliza, pincha el disco al revés (¿cómo se hacía eso?, ¿alguien lo hizo, alguna vez?) y una voz te informará de que McCartney ha muerto y alguien lo ha reemplazado.

Desde lo alto de esa montaña de basura, Sharon Tate sonríe y agita la mano. Hola, Sharon.

Me interesa más saber por qué Joan Didion eligió el título de *El álbum blanco* para hacer balance y tratar de dar carpetazo a sus experiencias de los sesenta. Quizás, pienso, porque el doble disco fue algo parecido, una suma, un muestrario, una liquidación por fin de temporada, tras la cual cada uno de los Beatles encuentra su camino y comienza a marchar por su lado: *Four Way Street*, como el de Crosby & Stills & Nash & Young, también habría sido muy buen título.

¿El Doble Blanco, un resumen de las ilusiones, anhelos, falsas quimeras y paranoias de los sesenta? Podría ser. Quizás haya otros discos semejantes en esa época, pero ninguno tan conocido como ese. El libro de Didion también parece hecho de recortes, piezas aparentemente inconexas pero bañadas por la misma luz, la luz de finales de la llamada década prodigiosa, la luz de atardecer cuando baja la ola, cuando todo está muy cerca del desquiciamiento. En ese libro, Didion narra su quiebra anímica, su tratamiento psiquiátrico en el Saint John's Hospital de Santa Mónica en el verano de 1968 («poco antes de que *Los Angeles Times* me nombrara Mujer del Año»), sus encuentros con los Doors, y sus entrevistas con varios Black Panthers y con Linda Kasabian, una de las integrantes del clan Manson, implicada en las muertes de Sharon Tate, Jay Sebring, Abigail Folder, Steven Parent y Voytek Frykowski en Cielo Drive, el 9 de agosto de 1969, y de Rosemary y Leno LaBianca en Los Feliz, la noche siguiente. Cielo Drive, Los Feliz. Dos buenos nombres para el paraíso antes de saltar en pedazos como un espejo roto, un espejo de plata.

«Mucha gente que conozco en Los Ángeles», escribe Joan Didion, «cree que los sesenta se terminaron de golpe el 9 de agosto de 1969, en el momento exacto en que la noticia de los asesinatos de Cielo Drive se propagó como un incendio por toda la comunidad, y en ese sentido tienen razón: aquel día estalló por fin la tensión. La paranoia se cumplió».

¿Hay un día o una noche en que las cosas empiezan o acaban?

No sabría decirlo. Didion no dice que ella lo crea: se hace eco de lo que mucha gente creyó entonces. Sigo leyendo. Poco más tarde escribe algo mucho más interesante acerca de la noche del 9 de agosto de 1969: «Recuerdo con mucha claridad todas las informaciones erróneas de aquel día, y también recuerdo otra cosa, y ojalá no la recordara: *recuerdo que nadie estaba sorprendido*».

En *Quemar los días*, James Salter evoca la casa de los Polanski en Cielo Drive, en Santa Mónica, que «imitaba una gran finca de labranza en Normandía», bajo el promontorio rodeado de palmeras en la playa.

Cuando recibió la noticia de las muertes, Salter pensó en Sharon y en la habitación de la pareja: «Era amplia, en el segundo piso, de cara al mar. El sol abrasaba el suelo. Los cajones de la cómoda empotrada tenían estrechas ventanillas de cristal para que uno pudiese ver el color de las camisas en su interior. En el hermoso cuarto de baño había dibujos de Matisse».

Dice luego: «Cuando Sharon Tate, junto con otras cuatro personas, fue asesinada absurdamente aquella noche, al horror y la repugnancia se añadió la vergüenza. América había sacrificado a una de sus inocentes. Era incomprensible, Dios no podía permitirlo».

Recordó luego una fotografía del brillante director en un sofá con la chica alta y grácil. «Cuesta ahora imaginar a la mujer en que se habría convertido. Sigue siendo tal como era, como si entre todo el rebaño hubiese existido esta criatura excepcional, un poco torpe quizás pero sin mácula y encarnando los rasgos esenciales, el verdadero corazón del paraíso que él de algún modo había esperado».

Sigue siendo tal como era, dice Salter. Sí, es cierto. Cuando mataron a Sharon Tate y a sus amigos yo tenía doce años y mi hermana tenía diez, y ella se acuerda todavía mejor que yo de aquel impacto, de aquel dolor incomprensible, porque no sabíamos nada de ella ni de su esposo. Era imposible esquivar la noticia de las muertes, porque estaba en todas las bocas, en todos los periódicos, en todas las revistas de aquel verano, casi como la muerte de Kennedy pero sin amenaza nuclear temblando en el aire. Mataron a siete personas, pero ella destacaba entre todas. Era difícil esquivar el rostro de Polanski con gafas oscuras, descoyuntado por un sollozo, como si una mano invisible y brutal le estuviera estrujando la cara, pero imposible apartar la foto de la bellísima muchacha rubia y la frase que saltaba como un zarpazo a los ojos, la frase con las tres cifras: tenía veintiséis años, estaba embarazada de ocho meses y la mataron de dieciséis puñaladas.

Un año más tarde, en febrero o marzo, fui con mi abuelo al cine Atlanta a ver *La mansión de los siete placeres*, suculento título español para el soso original, *The Wrecking Crew*, la brigada de demolición. No sabíamos que era la última película que rodó Sharon Tate. Para nosotros era una película de Matt Helm, el irónico agente secreto que en nuestra galería de héroes había reemplazado a Nick Carter, cosa muy comprensible. Nick Carter era Eddie Constantine, que se movía por un mundo en neblinoso blanco y negro, entre zonas de sombra y lluvia y aisladas farolas, un mundo provincial, con mujeres opulentas pero siempre con un inconfundible deje de vulgaridad, como camareras de un club nocturno de cuarta fila, mientras que Matt Helm era Dean Martin, llevaba jerseys blancos de cuello alto y estaba rodeado de muebles aerodinámicos de color naranja y artefactos plateados y mujeres altísimas, estilizadas, casi extraterrestres, y entre todas ellas estaba Sharon Tate, que en aquella película interpretaba a su ayudante.

Allí estaba, como una gacela, llena de encanto y de torpeza. ¿Resucitada? No, doblemente muerta, doble y dolorosamente muerta. Era una despedida. La veíamos, pienso ahora, como dos mortales a los que nos hubiera sido concedido el breve privilegio de ver a una diosa antes de su desaparición. Como si también nosotros fuéramos un poco Polanski.

Fue muy extraño lo que sentimos al verla, y es un plural hipotético: no puedo saber lo que sintió mi abuelo, porque no hablamos después, pero en nuestro silencio mutuo había algo desolado, algo irremediable.

No era una diosa imponente, estatuaria: lo sagrado estaba en sus ojos, en su sonrisa, en la longitud de las piernas, en el encanto y la dulcísima patosía de sus movimientos. Y estaba el deseo, por supuesto. Aquella tarde de invierno, en un cine de reestreno, en la Barcelona de 1970. Una diosa abatida por la irracional brigada de demolición, alzando unos instantes, para nosotros, la bandera blanca, dorada, naranja. Y nuestros ojos: los ojos del deseo perdido en mi abuelo, en mí los ojos del deseo naciente.

Buenas noches, princesa.

**En su mejor momento
como mujer y como actriz**

Yo había escrito «Malé Staufeld tiene las piernas alegres y la sonrisa triste», y aquello, me dijeron, le gustó mucho. Debió de sonarle como la crónica de un viejo crítico argentino, un adorador con barba blanca, un Ernesto Schoo de Barcelona, aunque yo era joven entonces, relativamente joven, vi unas fotos el otro día y no me lo podía creer. En una de aquellas fotos jugamos a bacanal romana, la última noche en la casa de la Rue Paul Albert, Malé con los pechos al aire, tendida como una odalisca feliz en el sofá, Beto Mendilaharzu alzando su copa, y Pepita y yo dándonos de comer racimos de uvas como en un friso.

¿De dónde habría sacado yo aquella camisa que parece rosa pero era roja, para no hablar del sombrerito negro de ala corta, tan linoventuresco? Los colores de la foto y de las ropas, brillantes y desvaneciéndose, hacen pensar en las emulsiones de Kodak o Eastman de los años setenta, pero era bastante más tarde.

Nosotros teníamos treinta o treinta y pocos años. De Malé queda feo decir la edad, y además nunca representó la que tenía. Y a Beto Mendilaharzu, que entonces andaría cerca de los sesenta si no los había cumplido ya, y a saber si vive todavía, voy a concederle el cumplimiento de su fantasía de eterno retorno, porque fue justo aquella noche cuando alguien (quizás Ari, la hija de Malé, que no está en la foto porque a esas horas las niñas buenas sueñan con Elvis) le preguntó a qué edad de su vida le gustaría volver si pudiera, y Beto dijo que a los treinta.

Beto, como se verá, era argentino, igual que Malé y Ari y Coco Pereira y Nelva Fenelli. Casi todos los que saldrán por aquí son argentinos, salvo la bella y diminuta Elenita Santángelo, italiana, y algún otro que quizás asome la nariz si le recuerdo. Y Pepita y yo, claro.

«Entre los treinta y los cuarenta, esa fue mi mejor época», había dicho Beto. «No me quejo de la de ahora, pero cada día hay más goteras, y el tiempo pasa demasiado rápido, y ves la terminal y el chau, no va más, y pido perdón por contar el final de la película. A los treinta ya sabés unas cuantas cosas de la vida, pero en cambio tenés una fuerza que no vas a volver a tener, y podés meterte de todo y pasar noches en blanco, y estás en lo alto de tu curiosidad, y creés que todavía tenés mucho camino por delante. Mejor dicho: no ves el camino, ves el alrededor como una gran llanura. Y eso dura, con algunos baches, hasta los cuarenta. Así que si pudiera me gustaría volver a los treinta, vivir de los treinta a los cuarenta, y después volver a los treinta, en *loop*, y así eternamente.»

«¿Recordando o sin recordar lo vivido?», le pregunté yo, y creo que no me respondió porque algo pasaba con la cámara de fotos.

Pero estaba hablando de Malé Staufeld, que es la protagonista absoluta de esta historia, porque siempre tenía que serlo, el sol y la luna de todo, y por supuesto Venus, que ya refulgía en el cielo parisino y había hecho que se quedara con las tetas al aire para mejor recibir los efluvios de la diosa tutelar, aunque Malé se quedaba en lolas a la que se le ponía en las ídems. Volvamos uno o dos años atrás, al principio, en Barcelona.

Yo acababa de ver su espectáculo y titulé la crítica *A sus plantas rendido un león*, declaración obviamente admirativa pero también doble guiño, al himno nacional argentino y a la novela de Osvaldo Soriano.

Nos presentó el novio y mánager de Malé, Joan Manel Ulldecona, talanca, como bien indica su nombre, aunque parecía (hombretón, mostacho, napia, afabilidad instantánea, cálculo, egolatría, verborrea) un porteño de pura cepa. También el café del Paralelo donde nos vimos por vez primera parecía repentinamente porteño. Malé era todavía más alta y espectacular que en escena. Cosa curiosa, pues con las actrices suele suceder lo contrario: gigantas arriba, pequeñitas de calle. Chispeaba aguanieve y ella rompió a hablar para calentarnos. Y como si hubiera sido verano, porque siempre hablaba para calentar, aunque no en la acepción rioplatense, que es ponerle a alguien de los nervios. Bueno, a veces te daban ganas de dispararle un dardo o de estrangularla un poquito, como sucede con todos los efusivos y efusivas, pero nada, solo hacer el gesto sobre su cuello adorable y besarla luego.

Hablaba y hablaba, y nosotros la escuchábamos embobados porque contaba historias como la mismísima Sherezade, y ahí solo querías abrazarla, y te partías el culo de risa, y a veces soltaba también de repente frases pomposas, impensables y encoturnadas, como «la televisión fue para mí un oasis de vidrio que se me clavó en la yugular», cosas por el estilo.

Lo primero que contó en aquel café fue el valleinclanesco episodio de su digamos bienvenida a la madre patria. Malé era celérica haciendo amigas y amigos, más amigos que amigas, y uno o una le encontró albergue en un bloque de apartamentos que estaba donde estuvo el Regio. Aquel edificio, levantado en los sesenta, era propiedad del empresario Riudoms, uno de los capos del Paralelo (Paralelebípedo Riudoms, decía ella), y alquilaba los apartamentos (o deptos, decía) a precios ajustados a los artistas que trabajaban en sus teatros.

Malé aún no había deshecho las maletas cuando sonó el teléfono para invitarla a una fiesta de cumpleaños que iba a celebrarse en los altos del Arnau. La voz telefónica pedía disculpas por haber llamado tan de sopetón (era la primera vez que Malé escuchaba esa palabra y pensó que allí se iba a servir sopa) porque la fiesta empezaba en cosa de una hora, y que si se quería pasar un momento y tomar una copa («¿Copa o sopa?», preguntó) y conocer a unos compañeros, de modo que llega allí, contaba, sin tiempo de comprar un regalo, sin saber siquiera si era chico o chica quien cumplía, y piensa qué fiesta más rara, porque no había gazpacho en grandes perolas, como imaginaba, sino unas descomunales hojas de palma repletas de plátanos y cacahuetes y nada más que eso, ni jamón ni olivas ni nada, bananas y maní, como decía ella, y saludo va y saludo viene, todos muy simpáticos, simpatiquísimos, y en esas alguien le dice «Ahí viene Panchito», y rompen a aplaudir y a cantar el cumpleaños feliz, y aparecen repartiendo puros dos tipos de pelucón y traje cruzado, con pinta de gángsters tontos de cine italiano, uno feo y el otro feísimo, y nosotros dijimos a dúo, sin necesidad de más datos, ¡los Moratalla!, y ella: ah, ¿conocían la historia?, y nosotros: no, pero esos solo pueden ser Tete y Tato Moratalla, le informamos, dos cómicos inclasificables o incalificables (la palabra *freak* aún no era de curso legal) que hicieron mucho dinero y películas atroces en los setenta y llevan años en caída libre, y Malé nos cuenta que el más feo, el feísimo, vamos, lleva en brazos a un chimpancé vestido de marinerito, y en ese momento ella se da cuenta de que la fiesta de cumpleaños es para él, para Panchito, le dicen que se llama, y se lo presentan, y Panchito le acaricia la cara con la manita, y todos se sientan a la mesa y hablan y ríen, y ella pensando, no puede ser, cuando lo cuente no me van a creer, y después dicen que los argentinos estamos relocos, y mientras piensa eso Panchito se queda roque en el hombro de Tato como un peluche bajo de pilas, y Tato le acuna, y la mujer que está sentada junto a Malé, una vieja *vedette* de voz aguardentosa, le dice «Mírale, se cree que es su hijo», y ella no supo si quería decir que Tato consideraba a Panchito su retoño o que descendía de él, cosa también harto probable, y esa fue mi recepción oficial en España, chicos, así que estoy a punto, todo lo que pueda venir a partir de ahora va a ser una gilada, nos dijo en aquel café tan cercano al lugar de los hechos.

Pasaron unos meses. Yo no pensaba que volvería a verla, siempre he descreído un poco de los encuentros arrebatados y los amores a primera vista, pero hago mal, y a las pruebas me remito, porque Malé llamó una tarde con un trémolo de urgencia, una tarde también muy argentina, de mucha lluvia y grisura, una tarde, digamos, de tango de Julio Sosa. Le había sorprendido mucho que yo conociera a Sosa y a Rivero, a Nelly Omar, a Tita Merello, y que tuviera sus discos, y de discos iba la cosa, porque buscaba canciones de Concha Piquer, y decía «la Piquer» para no pronunciar su nombre, que allá es mala palabra.

«Me dijeron que solo vos tenés esas cosas», dijo.

La exageración era el principal rasgo de su carácter. El segundo era el entusiasmo. El tercero, la duda que hiere. Los tres formaban una perfecta combinación alquímica.

Aquella tarde nos habló de su vida difícil y sus difíciles hombres. Dos matrimonios. Decía, con mucha gracia: «¿Y cómo podrían haber funcionado, si siempre me casé con alguien que era del otro sexo y no era de mi familia?». Luego, tras un sorprendente silencio, soltó «Llamó Coco Pereira», y alzaba la barbilla, como si le hubiera llamado un miembro de la realeza europea, y en cierto modo lo era. Pereira había sido un rutilante director de la vanguardia argentino-parisién en los setenta, y luego se perdió (o se encontró) en los pasadizos laberínticos de los grandes teatros de ópera. Ahora iba a hacer algo nuevo, algo diferente, algo formidable: un musical en clave autobiográfica sobre el mundo de su infancia en Lanús. Un gran espectáculo, en París capital.

«Y quiere que yo sea la *supervedette*», añadió.

«Qué menos que Monix», dijimos Pepita y yo casi al

unísono. Puso cara rara, porque era alusión a un anuncio local y pretérito, pero entendió.

Irónicamente, a Pereira se le había ocurrido darle el papel de una española. Una española opulenta (eso ya venía en el lote), de peinado torreónico, mantilla negra y navaja en la liga. Y caniche adjunto, como se verá. Una española que cantaba canciones españolas. Una española con calambrazos italianos, *amaggioratada*. Pasamos una tarde muy entretenida seleccionando canciones, de la Piquer y de Mina y la Vanoni, porque Pereira le había dicho «Elegilas vos, así como sos, tan divina, y con mucha pasión y mucho drama».

Yo estaba encantado. Me sentía productor, director, compositor, todo. Pregunté por el título del musical.

«*Chansons éperdues*. Canciones perdidas. Bueno, no quiere decir exactamente eso. Es un juego de palabras, me lo explicó pero ya no me acuerdo.»

Quería yo llevarla por senderos algo menos trillados, pero acabó yendo a lo clásico: *Tatuaje* y *Ojos verdes*. «Que al fin y al cabo», dijo, «tampoco las conocen tanto en París de la Francia, ¿no?».

Del mundo itálico se llevó *Ho capito che ti amo* y *L'importante è finire*.

Preguntamos por local, fechas, todo.

«Esperá, esperá, eso está por ver. Todavía no decidí.»

«¿Cómo que aún no...?»

«A los hombres no hay que darles el sí enseguida, querido.»

Subtexto: le asustaba horrores debutar en París (no hablaba una palabra de francés) y le asustaba separarse de su hija, Ari (por Ariadna), a la que pronto conoceríamos. Para artesonar la larga cambiada que le estaba pegando a Coco Pereira, le echó arte y lo hizo sonar, y echándome los brazos al cuello, ya en la puerta, cantó, ilustrativa:

Cuando estés en la vereda y te fiche un bacanazo
vos hacete la chitrula y no te le deschavés
que no manye que estás lista al primer tiro de lazo
y que por un par de leones bien planchados te perdés.

La segunda vez Malé vino a casa (con Ari) para celebrar el sí a Pereira, al que había mareado durante un mes o quizás más. Llegó, sorpresa tremebunda, con el cabello salvajemente corto, a lo Jean Seberg de Juana de Arco. Su espléndida cabellera pelirroja había desaparecido y en su lugar había un pajizal mal trillado, porque fue a un peluquero que estaba en evidente periodo de pruebas. «Y, qué vachaché», dijo, «me agarró un ataque de sumisión. Hembra débil soy y me entrego».

Hicimos espaguetis. Mientras los escurríamos era imposible no pensar en la poda capilar. Apoyada en la puerta de la cocina, fumando un cigarrillo, Malé parecía, por su mirada melancólica, estar pensando en lo mismo.

«Barato era barato», porfiaba la desventurada.

«Es que si encima llega a ser caro», dijo Pepita.

Ese día comprendimos que otra de las especialidades de Malé era compensar un gran momento con una metedura de pata de similares dimensiones, y yo me sentí muy identificado con el neurótico proceder y pensé que Malé era mi hermana porteña. Cuando Coco Pereira la vio con aquellos pelos de colaboracionista pillada por las brigadas de tonsura tuvo uno de sus legendarios ataques de nervios, pero como era hombre optimista se repuso pronto.

«Mejor así», dijo Coco, «porque vas a usar seis pelucas diferentes, una para cada escena».

Mientras Malé nos relataba el episodio (brote, más bien), Ari se había alejado como un gato y fingió abismarse en la lectura de una gorda biografía de Elvis que llevaba a todas partes, pues en esa época Elvis era su único Dios verdadero, y es por ella que le pongo a la palabra una herética mayúscula. Ari tenía entonces diez u once años. No he visto nunca fotos de Uma Thurman a esa edad, pero seguro que se le parecía mucho. Uma Thurman con las gafas de Harry Potter (que aún no había aparecido en escena). La comparación felina no es solo por su rostro y sus andares, que también, sino por su alejamiento y disimulo para mejor observarnos: como los gatos, solo se acercaba a alguien tras un lento y pormenorizado estudio caracteriológico, y hacía muy santamente, y demostraba con ello que era lista como el demonio y que a su temprana edad sabía manejarse muy requetebién, por todo lo cual, como fuimos viendo, ejercía *in pectore* de secretaria, confidente, casi mánager y casi madre de Malé, muy necesitada de todos esos servicios.

«Para convencerme, Coco, que es un amor», dijo Malé, «me puso casa, como a las queridas de antes. Lo que se dice una mansión, toda para nosotras».

O sea, que con sus astutas maniobras dilatorias, Malé no solo había conseguido casa («mansión», insistía) en París sino además, jugada maestra, billete y estancia y dietas para Ari: realmente era para celebrarlo. Después del brindis añadió: «¿Por qué no vienen a pasar unos días allá? Van a ver que hay espacio de sobra, sería fantástico». Nos miramos. Una mirada muy rápida. ¿Por qué no? Dijimos que sí, que claro. Brindamos por la conquista de París. Nos abrazamos. Cantamos a dúo *Muñeca brava*.

> *Che, madam, que parlás en francés*
> *y tirás ventolín a dos manos...*

Luego las cosas se complicaron. Los ensayos comenzaron a alargarse. Ella llamaba por las noches, con frecuencia creciente. Era la frecuencia lo que nos alarmó. Y su forma de esquivar el asunto.

«No, cuéntenme ustedes. Extraño tanto su casa, las tardecitas de Barcelona...»

Tenía la voz rara. Opaca, a ratos oscura.

Volvíamos a preguntarle. Contestaba:

«Y, bien. Bien, bien, sí. Un poco como el orto, pero bien.»

«¿Cómo que un poco como el orto?»

«El clima acá es es-pan-to-so. No saben cómo extraño el mar. Cielo encapotado todo el día, y a la noche meta llover. Un frío de mierrrrrrda...»

Yo le pedía que me cantara *Ojos verdes*, para animarla, para que se le calentara la voz y me calentase el oído.

«Ah, no, mi amor, ahora no, estoy *tan* cansada...»

O *Muñeca brava*, nuestro himno.

«Bué, ahí va. Pero los dos juntos... »

«*Sos un biscuit, de pestañas muy arqueadas...*»

«... *muñeca brava, bien cotizada...*»

Una tarde llamó Ari, cuando Malé estaba en el ensayo. Más adulta y serena que nunca, como si hubiera crecido varios años en pocas semanas. Sí, yo creo que crecía así, a grandes zancadas, devorando la cronología. Pero sin prisas, eso no, nunca. Un remanso de paz nos parecía Ari.

«Mal. Siempre le pasa lo mismo en los ensayos, cree que no va a poder, que todo está en contra suya. Pero acá es peor porque no están sus amigos, no están sus calles... Y la mata lo de tener que decir frases en francés, lo está aprendiendo fonéticamente. Para colmo, se separó de Joan Manel. Les digo para que lo sepan, pero no le digan nada a ella. Un desastre, terminaron remal. Aunque yo creo que a la larga mejor.

»Este... ¿lo de venir ustedes, aunque sea un finde?»

Dos o tres días después se desbordó un trabajo imprevisto. Imposible un finde e imposible, fuimos viendo, ir al estreno.

A Malé se le vino el mundo encima.

«No me pueden hacer esto, chicos. No me lo hagan, que no se lo perdono.»

Pero no había otra. Lo entendió, acabó entendiéndolo. Y nos perdonó, porque perdonaba siempre a los suyos, a los que eran familia. Llamamos la noche del estreno, eso sí, casi de madrugada. Ari nos había dado el teléfono del camerino.

Malé volvía a ser la de siempre. Flotaba. Flotaba en un mar de rosas, decía, «porque me llenaron esto de ramos, tienen que verlo, estoy como Libertad Lamarque en *Hello, Dolly!* Rojas y blancas, menos el color que no se dice. No van a creer quiénes acaban de pasar a saludarme: la Sagan y la Deneuve, chicos. Y el director ese peladito, viejito, muy amoroso... Inglés pero que vive acá hace mil años... Ese, Peter Brook. No le entendí mucho porque habla medio raro, pero estaba feliz con el show. Y un escritor que vos conocerás, esperá, porque me dejó la tarjeta... René... René de Ceccatty. Se me arrodilló, queridos. Ay qué risa. Se arrodilló ante la Staufeld, como se los cuento. Y con testigos, porque estaba Paulita, la sastra, que casi la tengo ahogada con tanta rosa, ¿no es cierto, Paulita?».

Pensamos que exageraba de nuevo, pero dos días más tarde, Colette Godard hablaba en *Le Monde* de «la *éblouissante* diva argentina», como si fuera la protagonista absoluta.

Chansons éperdues se convirtió en un gran éxito. La función de la que todo el mundo hablaba, la función que había que ver.

La casa también era como nos la había descrito. Tres plantas, tejado a dos aguas, las ventanas pintadas de rojo, la fachada cubierta de enredaderas. Estaba en Montmartre, en la Rue Paul-Albert, una calle corta, blanca y limpia, como de ciudad costera, a cuatro pasos del Sacré Coeur. La dueña, nos contó, era la cantante Élisabeth Wiener, amiga de Coco e hija del famoso compositor Jean Wiener, que había hecho la música de trescientas cincuenta películas («¿viste?»). Cuando llegamos, Malé estaba asomada a la ventana del piso más alto, radiante, esperándonos:

«¡Trajeron el buen tiempo!»

Era verdad, porque hacía un día esplendoroso, azulísimo, «un día peronista», decía, y la primavera gorjeaba ya en el aire.

«Qué bueno que vinieron... Coco apenas se ocupa ya de mí.»

«¿Y la compañía? ¿Hiciste amigos?»

«¿Compañía? Ni me hables. Ahí cada uno hace la suya. En el ensayo mucho abrazo y mucho jijí jajá, pero cuando terminan, todos corriendo al subte. *Le métro, le métro,* como si hubiera sonado el toque de queda. Yo no sé ni dónde van ni dónde viven ni lo que hacen. Y la pobre Malé sola, sola, siempre sola...»

«Gracias, mami», murmuró Ari. «Vos seguí así, que se me está acabando la reserva de nafta», amenazó con sonrisa de niña buenísima.

«Perdoná, mi cielo, tenés razón. Si no fuera por vos... Y por ustedes.»

Nuestra amiga, descubrimos, apenas salía de allí.

«Coco me dice: llegaste a la cima, París es la cima. Pero París visto desde Baires es otra película. Hay muchas cosas que no saben.»

«¿Quiénes?»

«Quiénes van a ser. Los franchutes.»

«¿Por ejemplo?»

«Para empezar, no saben comer. Na-da-de-na-da», dijo, casi susurrando, como si fuera un gran secreto.

Cada mediodía recorría los escasos cien metros que la separaban de un pequeño bar regentado por unos rosarinos, porque allí hablaban en su lengua y daban empanada y milanesas y mate, y alfajores de postre. De casa al barcito y del teatro a casa, eso era París para ella.

«Es que en París se come muy mal», repetía. Subtexto: Y está todo carísimo, carísimo. Y Malé, sabíamos, tenía que mantener a sus viejos y ahorrar para los tiempos duros, que siempre estaban fauciabiertos a la vuelta de la esquina, y darle estudios a la nena, decía, así que ahorraba como hormiga encovachada. Pero también era cierto lo que Ari, que la conocía mejor que nadie, nos dijo en un aparte: Malé necesitaba su comida, sus voces y su música, y por eso siempre sonaba en la casa el runrún de fondo de una emisora latina que daba cumbias, boleros y merengues. Y la lambada, era la época en que la lambada sonaba en todas partes. Uno de aquellos días cometí el inmenso error de querer sintonizar France Culture y se armó tremenda escandalera porque Malé no podía localizar de nuevo la emisora latina: le había cortado el cordón umbilical.

Luego estaban los dolores. Amplísimo catálogo. Los que brotaban por la mañana, los que emergían antes y después de las funciones (nunca los mismos), los que la despertaban de su sueño inquieto. ¡Cuán espejeado me sentía! Dolor de muelas, dolor de espaldas, dolor de pies. Bultitos sospechosos ante el espejo del camerino, y de vuelta, siempre ante el espejo («¡tan mal iluminado!») del lavabo.

Dolor de uñas. «¿Por qué me duelen las uñas, Ari? Mírame esto, Ari.»

No hubo forma de arrastrarla a comer a La Coupole, cual era nuestro antojo: nos acodamos en la escuálida mesita de los alegres rosarinos, que la recibieron con reverencias versallescas y no nos cantaron la zamba de Balderrama porque no la tenían en repertorio.

Devorando milanesas nos habló de Coco, que había sido guapísimo de joven aunque un poco caretón para mi gusto, decía, pero todavía se le notaba la lindura, porque se cuidaba muchísimo. Como galán hizo unas cuantas tilingadas apestosas, decía, de títulos confundibles, *La clase del amor*, *Las fiestas del amor*, *La barra del amor*, todas con lo del amor en el frontis. Contó Malé que en una de aquellas Coco decidió (tenía treinta y cinco años) que ya estaba grande para el cine. En una escena le dijeron que tenía que ocultarse de un marido celoso y agacharse y...

«¿Cómo agacharme?»

«Sí, nada, un rato, y caminar a gatas tras el cerco de ligustrina, para que el dorima no te vea.»

«¿Es imprescindible esa secuencia?», preguntó Coco.

«Imprescindible no, pero es graciosa.»

«¿¿¿Graciosa???»

Con halagos o con más guita o con ambas cosas le convencieron.

El seto de boj (o cerco de ligustrina, al otro lado del charco) tenía apenas diez metros de largo, pero la toma duró lo que *Ben-Hur*. Rematado el *travelling*, Coco se levantó, muy digno (y con algún que otro crujido lumbar), se sacudió el polvo de las manos y dijo:

«Señores, para mí se acabó el cine de aventuras.»

Al día siguiente, dijo Malé, Coco Pereira se fue a París y abrazó la vanguardia. Volvimos a reírnos juntos, como en Barcelona. Con Malé siempre acabábamos riendo.

Aquella noche, faltaría más, fuimos a ver *Chansons éperdues*. La hacían no lejos de allí, en Pigalle, en un viejo teatro reconvertido en sala de rock y poéticamente llamado Les Oiseaux de Passage. Como el nombre era largo, unos lo llamaban Les Oiseaux y otros Le Passage. Habíamos visto y aplaudido rendidamente varias veces el feliz combinado de canciones y monólogos cómicos que Malé acostumbraba a servir («entre la Minnelli, Carol Burnett y Niní Marshall», había escrito yo), pero nunca nada como lo de aquella noche. Hubo un momento de pura aparición, magia potagia: Malé de Viuda Negra, vestida de araña en negro y plata, chasqueando la dentadura postiza de su marido a guisa de castañuelas, la dentadura que le había robado mientras le velaba en el ataúd, «para no olvidar su sonrisa», y de milagro no jugaba a las canicas con sus ojos, verdes como el trigo verde y el verde verde limón, y cuando acabó la copla arreció uno de esos silencios que en teatro parecen durar horas, eras, abismos siderales, todo el público de Les Oiseaux (o Le Passage) inmóvil en las butacas como si la canción y la gracia y la emoción de Malé nos hubiera estalactizado de la fontanela al dedo gordo del pie, y luego el escalofrío se volvió corriente eléctrica, y así aplaudimos todos, sacudidos por el calambrazo, y aquello fue solo el principio. Entendí, como si hiciera falta entenderlo, como si no estuviera clarísimo, que tenía que ser como era y estar como estaba todo el día, cable y funámbulo al mismo tiempo, para hacer lo que hacía por las noches y que pareciera fácil, y recomprendí que temía y anhelaba como nada aquellas dos horas diarias, porque el escenario era el lugar que más miedo le daba del mundo y el único en el que se encontraba realmente en casa.

Apenas dos minutos después de que cayera el telón (maravilloso, de terciopelo rojo: Coco había insistido mucho en eso) tuvimos la dual sensación de que habíamos pasado al otro lado, de que pisábamos el movedizo territorio de *Chansons éperdues*, y que la función seguía, extendiéndose a nuestros pies como un aceite brillante y oscuro y adhesivo. Los camerinos estaban en la segunda planta, al final de una escalera enmoquetada también de rojo y con empinadísimos peldaños, como las escaleras inacabables de los sueños.

Por el pasillo de camerinos había un tráfago de cuerpos cansados y felices, y resonaban las voces multicolores de los cómicos, voces cubanas, mexicanas, francesas, y de repente una vocecilla de delicadísimo timbre italiano nos salió al paso y nos saludó y abriendo la puerta nos hizo pasar y no hubo forma de decirle que a quien íbamos a ver era a Malé, porque habría sido gran descortesía, y fue así como nos encontramos en el camerino de Elenita Santángelo, la bella Elenita, la diminuta Elenita, la locuela Elenita.

«Es de buenísima familia», nos había contado Malé, previa información de Coco, y con eso quería decir que hacía teatro por amor al arte, porque no necesitaba un chavo. «Vive en Roma, en Prati, donde la crema, en un pisito con todo a su medida, puesto con muchísimo gusto. No sé cómo la convenció de que viniera a París. Bueno, como convence Coco a todo el mundo. Eso sí, si la ven no se les ocurra llamarla por el diminutivo.»

«Pasen, pasen, por favor», nos dijo la minidama, con una casi reverencia. De cerca resaltaba la belleza de sus facciones y de sus ojos, negros y muy grandes.

«¡Y vinieron de Barcelona para verme!»

En su tocador, entre cremas y perfumes, había figuritas y dedalitos de porcelana. En un vaso, vencida, una dalia de color naranja. Una flor irreal, pensé, porque estábamos en pleno invierno. Nos sentamos. Nos ofreció bombones de licor. Nos dijo que tenía amigos catalanes, y que estaba estudiando la posibilidad de comprar un piso en Gracia.

«Me dijeron mis amigos que Gracia es muy parecido a Harlem. ¿Es eso verdad? Arquitectónicamente, quiero decir.»

«Bueno, podría ser. Algo hay de eso.»

«Pero sin violencia, espero. La violencia es la lacra de Roma.»

«No, no, ni punto de comparación.»

«Pues aquí me tienen. Cada vez pienso: esta vez será distinto, pero no hay forma. ¡Encasillada en papeles de enana!»

Sonreímos, convencidos de que era un rasgo de humor.

Se nos disecó la sonrisa: no lo era.

En *Chansons éperdues* parecía la muñequita de Coco: la vestía de Carmen Miranda, con un tocado frutal que triplicaba su estatura, y de Virgen del Pilar, y de menina, y de perrita caniche propiedad de Malé, o sea, de la Viuda Negra. En una escena triste y preciosa, un *beau tenebreux* apuñalaba a su ama, y Elenita rompía a aullar, a cuatro patas, con brazaletes (de lana blanca) en manos y tobillos.

Aquello la llevaba a muy mal traer.

«Un favor quiero pedirles.» Indicó con el dedito engatillado que nos acercáramos. Inclinamos las cabezas para escucharla, porque bajó la voz.

«Cuando vuelvan a Barcelona, no cuenten que me vieron haciendo de perra.»

«Pero si está usted fantástica, conmovedora...»

Se cubrió coquetamente el rostro con la manita.

«¡Callen, callen, aduladores!»

«¿Y lo de la Virgen del Pilar? Ahí está usted imponente, no diga que no.»

Debía de encontrarse más alta sobre el santo cilindro de mármol, porque concedió:

«¿Les gustó la Virgen?»

«Mucho.» Y también era verdad.

Hubo un silencio.

«Usted es muy guapa», le dijo a Pepita. «Y qué melena, qué belleza. Y usted es escritor, ¿verdad? Muy bonita profesión. Pero ahora he de dejarles, porque los admiradores se impacientan.»

En el pasillo no había ni un alma.

Ya en la puerta me dijo:

«Tal vez acabe convirtiéndome usted en un personaje suyo. Algún día, quién sabe. Si lo hace —me alargó la mano— cámbieme el nombre.»

Se la besé.

«Así lo haré.»

Por la mañana nos despertó un rumor de riachuelo. Nos asomamos a la ventana y vimos que para limpiar la calle soltaban el agua, que bajaba como una lenta sucesión de olas. Era un sonido de río antiguo reptando entre piedras y pozas, el río que bien podría recorrer, destellante de luz, los bosques de Meudon y Clamart en *Au bois d'mon coeur*, aquella lejana pero de repente presentísima canción de Brassens. Era el sonido de nuestro París, un París hecho de lecturas y canciones y películas y viejas fotografías, y a los pocos minutos de escuchar aquel río calmo y fresco fue como si lo hubiéramos escuchado siempre, como si formara ya parte de la banda sonora de nuestra vida, es decir, como si lleváramos mucho tiempo, media vida, viviendo en París.

Ya estábamos a punto de enfilar la proa hacia los jardines de Luxemburgo cuando Malé dijo «No, esta mañana no, imposible, nos esperan Coco y Eddie», y yo entonces quise jugar a sentirme (un poco) como un señor de Murcia, como el protagonista de *Ninette*, la comedia de Mihura, que está en París y no logra ver la ciudad porque una serie de azares le aprisionan en la casa donde se hospeda y se hospedará durante toda la obra. Pensé, casi con alegría, que la fantasía de la noche del estreno se estaba cumpliendo: había una fuerza que parecía querer apartarnos de *nuestro* París, la zona de Montparnasse, del Marais, de Porte de Vanves, para arrojarnos al París de *Chansons éperdues*, y no dejaba de ser justicieramente poético que el *agent provocateur* de aquel desvío fuera Malé, la criatura más antiparisina del mundo.

Quise sentir entonces como una imposición la visita a Coco, porque en esto también me parecía mucho a Malé, siempre convencidos los dos de que el universo quería doblegar nuestras voluntades, pero la verdad es que a Pepita y a mí nos apetecía conocerle.

En mi cabeza había quedado fijada la imagen de Coco como un maestro de ceremonias jovial, enigmático, obsesivo. Esmoquin, gafas negras, larga boquilla, sin parar quieto ni un momento, cruzando el escenario de un lado a otro con pasitos nerviosos. Como un niño que invitaba a su cuarto, decidía roles y repartía juguetes, Coco marcaba entradas y salidas, ajustaba una peluca, rompía a reír, se sentaba al piano y tocaba y cantaba canciones pretéritas, *medleys* de la radio de su infancia, *J'attendrai* y *La violetera*, Cole Porter y Mona Bell, danzones mexicanos y valsecitos criollos, cantaba «Y qué hiciste del amor que me juraste, y qué has hecho de los besos que te di», cantaba «Yo soy negro social, soy intelectual y chic», «Ay babilonio qué mareo», «En la piedra de granito estaba escrito», y en la segunda parte aparecía vestido de diablo, como un espermatozoide rojo, agitando un rabo largo y movedizo, fuente de continuos chistes, más graciosos cuanto más chocarreros y previsibles, en la línea de las revistas del Broadway porteño.

Coco y Eddie vivían en la Île Saint-Louis. Eddie vino a buscarnos. Tenía el cabello gris, casi blanco, cortado a cepillo, y llevaba gafas de montura negra, a lo Yves Saint-Laurent. Todavía no se habían puesto de moda y entonces parecían descomunales, excéntricas, una reliquia de los cincuenta. Amabilísimo, educadísimo Eddie.

«Es mi hombre», repetía Coco, «mi hombre para todo».

La casa, sorprendentemente, parecía el refugio de un poeta anglicano. Las paredes estaban cubiertas de libros en riguroso orden alfabético, ni un lomo más adelantado que el otro, protegidos por inmaculadas mamparas de vidrio: ni huella de un dedo. Plafones de nogal pulido, alfombras persas. Cuando llegamos sonaba *Gianni Schicchi*.

Coco parecía lánguido, fatigado, muy serio, como si reservara toda su energía y su humor para el escenario. No hablaba del espectáculo, ni una palabra. Le pregunté, para romper el hielo, si estaba contento por el éxito de *Chansons*. Sí, claro, pero ya se había estrenado, ya estaba fuera. Bueno, seguía como actor, aunque eso era otra cosa, era un trabajo, una cita ineludible cada tarde. Malé asintió. Una cita que hay que cumplir con la misma energía y la misma pasión, añadió Coco, por si acaso: seguía siendo el director y Malé era su tornadiza estrella y no convenía darle malas ideas.

Yo trataba de llevarle una y otra vez hacia Lanús y sus recuerdos de infancia, pero el asunto no parecía interesarle lo más mínimo.

Me rendí: que el río matinal nos llevara donde quisiera.

Y obtuve (obtuvimos) premio. Me comí la pregunta y quedamos en silencio. Coco escuchaba un aria, con la cabeza baja. Dobló entonces sus manos tras la nuca y, hamacado por Puccini, comenzó a hablar con gran nostalgia de sus días en la ópera, donde más que nada en el mundo anhelaba volver. Odiaba tener que lidiar con los coros, monstruosos y ultrarreglamentados, y el eterno divismo de los cantantes, y que siempre fuera el señor de la batuta quien realmente mandaba, pero, ah, aquellos terciopelos rojos y aquellas molduras doradas, y el momento en que la orquesta alzaba su ola, y los loquísimos aficionados, capaces de liarse a tortazos por un semitono...

Contaba que los grandes teatros de ópera eran ciudades flotantes, pues los más antiguos fueron construidos sobre lagos subterráneos surcados de túneles, para mejorar la sonoridad, y sus pasadizos estaban llenos de secretos. La Ópera de París, dijo, tenía su propio cuerpo de bomberos, y una noche le mostraron, rebosantes de orgullo, un criadero de truchas que saltaban en el agua oscura como ascuas de plata. Otra noche, perdido en el laberinto de las plantas superiores, escuchó risas y jadeos tras una puerta cerrada, y descubrió que los eléctricos habían montado, con pantalla y proyector, una sala de cine porno. Todo eso contó.

De vuelta, Malé volvió a arrugar la nariz cuando le expusimos nuestros planes, que para ella suponían doble ultraje: comer en un restaurante (francés, casi susurramos) e ir al teatro.

«¿A *otro* teatro?»

Aceptó lo del restaurante —«allá ustedes»—, pero quería que, al menos, fuéramos a esperarla a la salida de Les Oiseaux (que estaba a menos de diez minutos de la Rue Paul-Albert).

«¿De uniforme o de calle?», dije yo, que ya comenzaba a estar un poco mosca. Hizo como que no me oía. Comparamos horarios: era posible y accedimos. Mujer magnánima como la Magnani, corazón de oro con incrustaciones de platino iridiado, volvió a perdonarnos.

Pienso ahora que si Malé no hubiera insistido no habríamos escuchado la formidable frase de Nelva Fenelli, que luego repetimos tantas veces.

Fuimos, pues, a esperarla. Como tardaba mucho, decidimos subir al camerino. A toda mecha, para que no nos pillara Elenita.

Las voces se escuchaban desde el pasillo. Reunión de directorio, con Coco y Eddie.

«¿Pero cómo podés pensar en volver, con todo lo que pasaste?», estaba diciendo Coco. El empresario de Les Oiseaux acababa de ofrecerle a Malé un contrato para actuar en solitario (fue la primera vez que escuché el término «unipersonal») la siguiente temporada. Ella decía que no y que no, que imposible, que si Ari, que si los viejos, que si ya estaba de París hasta el nombre de la Piquer. Coco decía que lo que estaba era tarada y desubicadísima, que aquello sería el gran despegue de su carrera.

Eddie decía: «Pero por lo menos piénsalo, *darling*».

Dijimos que si era mal momento, nosotros...

«No, no, ya estamos, ya está todo dicho, la decisión está tomada», dijo Malé. En estas llamaron a la puerta. Tres dobles golpecitos.

Una voz juvenil, un poco aflautada, dijo:

«Nelva quiere verla, señora. Está abajo.»

Una frase muda se formó, con sorprendente sincronía y en off, en los labios de Malé, Coco y Eddie:

«¡¡¡La Fenelli!!!»

Nelva Fenelli, la famosa soprano argentina afincada en París y ya retirada.

Hubo un veloz intercambio de cuchicheos:

«¿Vos sabías que venía? Vos tenías que saber... ¿Cómo nadie me...?»

«¡No, no sabíamos! ¡Te hubiéramos dicho!», dijeron Eddie y Coco.

«Vio el show, entonces», dijo Malé.

«Claro que habrá visto. Oído no sé, pero visto seguro», dijo Coco.

Hubo un leve carraspeo al otro lado de la puerta.

«Dígale... dígale que en cinco minutos...», dijo Malé.

Coco alzó tres dedos.

«... que en tres minutos estoy lista.»

Siguieron dos minutos y cuarenta y cinco segundos de intenso y acelerado acicalamiento a tres partes. Casi nos dieron ganas de repeinarnos un poco. Tiempo feliz, ay, en el que podía pensar en repeinarme.

Repetí: «Malé, si quieres, nosotros...»

«¡No! ¡Quédense, quédense! ¿Y Paulita? ¿Dónde está Paulita, cuando una más la necesita?»

«Uy, casi te salió un pareado», dijo Coco.

«Conocerán a una leyenda», dijo Eddie.

«A una vieja bruja conocerán», siseó Malé. «¿Dientes?» Mostró el teclado.

«Impecables», dijo Eddie, haciendo la O con índice y pulgar.

La Fenelli tardó cinco. Imaginé luego la lenta, majestuosa, crujiente ascensión por la empinada escalera, apoyada en sus dos acompañantes (porque eran dos). Pensé también: ¿Elenita habrá intentado pillarla?

Se entreabrió la puerta y asomó un rostro enturbantado:

«¿Puede pasar esta anciana a ver a estos jóvenes talentosos?»

Nelva Fenelli era gruesa y un tanto cheposa, pero sin duda había sido guapa, muy guapa, y sus ojos claros seguían siendo vivos y penetrantes. Llevaba una rara mezcla de caftán y pieles. Las manos muy anilladas.

«Hola, Coco. Hola, Eddie, pibe. Hola, Malé, linda.»

«¡Maestra! ¡Hubiéramos bajado!», dijo Malé, besándole las manos como a una santa milagrera o a la mismísima Evita.

Luego nos presentó. Nelva sonrió como si tirasen de sus labios con alambres.

«Un placer, queridos...»

Eddie ya había despejado la silla más aproximadamente gestatoria del camerino (o sea, la de Malé) y allí se sentó la rediva. Paseó la vista por los presentes, que mantenían expectante silencio.

«Me gustó.»

«¿Le gustó, Nelva?»

«Un poco avanzado para mis gustos. Pero tiene calidad. Muy... muy como sos vos, Coco. Es tu historia, ¿no? Tu mundo. Como sos, de donde venís... Y tu trabajo, querida... ¡Tu-tra-ba-jo!»

«Gracias, Nelva, gracias», dijo Malé, llevándose la mano al pecho. «De corazón.»

Tras el intercambio de lindezas, Coco sacó a relucir el tema de debate.

«Mirá, Nelva, precisamente cuando llegaste estábamos discutiendo...»

Se resumió la cosa. La Fenelli escuchó en silencio estatuario, con la cabeza un poco ladeada, asintiendo. Alzó luego un dedo sarmentoso y dijo:

«Querida, si me lo permitís... si me lo permiten también ustedes, amigos de la Madre Patria... Te voy a dar un consejo que a mí me fue muy útil. Me lo dio mi tía, que era gallega. Emilia Colodrón. Admirable mujer, vivió casi hasta los cien años. Y este consejo me lo dio en su lecho de muerte. Era una mujer galleguísima, del corazón de Vigo. Una mujer muy abierta, muy franca, que nunca se fue por las ramas. Mi tía Emilia me llamó, porque yo estaba empecinada, como decía ella, en no hacer algo, algo que ya ni recuerdo. Pero lo que recuerdo perfectamente y recordaré siempre es que me acerqué a su cama y con un hilo de voz me dijo: "Nelvita, nunca digas de esta agua no beberé ni esta polla no me cabe".»

De vuelta a casa tuvimos que pararnos unas treinta y siete veces porque cuando no le daba el ataque de risa a Malé nos daba a nosotros.

Ella intentaba volver a hablar en serio, pero no había forma.

Nosotros también lo intentamos.

«¿Crees que es una buena idea?», pregunté yo.

«¿Qué cosa?»

«Decirle que no al empresario.»

«No lo sé. A Coco le dije eso, pero la verdad es que no lo sé. Lo voy a consultar con Ari.»

«Bueno, pero si quieres un consejo...», dijo Pepita.

«No, dejalo...»

«Nunca digas...»

«Pará, pará...»

Volvía el estallido. Los tres con lágrimas en los ojos.

«Mujer sabia, la gallega.»

«Pero a ustedes les parece, la vieja... Aaaaay, por favor... Che, no le digan la frase entera a Ari, que todavía es muy chica.»

«¿Qué frase?»

«Andá a cagar, ricura.»

Cuando Pigalle quedó abajo recordamos los tres, de golpe, que aquella era nuestra última noche en París.

«Ustedes querrán cenar rapidito y acostarse, claro. ¿A qué hora sale el vuelo?»

El vuelo salía a una hora insensata, pero Pepita y yo teníamos un plan imbatible.

«Nada de cenar rapidito. Recogemos a Ari y taxi a La Coupole. Paga el periódico —mentí—, o sea que no se hable más. Cena de despedida y celebración.»

«Queridos, estoy muerta…»

«Que no se hable más, Malé.»

Pero nos esperaba un nuevo y maravilloso desvío.

Al llegar a la casa, Ari nos abrió con una sonrisa capaz de provocar ceguera instantánea. También daba saltitos y palmoteaba, cosas que nunca le habíamos visto hacer.

Relevada de su rol de madre y secretaria, parecía, de golpe, la niña que era. Una niña feliz, que tomó a Malé de la mano y la condujo hasta el comedor, donde relumbraba también la mesa, con mantel blanco, de hilo, sustituyendo al hule cuadriculado de días anteriores.

En posición de *maître* oferente, un caballero de sienes plateadas y sonrisa no menos luminosa que la de Ari mostraba, con mano abierta, una extensión de ricas viandas. Acerté a ver rosbif, ensaladas, patés, frutas diversas, panecillos recubiertos de semillitas negras —de amapola, aclaró luego el caballero— y tres botellas de Burdeos. Platos para cinco, advertí: menudo detallazo. Y comida para quince. Ah, y un cuenco de esplendoroso huevo hilado. Yo nunca había comido huevo hilado.

Malé se lanzó a sus brazos y le despeinó minuciosamente.

«¡¡¡Beto!!! ¿Cómo no dijiste que llegabas hoy?»

«Y, ya me conocés, nunca hago planes.»

«Pero qué locura… ¿de dónde sacaron todo esto?»

«Un lugar increíble, mami. Se llama Fechón.»

«Fauchon», corrigió Beto.

«¡Debe ser carísimo! ¿En qué barrio?»

«En la mismísima Madeleine.»

«¿Hasta allá fueron?»

«Pero si no sabés ni dónde queda, mami.»

«En coche es un momento», dijo Beto.

«Y mirá qué me trajo», dijo la alborozada Ari, mostrando un *walkman* y cinco cedés de Elvis.

«Beto, amor, cuántas molestias...»

Mientras buscábamos copas en la cocina, Malé nos informó:

«Beto Mendilaharzu. ¿Nunca oyeron ese nombre?»

«¿A qué se dedica?», pregunté yo, ingenua o retóricamente.

«Estaciona autos en una playa.»

«¿Cómo?»

«... pero la playa es suya. Y bastantes cosas más.»

Aclaro que el término *playa*, en boca de una argentina, se refiere a un *parking*. Pero Pepita y yo veíamos una inacabable y blanquísima playa californiana.

«¡Un millonario argentino, como Glenn Ford en *Los cuatro jinetes del apocalipsis*! Creí que eran una especie en extinción», dije.

«En extinción, por desgracia, no», dijo Malé, que a ratos le salía el pronto montonero, «pero como él hay pocos, ya lo ven».

Durante la cena, Beto contó que estaba recorriendo Francia, de camino a la Costa Azul, para nuestra eterna y babeante mezcla de envidia y admiración.

«Beto siempre está de paso», dijo Malé.

«¿Os conocéis desde hace mucho?», preguntó Pepita.

«Bueno, esa es una historia larga», dijo Malé. Y cuando Malé decía que una historia era larga, en vez de contarla largamente, es que no le apetecía hablar del asunto.

«Digamos que nos fuimos de Argentina en la misma época y por diferentes motivos», dijo Beto.

¿De qué se habló en aquella cena? Difícil recuerdo, porque las botellas se vaciaron a una velocidad que ni Fangio. Se habló de Menem, infaltable en toda cena con argentinos, Menem al que llamaban «el Aloe Vera».

«Porque cuanto más lo investigan», dijo Beto, «más propiedades le encuentran».

Beto era muy ocurrente y contaba muchos chistes, con una gracia incomparable. Es difícil enlazar bandadas de chistes y no resultar fatigoso; también es difícil recordarlos, como los sueños ajenos. Solo he conocido a dos personas capaces de contar chistes con esa extrema ligereza. Uno es el actor Carlos Hipólito; otro, Beto Mendilaharzu.

Recuerdo que reímos mucho, y que Ari miraba a Beto y a su madre mirándose, y sus ojos volvían a brillar, y que bien entrada la noche Beto contó su anhelo imposible de vivir siempre entre los treinta y los cincuenta, y recuerdo cuando Ari dijo «Vengan, miren qué estrella más grande», y nos acercamos todos a la ventana, y yo dije que era Venus porque tenía un resplandor azulado, y fue cuando Malé se quitó el jersey y se quedó con las espléndidas tetas al aire, y abrió la ventana, y quiso que nos tomásemos de las manos y pidiéramos un deseo, mentalmente.

«¡Venus, derramá tus bienes sobre nosotros!», clamó.

Así la recuerdo. Así la recordaré. Así, y cantando en el coche, frente al lugar donde quizás estuvo Chez Temporel.

Beto preguntó entonces a qué hora salía nuestro avión, y decidió que no valía la pena acostarse por tres o cuatro horas, así que propuso un paseo, porque, dijo, no hay nada más hermoso que París de madrugada, en la hora que separa la noche del amanecer y los colores pasan del negro brillante al gris, azulado como Venus y poco a poco atravesado por estrías de luz rosácea. Esas cosas decía Beto. Malé se resistió y dijo que no eran horas para la nena y que no quería dejarla sola, etcétera.

«La nena tiene música para toda la noche», dijo Ari, «y muchas ganas de que se vayan para ponerse a escucharla».

«¿De verdad que no te importa, amor?», dijo Malé.

«Váyanse ya, pero ya», dijo Ari, agarrando *walkman* y cedés.

Yo me tambaleé un poco al levantarme.

El coche era un BMW negro, inmenso. Beto conducía, pese a la pítima; en aquella época no había tantos controles de alcoholemia como ahora. Debió de ser un paseo largo o con poco tráfico, porque de la oscuridad charolada brotaron los leones de la plaza Denfert-Rochereau y, en el tiempo de un cabeceo o varias eternidades después, la cúpula y las *follies* rojizas de La Villette, como el paisaje de una película futurista imaginada en los años setenta. Hay pocos placeres comparables a adormecerse, considerablemente borracho, la nariz contra la ventanilla, la cabeza de la mujer que quieres apoyada en tu hombro, mientras te pasean en coche por una ciudad nocturna, sin rumbo fijo, puro azar, continuo desvío, como en el deambular de la adolescencia pero sin la desolada avidez de entonces.

Beto quiso llevarnos luego a Chez Temporel, un club

que, en su recuerdo, abría hasta muy tarde o ni siquiera cerraba, aunque eso nos pareció improbable, pero no tenía muy claro si quedaba por Wagram o por Pereira, en todo caso, dijo, cerca de la Porte Champerret, y al oír Pereira pensé de nuevo en Coco, y pensé que nadie estaba a gusto con lo que tenía, Malé con la ciudad a sus pies y piando por volver a Buenos Aires, de la que siempre renegaba; Coco añorando el mundo de la ópera que había quedado atrás; Elenita Santángelo que había dejado su apartamento romano para embarcarse en una loca aventura, divina como virgen y perra pero muerta de vergüenza por interpretarlas; Beto con dinero para tostar dos bueyes, como dicen en Cádiz, y siempre dispuesto a apretar el acelerador para ver si así, quizás, una noche, podía enfilar el bucle que le llevaría a Chez Temporel y que no logramos encontrar, teoricé luego, con la lengua algo amorcillada, porque estaba claro que abría a los treinta y cerraba a los cincuenta, y había que pillar la entrada antes de que el bucle se mordiera de nuevo la cola. Esas cosas dije. Ni yo mismo me entendía, pero Beto sí.

«Flor de brecha», dijo con voz un punto tanguera.

Entonces la luz verdosa del reloj marcó las cinco y yo pensé en *Il est cinq heures, Paris s'éveille*, la canción de Jacques Dutronc, y ya abría la boca para cantarla cuando Beto, ventriloquísimo y telépata, se me adelantó, y con mucho mejor acento:

«*Je suis l'dauphin d'la place Dauphine...*»
Pepita y yo nos sumamos:
«*... et la place Blanche a mauvaise mine...*»
Y los tres:

> *«Les travestis vont se raser*
> *Les stripteaseuses sont rhabillées*
> *Il est cinq heures, Paris s'éveille...»* *

Esto pareció cambiarle el humor a Malé, como si Beto y nosotros hubiéramos aprendido juntos la canción en un París anterior, como si fuera el himno secreto de Chez Temporel, la canción que en ese mundo paralelo sonaba y coreábamos cuando se acercaba el cierre. Como si la cantáramos para molestarla, vaya. Y además, en francés, aquella lengua maldita y presuntuosa.

Cuando acabamos la primera estrofa rompió a cantar, casi gritando, *Los mareados*, el inmortal tango de Cadícamo:

> *Rara, como encendida*
> *te hallé bebiendo, linda y fatal*
> *Bebías*
> *y en el fragor del champán*
> *loca reías por no llorar*

Lo entendimos como un reto y recogimos el guante.

> *La tour Eiffel a froid aux pieds*
> *L'Arc de Triomphe est ranimé*
> *et l'Obélisque est bien dressé*
> *entre la nuit et la journée*
> *Il est cinq heures...* **

---

* «Soy el delfín de la plaza Dauphine / y la plaza Blanche tiene mala pinta... / los travestis van a afeitarse / las strippers ya se han vestido / son las cinco, París se despierta.»

** «La torre Eiffel tiene frío en los pies / el Arco de Triunfo se ha reavivado / y el Obelisco se yergue entre la noche y la mañana / son las cinco ya...»

Contraatacó Malé, bien porteña:

Pena me dio encontrarte
pues al mirarte yo vi brillar
tus ojos
con un eléctrico ardor tus bellos ojos
que tanto adoré.

Aplaudimos y ya embocábamos el tercer *round* cuando Pepita me puso la mano en el hombro porque se dio cuenta de que a Malé le pasaba algo. Porque no esperó. Seguía cantando.

... cada cual tiene sus penas
y nosotros las tenemos...
Esta noche beberemos
porque ya no volveremos
a vernos más

Nos callamos. Estaba cantando de verdad, no como nosotros. Rara, como encendida. Lloraba. Al principio pensé que era por rabia acumulada o por teatro, pero no. Cantaba y lloraba, no podía parar de llorar ni de cantar. Cantaba como cuando hizo enmudecer a todo el público de Les Oiseaux. Volvía a estar en el centro del país de *Chansons éperdues*.

Hoy vas a entrar en mi pasado
en el pasado de mi vida
Tres cosas lleva mi alma herida
amor, pesar, dolor...
Hoy nuevas sendas tomaremos...

Cantaba desde muy lejos. Cantaba, imaginé, desde la veranda de la casa familiar, una noche de verano, cuando todavía había cocuyos brillando entre la alfalfa. Cantaba desde el café en Parque Chacabuco donde conoció a su primer marido, cuando los dos eran unos críos, y frente al que le desaparecieron.

¡Qué grande ha sido nuestro amor!
Y sin embargo, ay
mirá lo que quedó.

Alargó el brazo.
«Pará. Pará el auto», dijo.
Beto lo hizo.
«Disculpen, chicos. Disculpen», dijo Malé mientras bajaba.
Vomitaba, con el brazo apoyado en una farola, la cara en la sombra.
Vimos su silueta doblarse, vomitando a sacudidas como una cañería reventada.
Beto bajó y le pasó la mano por el hombro. Ella tenía la cabeza baja, los zapatos negros salpicados. Topitos blancos sobre fondo negro, eso iluminaba la farola, no sé si en Wagram o Pereira.
«¿Cómo estás, Malé?», preguntó Beto.
Malé se pasó la mano por la boca y dijo, en una perfecta imitación de Libertad Lamarque:
«¿Cómo voy a estar, querido? En mi mejor momento como mujer y como actriz.»

Redemption Song

Recuerdo las gafas de vidrio grueso, que reducían sus ojos, ya de por sí pequeños, a dos chispas de agua en la madrugada. Era moreno, llevaba camisas blancas, fumaba Camel corto sin cesar y trabajaba como administrativo en una fábrica de las afueras. Un conocido de barra de bar, primero apodado el Acqua Velva porque le precedía una nube de loción para el afeitado, y después reconocido, ya desde la entrada, por su risa como un galope de felicidad. Contaba chistes como nadie, y era sorprendente el modo en que, riéndose el primero, conseguía anticipar la hilaridad de todos.

Al principio era solo eso. No sabía si estaba casado, aunque a juzgar por su horario (yo salía del turno de noche, embotado y sin ganas de preguntas, y a poco llegaba él al club) le suponía soltero o separado. Una noche, al preguntarle la hora, vi la banderita española en la correa de su reloj. Ahora no recuerdo de quién oí por primera vez lo del show de madrugada. «Nunca sabes cuándo será», me dijeron. «Siempre es cuando a él le apetece, cuando está inspirado. Y suele inspirarse tarde.»

El club estaba en la playa y las olas parecían lamer el pequeño escenario. Había dos billares americanos en una sala estrecha, que él cruzó como si fuera el dueño. El dueño era un tipo gordo, que solo bebía tónicas. Se abrazaron. Había una larga barra de madera de barco, velones en las mesas y una parroquia escasa que hacía innecesario al trío tocando al fondo, en la penumbra: apenas un rumor, como las olas. Tocaron un buen rato, temas entrelazados de los que justo atrapabas retazos de melodía. Durante ese tiempo, él mantuvo una aburridísima conversación acerca de seguros o algo por el estilo. Yo estaba por irme, convencido de que todo aquello era un disparate de borrachos. De golpe se levantó sin palabras y se perdió tras una cortina. Alguien dijo «ahora» en voz baja, y los clientes tomaron sus sillas, se arracimaron frente al haz de luz y yo les seguí.

Apareció alzando los brazos, despechugado y con un repentino colgante dorado alrededor del cuello. Empezaba yo un bufido de desconfianza cuando comenzó a cantar.

Nunca he sido muy bueno para describir la música, pero uno de los presentes dijo luego que cantaba como si detrás tuviera una orquesta y delante a mil personas, así que le robaré la definición, aun sabiendo que solo es un primer peldaño. Más tarde me contaron también que en su casa tenía más de mil discos y todos de música negra, como negro era siempre su repertorio, Marvin Gaye, Lou Rawls, Sam Cooke, Bob Marley. Nunca lo hubiera dicho: las banderitas desconciertan. Pero lo importante no era el repertorio sino la combinación de las piezas, hasta tal punto unidas y contrapesadas que el recital se convertía en una sola canción, una cinta dorada y serpenteante. Los cubitos de hielo no se movían un milímetro en sus vasos, los cigarrillos se convertían en columnas de ceniza. Muchas camisas se quemaron aquellas noches.

Al final de la primera canción hizo un gesto con la mano baja y el trío paró. Se frotó la cara enrojecida, bebió agua y, sin acompañamiento, arrancó a cantar *Redemption Song*, de Bob Marley, con los ojos entrecerrados y el cuerpo repentinamente tenso, como el de un animal al acecho. Yo ya llevaba muchas copas y atrapé los flecos brumosos de una extrañeza nueva: ¿qué hacía en su boca aquel lamento que hablaba de esclavos, de vidas miserables, de dolor y esperanza?

Comencé a dejarme caer por el club todas las noches. Jugaba al mentiroso, hablaba mucho o callaba durante horas. Esperaba. Retrasaba mi vuelta porque no quería ver los folios en blanco junto a la máquina, y si volvía tarde tenía una excusa para dormir hasta el mediodía. No me salía nada y estaba harto de repetir, corregir una y otra vez, contar siempre las mismas historias.

Cuando le escuché cantar de nuevo *Redemption Song* empecé a intuir algo. Y cuando la escuché por tercera vez comprendí algo más. El repertorio era lo de menos. Variaban las canciones, la cinta seguía ondulando, pero *Redemption Song* nunca faltaba, siempre al final, como si todo lo anterior hubiera sido una preparación para llegar a la única canción que realmente le importaba. Quizás el arte sea justamente eso. Porque hasta un oído lerdo como el mío podía darse cuenta de que nunca la cantaba del mismo modo, que cada vez era mejor.

A partir de entonces comencé a imaginarme a un hermano igualmente obsesionado, repitiendo la canción frente al espejo quizás en el mismo instante en que yo repetía y recolocaba frases en el papel.

Un estúpido viaje me sacó de la ciudad la noche de su victoria. No encontraban palabras para describirme lo que fue aquello. El público y los músicos aplaudieron, en pie, durante un tiempo incalculable, el tiempo al que abrió la puerta con su canción. Alguno lloró, y después lo atribuyó a las muchas copas. El caso es que no le vimos más, no volvió a aparecer por el club. Estaba, pensé, al fin cumplido.

Querido François

Me acuerdo de que, cuando yo era niño, no quería ver la primera película de Truffaut porque pensé que pegaban muchísimo a su protagonista: habían traducido *Les quatre cents coups*, que quiere decir «hacer las mil y una», por el literal, sádico e irremediable *Los cuatrocientos golpes*.

Me acuerdo de que en mi adolescencia todo eran dualidades irreconciliables: Keaton frente a Chaplin y siempre Truffaut antes que Godard. Truffaut era mi hermano mayor y Godard el listillo de la clase.

Me acuerdo de cuando dijimos «¡Teníamos razón!» después de leer, en una sola noche, *El cine según Hitchcock* en la edición de Alianza.

Me acuerdo de cómo odiamos a Jeanne Moreau en *La novia vestida de negro* después de habernos enamorado de ella en *Jules et Jim*.

Me acuerdo de que en *Besos robados* descubrimos a Trenet, y aprendimos a untar las tostadas sin que se rompieran, y a hacer una cama lanzándonos sobre ella.

Me acuerdo de cómo abucheaban en el cine la escena en la que Jean-Pierre Léaud repite incansablemente «Antoine Doinel» ante el espejo.

Me acuerdo de cuando Truffaut dijo, sonriendo: «Claude Jade y Jean-Pierre Léaud son mis contemporáneos».

Me acuerdo de cuando Léaud venía a Barcelona y compraba absenta pura en La Penúltima, la licorería de la Plaça del Padró. O eso decían.

Me acuerdo de cuando nos saludábamos con la frase que Truffaut utilizaba para encabezar sus cartas: «*Ça biche? Ça rababiche?*».

Me acuerdo de que corrimos a ver *Le trou* porque Truffaut adoraba a Jacques Becker, de quien entonces no sabíamos absolutamente nada.

Me acuerdo de que tú y yo fuimos los únicos que nos reímos en aquel cine de barrio cuando en *Tirez sur le pianiste* decían «¡Que se muera mi madre si miento!», y en el plano siguiente una anciana caía patas arriba.

Me acuerdo de que tardé mucho en ver *La piel suave* porque no soportaba la idea de que Françoise Dorléac se acostara con un hombre tan parecido a una merluza hervida como Jean Desailly.

Me acuerdo de que, en sus cartas, Truffaut llamaba «Framboise» a Françoise Dorléac y ella le llamaba «Truffete».

Me acuerdo de aquella tarde de primavera en que Javier Castro y yo vimos tres veces seguidas *La noche americana* en el Coliseum, perdidamente enamorados de Jacqueline Bisset.

Me acuerdo de cuando vimos *Las dos inglesas y el amor* y a la salida, subiendo por Rambla de Catalunya, murmuramos, todavía atontados por el mazazo: «Hacía tiempo que nadie se tomaba la pasión tan en serio», y cómo volvimos a decirlo, veinte años después, cuando al fin llegó la versión completa. (Dijimos lo mismo tras *La historia de Adéle H.*, tras *La habitación verde*, tras *La mujer de al lado*.)

Me acuerdo de que en *L'argent de poche* salía un chaval que se parecía muchísimo a Jordi Mesalles, muerto como del rayo en su bañera, una helada tarde de otoño. Su cara de caballo loco, su melena «casi de Winnetou», su risa como un relincho al galope.

Me acuerdo de que cuando vi *La historia de Adèle H.* pensé que Truffaut «tenía» que adaptar en el acto *Ancho mar de los Sargazos*, la novela de Jean Rhys, y estuve a punto de escribirle.

Me acuerdo de cuando vimos dos veces *Una chica tan decente como yo*, incapaces de creer que Truffaut hubiera hecho «aquello», y recordamos en aquel momento que también habíamos visto dos veces *Topaz* por la misma razón.

Me acuerdo de cómo «recuperamos», con rendida admiración, a Bernadette Lafont en *La Maman et la Putain*, de Eustache, después de haberla odiado en *Una chica tan decente como yo*.

Me acuerdo de cómo nos maravilló Brigitte Fossey, la niña de *Juegos prohibidos*, súbitamente (a nuestros ojos) crecida, completa, deslumbrante en *El hombre que amaba a las mujeres*.

Me acuerdo de que había una época en que mucha gente sabía quién era Charles Denner, como si fuera un miembro de la familia, un pariente lejano pero muy querido.

Me acuerdo de que empezamos a pensar que Spielberg era «uno de los nuestros» cuando eligió a Truffaut para interpretar al científico humanista de *Encuentros en la tercera fase*.

Me acuerdo de Fanny Ardant en su cama de hospital, en *La mujer de al lado*, diciendo que las canciones de amor siempre dicen la verdad, y cómo deseé en aquel momento que hubiera roto a cantar lo que decía, con música de Michel Legrand, como en un musical de Jacques Demy.

Me acuerdo de cuando Depardieu, que iba a hacer *Nez-de-Cuir* con Truffaut, le visitó en el Hospital Americano de Neuilly, donde le habían operado de un tumor cerebral, y le dijo: «Es perfecto. Nez-de-Cuir tiene un agujero en la cara y tú tienes un agujero en la cabeza».

Me acuerdo de François Truffaut.

Salmo

Ayer
¿rendiste tributo a la belleza
del día que no volverá?
¿Apartaste de tu cabeza
debidamente
todas las pequeñeces
todas las miserias
todas las quejas
que podían impedir el tributo
y conspiraban para hacerlo?
¿Besaste, abrazaste?
¿Reíste con ganas,
devoraste con toda la boca?
¿Ensanchaste tu corazón
o se te fue el día
—que es como decir la vida—
sin darte cuenta?
El día esplendoroso,
con su viento húmedo
y sus castillos de nubes cárdenas
y su luz azulada.

Cerca de Gaztambide

Desde Madrid, el Zurdo soñaba con una Barcelona que jamás había pisado escuchando los nombres de las calles de *Posterior*, aquella gran canción de Ia Clua, y al oír «carrer Ausiàs March» veía una avenida otoñal y parisina, modianesca, y desde Barcelona yo me reinventaba Madrid a lomos de otras canciones, y también desde el mismísimo Madrid, que tiene más mérito, porque no podía atravesar la Puerta del Sol al atardecer sin escuchar en mi gramola imaginaria *Las siete menos cuarto* de los Pistones, no podía pasar en lo más alto del invierno por cierta calle sin ver aquel piso vacío donde llueve y llueve pero Hilario Camacho sigue cantando *Los cuatro luceros*, ni cruzar por los santos lugares donde estuvieron Oliver, el pub de Santa Bárbara o el pequeño teatro del TEI (Almirante, Fernando VI y Magallanes con colores de antiguas casillas del Palé) sin que volviera a sonar en mi cabeza la jaculatoria de *La viejecita*, «ya soy dichoso / ya soy feliz / por fin triunfante / llegué a Madrid», el himno que cantaría *in pectore* o quizás a voz en cuello cuando llegara el momento (que nunca llegó: otro *rendez-vous manqué*) de presentar mi primer libro en Oliver, en el pub o, más moderno, en el *drugstore* de Velázquez, porque eran, o eso había leído yo, las sedes, puertos y nocturnos abrevaderos de Carandell, de Savater, de Umbral, de Guelbenzu, de Carmen Martín Gaite.

Y, sobre todo, de Juan García Hortelano.

Desde Barcelona se desplegaban dos canciones con dos Madriles y dos cielos grises. El primero lo pintaba Pi de la Serra en *Un dia gris a Madrís*, y parecía inderrocable, cubierto de brazos en alto y cegado por la polvareda del diario dinamitado. El segundo, mi primer *single* de Vainica Doble («Caramelo de limón / el sol de mi país / cielo blanquecino y gris / palomita de anís»), era esa misma bóveda que comenzaba a resquebrajarse con relámpagos lisérgicos dibujados por Zulueta o Eguillor, y anunciaba un sorprendente florecimiento de pamelas compradas en Portobello durante una excursión clandestina de fin de semana, una primavera que ya estaba tardando.

La otra noche murió la Vainica Gloria Van Aerssen, es increíble la de gente que está muriendo, maldita costumbre, y me quedé de piedra al descubrir que tenía ochenta y tres años: yo seguía viéndola con pamela y abrigo de piel de oso. «Siempre nos dijo que quería morir comida por un oso polar, como los esquimales de *Los dientes del león*», escribieron sus hijos. Se acabaron las meriendas, dijeron, los paseos, las partidas de cinquillo, los gin-tonics a media tarde, las conversaciones disparatadas. Contaban también que conoció a Carmen Santonja, su otra mitad, en una parada de autobús. Carmen estaba silbando *Tanhauser* y Gloria se acercó y se unió a ella silbando una segunda voz, y a partir de aquel momento se hicieron inseparables.

¿Cuándo escuché por primera vez a las Vainicas, tan adoradas por el Zurdo y tan santas, santísimas de mi devoción? Diría que en *Fábulas*, la serie de Jaime de Armiñán, el retorno de Fernán Gómez a la tele tras años de exilio catódico por haber firmado la carta en la que se preguntaba, muy educadamente, por las torturas de Asturias. Solo dos cómicos, por cierto, firmaron aquella carta: Rabal y Fernán Gómez.

Escucho *Caramelo de limón* de Vainica Doble y veo pamelas amarillas y verdes y listadas rompiendo el gris, y me imagino a Carmen y Gloria, desde aquel primer *single* para siempre mis tías queridas, mis tías imposibles, en un piso de chicas pop, como Tina Sainz y Patty Shepard y Mercedes Juste en *Un, dos, tres... al escondite inglés*, la película de Iván Zulueta que firmó Borau porque Zulueta aún no tenía el carné de la escuela de cine, el Zulueta de *Último grito* (¿quién, si no?), el único programa realmente pop de la televisión de aquella época, y pienso que quizás fuera un eco más que probable del piso legendario y gineceico de Juby Bustamante y Marisa López, la hermana de la deslumbrante Charo, y Julia Barrero, y la irlandesa Johanna McWay, aquel piso de Conde de Aranda que tanto fascinó a Umbral, y al ritmo de esa música veo a Antonio Drove (sí, también con pamela: lo siento, Antoñito) sometiendo a Tip y Coll a dieta intensiva de Mizoguchi para que pudieran hablar japonés de camelo durante todo un inenarrable episodio de *Pura coincidencia*, otra flor extraña en un oculto repliegue de la 2, todavía llamada UHF, como las siglas de un fenómeno extraterrestre, un auténtico expediente X, que lo era, vaya si lo era, voces y gestos de un Madrid subterráneo, emergente, o simple y orgullosamente lateral, reinventado ahora porque no viví todo aquello, la mitad o cuarto y mitad me lo contaron luego Juby y Miguel Ángel Aguilar, muchos años después, en la tertulia del Hispano o en el bar del Palace, Juby que llevó pamela imaginaria hasta la muerte, hasta muy poquito antes, cuando ya no se podía mover y sus hijos hablaban con el médico y decían «algo mejor está, algo más duerme, anoche mismo nos pareció que incluso se reía», y ella, inmóvil, totémica, con un hilo de voz ronca (pero el hilo era de platino iridiado) respondió «Hombre, tampoco es que me tronche», y Miguel Ángel hablaba de cuando el periodismo era una conversación que seguía más allá de la jornada laboral, cuando salían de las redacciones a las tantísimas, y la ciudad parecía clausurada, tenían que buscar los bares abiertos en el extrarradio, en el aeropuerto y más allá, y los vasos clareaban de luz rosada y cielo abierto, y cuando volvían a Madrid sucedía algo sorprendente, porque en la plaza Castilla volvía a ser de noche, muy metafórica pero tangible y concretísima, como si hubieran retrocedido en el tiempo, y Cuco Cerecedo fingía sacudirse el tizne oscuro con los dedos y decía que en los barrios obreros siempre amanece antes.

Ahora cambia la estación y veo a Juan García Hortelano y a Mary Tribune como si estuvieran a mi lado, él con traje claro y corbata pese al calor de agosto, ella tan Vanessa Redgrave con la melena roja y el rostro y los brazos pecosos y los ojitos entrecerrados por el sol, comiendo gambas en una terraza de Rosales, y me recuerdo acordándome de ese otro Madrid, también mitad entrevisto y mitad soñado desde la Costa Dorada en uno de los veranos más felices de mi vida.

Acababa de enamorarme de Pepita y no pegaba un palo al agua porque estaba en capilla, con la mili en puertas, y me había ido a la casa que tenían mis padres en la playa como quien se va a Baden-Baden. Bueno, esa era la versión oficial, la que hacía correr y quería creerme, excusas de mal pagador, cuentos chinos para vivir de la sopa boba durante un buen tiempo, un pedazo de tiempo, medio año por delante, porque la verdad es que no iba a incorporarme a filas hasta enero.

Holganza pura, la vida muelle, absoluta y resplandeciente vida de señorito.

Me levantaba a las tantas, porque solía acostarme tarde. Escribía un poco, notas, apuntes, cachitos, no recuerdo de qué (sí: de una novela que iba a llamarse *Mambo*). Escribía a mano, con la Sheaffer de mi padre. Me iba a tomar el aperitivo, a la madrileña, cerveza y almendritas, y de camino llamaba por teléfono a mi amor, que estaba lejos, trabajando en un hotel mientras yo me rascaba las narices o más abajo, y luego leía, leía muchísimo, por la tarde y por las noches, leía *El gran momento de Mary Tribune* muy lentamente, porque no quería que se acabara, eran dos tomazos (la edición de Barral) que tenían que durarme como un chicle, durarme como aquellos meses de prórroga, y me sentía como su indolente protagonista, que no tenía nombre ni falta que le hacía porque para mí era García Hortelano, no podía ser otro, la persona convertida en personaje, del mismo modo que Mary Tribune era personaje para siempre apersonado.

Ahora me acuerdo de Juan García Hortelano cada vez que el atardecer madrileño me pilla cerca de Gaztambide, y las terrazas de Rosales comienzan a poblarse de chicas vivaces en falda corta y hombres en mangas de camisa y con la chaqueta al brazo, y cada vez que piso cáscaras de gamba rebozadas en serrín, tan tópicas pero tan ciertas todavía, y me imagino que alguien a mi espalda va a pedir un espumoso, o cuando bajo por las Ramblas y pienso en *El Vigía*, inencontrable ya en los quioscos.

La tarde en que conocí a García Hortelano, a mediados de los ochenta, llegué al hotel Manila con un ejemplar, a modo de homenaje y contraseña, de aquel insólito diario naval con escasas páginas donde se reseñaban «las incidencias y novedades del transporte marítimo en el puerto de la Ciudad Condal», como rezaba el subtítulo de la cabecera.

Para García Hortelano, *El Vigía* evocaba su mejor época, cuando vivía en Barcelona y con su tocayo Marsé se ganaban la vida dialogando los guiones de Germán Lorente, aquellas historias con arquitectos o publicistas más o menos alcohólicos, más o menos redimidos por chicas muy guapas, muy extranjeras, de gran corazón, la época en la que tantos amaneceres, me contó, le pillaban al final de las Ramblas, y antes de plegar velas cumplía con el ritual de repasar los nombres de los barcos que, como el *Altaïr* de Mandiargues, jamás tomaría.

Yo le conté que en mi adolescencia había ido a pedir trabajo a *El Vigía*, en parte para sacarme unos duros y en parte por cuquería literaria, porque me parecía un quehacer onettiano, astilleresco.

Se le agrandaron los ojos. «¿Y qué pasó, qué pasó, cómo era aquello?»

Poco había que contar, casi en el acto me arrepentí de haber echado sobre la mesa del Manila aquel naipe tan bajo y desparejado. Lo llevaba, dije, un matrimonio, Luis Ivars, capitán de la marina mercante y editor, y su esposa, Flora Amich, hija del fundador. La entrevista con el capitán duró unos pocos minutos. El señor Ivars, gentilísimo, agradeció mi interés y me dijo que muchas gracias, muchacho, pero no necesitaban a nadie, porque entre su esposa y él se ocupaban de todo.

«¿Llevaba batín? ¿Te recibió en batín?»

¡Ah, su ojo por los detalles!

Me hubiera gustado decirle que sí y empezar a fabular, pero es indecoroso (y gilipollas) tratar de fabular ante un maestro. Quedó muy claro, como era previsible, que a García Hortelano le interesaban muy mucho las historias ajenas, cualquier relato entreabierto, y muy poco hablar de sí mismo: era un hombre muy inteligente, muy divertido y muy bien educado.

¿De qué hablamos aquella primera tarde? De *El Vigía*, de Bocaccio (aunque él prefería el Sanlúcar, que cerraba más tarde), de Raymond Queneau (que sí) y de Emma Peel, que le enamoró de modo fulminante (ah, caramba) en los primeros sesenta y con la que mantuvo una cita infaltable cada lunes por la tarde, sin fallar uno, hasta que la alada dama se le fue por los altos andamios de las flores, bonita metáfora para decir que abandonó la serie. De cosas así se habló en el Manila.

En un cambio de tercio aproveché para preguntarle

por la salud de miss Tribune, que se había convertido en mi madrina de guerra literaria y en la de tantos compañeros de armas a los que inoculé el virus («¿Todavía no habéis leído *El gran momento de Mary Tribune?*») prestando o regalando aquella edición que había que rastrear con obstinación maníaca por las librerías de viejo, y que generó un club de fieles tan indesmayable como el *parti des myosotis* cantado por Brassens. Tampoco tardé en confesarle que la lectura de esa novela descomunal, una de las más sabias y genuinamente graciosas que jamás se hayan escrito, fue la instigadora de mi primera novela, como lo fue más tarde de la del «otro» García Hortelano, en arte Francisco Casavella, con quien compartía (descubrieron) lejanos vínculos familiares, y que en verano vivía muy cerca de Gaztambide, en Altamirano.

Me sentí orgullosísimo cuando dijo «*Mary Tribune* vive gracias a vosotros, los que aún no habíais cumplido veinte años cuando murió Franco. Vosotros la rescatasteis» (y el femenino aunaba novela y personaje). Era muy gentil y bastante exagerado decir eso, pero un poco de razón había, porque cuando *El gran momento de Mary Tribune* apareció, en el 72, no acabó de conectar con la generación de su autor, que consideró el libro demasiado frívolo o demasiado largo, ni con la de nuestros hermanos mayores, deslumbrados por los hielos verticales de Juan Benet. Tuvieron que pasar varios años, hasta su reedición por Bruguera (bolsillo, letra apretadísima) para que el zambombazo hiciera diana en unos jóvenes que, más o menos exentos de consignas literarias, abrazamos aquel libro libérrimo.

Pero no, no era fácil hacerse con él, ni tampoco pillar

Gente de Madrid, reeditada por Sedmay en una edición que parecía un fascículo soviético, ni *Gramática parda*, que sacó Argos y tuvo un buen lanzamiento pero corta vida, quizás porque surgió, vaya por Dios, en pleno apogeo de la «narratividad pura», cuando los críticos anatemizaban cualquier «contaminación culturalista». Aún corrían por los VIPS, a un tercio de su precio, algunos ejemplares de *Los vaqueros en el pozo*, una rara y espléndida novela corta publicada por Alfaguara (¡aquellas hermosas portadas azules con letras blancas, que parecían pintadas con albayalde, y cenefa plateada, como de cinta de pastelería!) y, si la memoria no me engaña, acababa de salir *Mucho cuento* en Mondadori, con la Gran Vía de Antonio López en portada. A excepción de *Nuevas amistades* y *Tormenta de verano*, sus primeras novelas, con un pie en el realismo social y otro en el *nouveau roman*, la obra de García Hortelano siempre se adelantó a su tiempo. En *Gramática parda* pegó un doble mortal con tirabuzón, cuyo trampolín había sido *Apólogos y milesios*, otro libro inencontrable, para aterrizar en ese territorio fronterizo (y luego tan frecuentado por muchos) donde se mezclan la narración y el ensayo, el pastiche y la crítica, con un texto despeinado y profundo sobre la enfermedad de la literatura, cuajado de homenajes y citas amorosas, un barco borrachísimo de literatura —la verdadera vida, para JGH— en el que una nieta de Zazie nos contaba, entre carcajadas melancólicas, la poética de su inclasificable y maravilloso padre madrileño, que a cada año que pasa escribe mejor.

**Quiero
(A la manera de
José Agustín Goytisolo)**

Quiero
    que el sentido común vuelva a ser un sentido común.
    que no nos quiten lo bailado.
    no tener que volver a oír la frase «Con la que está cayendo».
    que el café vuelva a costar tres pesetas.

Quiero
    no tener que elegir entre ser cocidista o fabadista.
    echar de una vez a todos esos capullos.
    no volver a sacarme el cinturón en los aeropuertos.
    volver a comer una de aquellas tartas de atún del Canaletas.
    salud y alegría.
    no perder nunca el impulso.

Quiero
    tener calma pero sin amodorrarme.
    una maquinita que me permita hablar en todos

los idiomas, y con los acentos de cada zona.

que Pepita me cante siempre rancheras y el anuncio de Eko.

cantarle siempre a Pepita pero con la voz de Jarvis Cocker.

que nos muramos juntos a los 104 años, de golpe y sin enterarnos.

Quiero

volver a tener melena. Aunque sea un rato. Aunque sea verde.

escribir el cuento más hermoso del mundo, y que lo lean.

que la cerveza barcelonesa vuelva a tener espuma.

que en las ceremonias realmente importantes suene siempre *Caravan* de Van Morrison.

Quiero

que todos los malvados se reencarnen en lombriz de tierra.

que la buena gente se reencarne en gato o gata, a elegir.

que *Perquè vull*, de Ovidi Montllor, se declare himno nacional catalán.

que *Volando voy*, de Kiko Veneno y Camarón, se declare himno nacional español.

Quiero

no tener miedo a montar en moto. (No tener miedo, en general).

otra maquinita que me insufle la capacidad de

tocar muy bien cualquier instrumento musical cada vez que quiera. Sería la alegría de las fiestas.

que vuelvan a poner el reloj de flores de la plaza de Catalunya.

que acaben de una vez con los mosquitos tigre.

Quiero

una nevada anual y que el calor del verano no sobrepase los veintitrés grados. Y sin temperatura de bochorno.

Quiero

que mi padre, mis abuelos y mis amigos muertos bajen una vez al año a tomar café o lo que les apetezca. Por separado, se entiende.

que no decaiga lo que todavía está alto.

que alguien invente ya la teletransportación. (En todos los tebeos lo prometían para el año dos mil).

si falla lo anterior, llegar en tren a todas las partes del mundo en hora, hora y cuarto.

Quiero

que no pare la música.

que no vuelvan a echar a nadie de su casa. Nunca.

que las guerras se reemplacen por un pulso gitano.

poder decir «A lo mejor no es tan difícil» pero creyéndomelo.

bailar el chachachá como un profesional.

Quiero
> no malgastar ni un minuto quejándome.
> que seamos dueños de nuestras vidas.
> que no baje ningún telón.

Quiero
> algo que no diré aquí.

Barcelona, agosto de 2015

Dedicatorias

Astor, para Ernesto Collado
La edad de oro, para Mario Gas
Nuestra canción, para Luis Solano
Una función incompleta, para Dolores Forcadell
Resurrección, para Alfredo Sanzol
Panorama desde el puente, para Carles Prats
Runaway, para Juan Manuel García Ferrer
Al anochecer, para Victoria Bermejo
Tres actrices, para Papitu Benet i Jornet
Alcoholes, para Miguel Ángel Candelas Colodrón e Isabel Parreño Pena
Alguien no puede más, para Txell Sabartés
El chico que leía la revista Fans, para Kiko Amat y Miqui Otero
Los misterios de Parque Chas, para Norma Ordóñez
Después de la noticia de su muerte, para Juan Cruz
Solo para amantes de gatos, para Jacinto Antón y Lina Lambert
Un viejo amigo, para Lluís Pasqual
Esqueleto, para Juan Bufill y María Pilar Tirbió
La bandera de Sharon Tate, para Eugènia Broggi

En su mejor momento como mujer y como actriz, para Cecilia Rossetto
Redemption Song, para DJ Barracuda y Mercedes Nefer
Querido François, para Javier Castro
Salmo, para Agustín Mendilaharzu
Cerca de Gaztambide, para Juby Bustamante
Quiero, para Laura Guerricaechevarría

Algunos de los textos de *Juegos reunidos* aparecieron, en versiones más cortas o más largas (o con otra forma) en el diario *El País*.

Agradezco a Juan Cruz su generosa autorización para publicarlos aquí.

«And the caravan is on it's way...»
VAN MORRISON

Desde LIBROS DEL ASTEROIDE queremos agradecerle el tiempo
que ha dedicado a la lectura de *Juegos reunidos*.
Esperamos que el libro le haya gustado y le animamos
a que, si así ha sido, lo recomiende a otro lector.

Al final de este volumen nos permitimos proponerle
otros títulos de nuestra colección.

Queremos animarle también a que nos visite
en www.librosdelasteroide.com y en www.facebook.com/librosdelasteroide,
donde encontrará información completa y detallada sobre todas nuestras
publicaciones y podrá ponerse en contacto con nosotros
para hacernos llegar sus opiniones y sugerencias.
Le esperamos.

978-84-16213-65-8